Japanische Märchen

Herausgegeben
von Yasuko Asaoka

Insel Verlag

Herausgegeben und frei aus dem Japanischen übersetzt
von Yasuko Asaoka

Erste Auflage 1991

Quellenverzeichnis am Schluß des Bandes

Printed in Germany

Für meine verstorbenen Eltern

Wie der Affe mit dem Schwanz angelte

Es war vor langer, langer Zeit, da geschah es, daß ein Affe von einem Fuchs eingeladen wurde. Bei dieser Gelegenheit aß der Affe zum ersten Mal im Winter eine fette Makrele, die ihm wunderbar schmeckte. Neugierig fragte er den Fuchs: »Wo hast du diese wohlschmeckenden Fische gekauft?«
Der Fuchs antwortete: »Gekauft habe ich noch nie einen Fisch. Du gehst einfach an den zugefrorenen Teich, hackst ein Loch in das Eis und hängst deinen Schwanz hinein. Da beißen die Fische an. Dann ziehst du schnell den Schwanz heraus und hast so viele Makrelen, wie du willst.«
Kaum hatte der Affe den Fuchs verlassen, lief er an den Teich. Als er seinen Schwanz in ein Eisloch hing, fühlte er, daß immer stärker daran gezogen wurde. ›Es wird langsam Zeit‹, dachte der Affe schließlich und versuchte, den Schwanz zurückzuziehen. Aber der Schwanz war so fest angefroren, daß er sich nicht mehr bewegen ließ. Hoppla! Und nochmal! Der Affe nahm all seine Kräfte zusammen, so daß sein Gesicht vor Anstrengung ganz rot wurde. Da riß der Schwanz schließlich ab. Seitdem ist das Gesicht des Affen so rot.
Soweit diese Geschichte. Mukashi Koppori.

Warum die Sonne den Maulwurf bestrafte und die Kröte belohnte

Einmal schien die Sonne sehr stark. Der Maulwurf blinzelte mit den Augen und ärgerte sich darüber. Er beschloß, die Sonne mit Pfeil und Bogen herunterzuschießen. So kletterte er auf einen Schwarzbaum. Eine Kröte beobachtete ihn dabei und erschrak. Sie eilte zur Sonne und sagte zu ihr: »Liebe Sonne, nimm dich in acht, der Maulwurf klettert mit Pfeil und Bogen auf den Schwarzbaum, um dich herunterzuschießen.«
Darüber ärgerte sich die Sonne. Sie verbannte den Maulwurf

sofort in die tiefe Erde. Zur Strafe darf er seitdem nie mehr auf der Erde gehen.
Der Kröte aber dankte die Sonne und wollte sie belohnen. Da bat die Kröte um ein paar wärmere Tage in der kalten Jahreszeit, damit sie in Ruhe ihre Eier im Wasser legen kann.
Seitdem wird es wärmer, wenn die Zeit kommt, da die Kröte zum Eierlegen in den Teich oder in den Bach taucht. Der Maulwurf aber stirbt, sobald er die Sonne erblickt. Koshiko.

Wie die Zeitrechnung mit zwölf Tieren begann

Vor langer, langer Zeit ließ der Gott der Tiere am Ende eines Jahres bekanntmachen: »Alle Tiere sollen mich am Neujahrstag zum neuen Jahr beglückwünschen. Die ersten zwölf Tiere, die zu mir kommen, sollen die Repräsentanten für die Zeitrechnung sein. Der Reihe nach soll jedes dieser Tiere das Symbol für ein Jahr sein.«
Die faule Katze vergaß sogleich, wann sie den Gott besuchen sollte. Sie erkundigte sich bei der Maus. »Am zweiten des ersten Monats«, sagte diese absichtlich falsch.
Die Kuh machte sich schon in der Silvesternacht auf den Weg, weil sie nur sehr langsam vorwärts kam. Die Maus sprang auf den Rücken der Kuh und ließ sich von ihr schaukelnd davontragen.
Am Neujahrstag erreichte die Kuh als erste das Tor des Palastes. »Muuuh!« brüllte sie vor dem Tor. Kaum wurde das Haupttor des Palastes geöffnet, da sprang die Maus von der Kuh herunter und lief geschwind vor den Gott.
»Herzlich willkommen, liebe Maus!« sagte der Gott. »Du sollst das erste Symbol sein«, bestimmte er.
Dann folgten die Kuh, der Tiger, der Hase, der Drache, die Schlange, das Pferd, das Schaf, der Affe, das Huhn, der Hund und das Wildschwein. So wurden die Symboltiere für zwölf Jahre bestimmt.

Am nächsten Tag erst kam die Katze und erfuhr, daß schon alles entschieden war. Darüber ärgerte sie sich sehr, und seitdem haßt die Katze die Maus und verfolgt sie.

Der Streit zwischen dem Affen und der Krabbe

Es war eine Krabbe, die machte an einem schönen Tag einen Spaziergang im Tal und fand auf dem Weg ein Reisklößchen. »Da liegt etwas«, freute sie sich und nahm das Reisklößchen mit. Da tauchte ein Affe auf und fragte: »Liebe Krabbe, was hast du da?«

»Ein Reisklößchen – das schmeckt gut.«

»So, so, ein Reisklößchen. Aber rat einmal, was ich gefunden habe, das ist auch gut!«

»Was wird es wohl sein?«

»Sieh, ich habe einen Kern von einer Kakifrucht gefunden. Wenn ich ihn in die Erde stecke, wächst gleich ein Keim und bald daraus ein Baum. Der Baum wird jedes Jahr viele Kakifrüchte tragen, und ich kann mich sattessen. Darum beneidest du mich sicher. Ich bin aber ein großherziges Tier, wie du ja weißt. Wenn du lieber diesen Kakikern haben möchtest, können wir tauschen.«

»Gut, dann tauschen wir deinen Kern gegen mein Reisklößchen.« Kaum hatte der Affe von der Krabbe das Reisklößchen bekommen, fraß er es sogleich auf. Die Krabbe aber legte den Kakikern sorgfältig in die Erde, düngte und bewässerte ihn jeden Tag. Dabei sang sie das folgende Lied: »Kernchen, liebes Kakikernchen, treib schnell einen schönen Keim, sonst grab ich dich wieder aus.«

Der Kakikern in der Erde bekam davon solche Angst, daß er einen schönen Keim hervorbrachte. Und bald war daraus ein kleiner Baum geworden, der viele rote Früchte trug.

Die Krabbe freute sich sehr darüber, aber sie konnte nicht auf den Baum klettern und deshalb keine Frucht kosten. Da kam der Affe vorbei und sagte: »Guten Tag. Jetzt hast du viele schöne reife Früchte. Willst du sie nicht einmal probieren?«

»Aber gern. Steig auf den Baum und bring mir ein paar herunter!«

Der Affe kletterte geschwind auf den Baum und begann die Früchte zu fressen. Er setzte sich auf einen Ast und fraß eine rote Frucht nach der anderen. Die Krabbe war ganz entsetzt und rief: »Affe, mein Freund, du sollst mir auch welche herunterbringen. Vergiß dein Versprechen nicht!«

»Einverstanden«, sagte der Affe, und warf ihr einen Kakikern herunter und darauf einen Stiel.

»Hör zu, Affe«, rief die Krabbe, »ich will keinen Kern und keinen Stiel, sondern eine richtige Frucht!«

»Die sollst du haben!« Damit pflückte der Affe eine harte grüne Frucht und warf sie hinunter. Die traf die arme Krabbe und zerdrückte ihr den Panzer, so daß die Krabbe tot war. Da kam ein Krabbenkind zum Vorschein und weinte um die tote Mutter.

Eine Hummel flog vorbei und fragte: »Kleine Krabbe, warum weinst du so?«

»Der böse Affe hat meine Mutter mit einer unreifen Kakifrucht getötet.«

Die Hummel antwortete: »Du sollst den Tod deiner Mutter an dem bösen Affen rächen. Ich helfe dir.«

Die kleine Krabbe freute sich darüber, und die beiden machten sich zusammen auf den Weg.

Da kam die dicke Nähnadel und fragte: »Wohin wollt ihr denn?«

»Wir gehen zusammen zu dem bösen Affen, um den Tod der Krabbenmutter zu rächen.«

»Da komme ich mit und stehe euch bei.«

Nun trafen sie eine dicke Kastanie. »Wohin wollt ihr denn?«

»Wir gehen zusammen zu dem bösen Affen, um den Tod der Krabbenmutter zu rächen.«

»Da komme ich mit und stehe euch bei.«

Jetzt waren sie noch mutiger und gingen weiter. Da begegnete ihnen ein großer Mühlstein. »Wohin geht ihr denn alle?« fragte er.

»Wir gehen zu dem bösen Affen, um den Tod der Krabbenmutter zu rächen.«

»Da komme ich mit und stehe euch bei.«

Da tauchte ein Kuhmist auf und fragte: »Wohin wollt ihr denn?«

»Wir gehen zu dem bösen Affen, um den Tod der Krabbenmutter zu rächen.« Und der Kuhmist schloß sich ihnen an.

Als sie beim Affen ankamen, war er nicht da. Sie besprachen sich: »Der Affe ist nicht da. Das trifft sich gut. Wir verstecken uns und warten auf ihn. Die Kastanie soll sich im Ofen verstekken, die Nähnadel im Bohnenmusfaß, die kleine Krabbe im Wasserfaß, die Hummel in der Kammer nebenan und der Mühlstein über dem Eingang. Der Kuhmist soll sich vor die Tür legen, nachdem der Affe hereingekommen ist.«

Langsam wurde es Abend. Endlich kam der Affe. »Kalt ist es heute«, sagte er, und ging gleich an den Ofen, um sich den Hintern zu wärmen. Da sprang die rotglühende Kastanie herbei und blies dicke Flammen an den Hintern des Affen. Der Affe verbrannte sich tüchtig und wollte sich mit Wasser abkühlen. Kaum daß er ins Wasserfaß langte, kniff ihn die kleine Krabbe mit ihren Scheren.

»O weh, Hilfe!« schrie der Affe. Er drehte sich herum und suchte nach dem Bohnenmusfaß, denn Bohnenmus hilft bei Verbrennungen. Kaum hatte er den Faßdeckel geöffnet, stach ihn die Nähnadel in den Finger. »Hilfe, Hilfe! Ich werde mich in meine Kammer legen.«

Als er die Kammer betrat, summte die große Hummel auf ihn zu und stach ihn. Nun mochte der Affe nicht mehr im Haus bleiben und wollte hinaus. Aber vor dem Eingang stolperte er über den Kuhmist und fiel hin. In diesem Augenblick stürzte der Mühlstein mit einem Krach auf ihn herunter. So wurde der Affe zerdrückt und war gleich tot. Mukashi koppori.

Der Affe und der Fasan

Ein Affe und ein Fasan hatten ein gemeinsames Reisfeld. Als die Zeit fürs Pflügen kam, sagte der Fasan zum Affen: »Lieber Affe, da die Leute ringsherum pflügen, wollen wir auch pflügen.«

Der Affe antwortete: »Mir tun heute die Füße weh. Ich kann leider nicht mitmachen.«

»Dann wünsche ich dir gute Besserung. Ich pflüge schon allein.« So pflügte der Fasan das Reisfeld.

Die Zeit verging, und schon wurde es Zeit zu düngen. Der Fasan sagte zum Affen: »Lieber Affe, die Leute beginnen schon zu düngen. Wollen wir nicht auch unser Feld düngen?«

Der Affe: »Tut mir leid, aber heute habe ich schreckliche Kopfschmerzen.«

»Na, dann mache ich es allein.« So düngte der Fasan auch allein das Feld.

Nicht lange und der Fasan sagte zum Affen: »Lieber Affe, es ist Zeit fürs Reispflanzen. Wir müssen auch daran denken.«

»Ach, was kann ich tun? Ich habe seit Tagen Rückenschmerzen.«

»Dann mache ich es schon. Gute Besserung.« Der Fasan pflanzte auch allein.

Dann kam die Zeit des Bewässerns und des Unkrautjätens. Die Sommerhitze ging vorbei, der Herbst kam. Die Ähren hingen schwer herab. Es wurde Zeit für die Ernte. Der Fasan kam zum Affen und sagte: »Die Leute ernten überall ihren Reis. Wir wollen es auch tun.«

»O weh, o weh, der Rücken, die Hände und Füße schmerzen mir schrecklich, außerdem habe ich noch Kopfweh. Ich kann wirklich nicht mitarbeiten.«

»Gut, gut. Ich mache es schon. Du sollst dich schonen.« Und ohne dem Affen zu widersprechen, erntete der Fasan den Reis.

Als er fertig war, kam unerwartet der Affe. »Lieber Fasan, ich

danke dir sehr für deine Mühe. Wollen wir nicht Reisklöße bereiten und unsere Ernte feiern? Ich helfe dir gern dabei.«
»Eine gute Idee, fangen wir gleich an«, sagte der Fasan. Sie dämpften Reis im Topf und zerstampften ihn im Mörser und machten dabei ein Aufhebens, als ob sie das Bonfest und Neujahr auf einmal feiern wollten.
Als der Reis im Mörser zermahlen war, sagte der Affe: »Lieber Fasan, geh und hol eine Schüssel!« Während der Fasan in die Küche ging, um die Schüssel zu holen, nahm der Affe den Reisteig auf den Stößel und verschwand damit im Wald.
Der Fasan war sehr erstaunt, als er den leeren Mörser sah und den Affen nirgends entdeckte. Der gierige Affe aber merkte in der Eile gar nicht, daß der Reisteig in einem Busch hängenblieb. Erst tief im Wald legte er den Stößel von der Schulter auf die Erde und sah, daß kein Krümchen Teig mehr daran klebte. Beunruhigt lief er, nach allen Seiten suchend, den Weg zurück und entdeckte in dem Busch den Fasan, der emsig Staub vom Teig wegblies und den Teig gleich fraß.
Der Affe: »Da bist du ja, lieber Fasan. Wie schmeckt denn der staubbedeckte Reisteig da im Busch?«
Der Fasan: »Da kommst du ja, du Schlaumeier. Der Teig schmeckt mir wunderbar, wenn ich zuvor den Staub weggeblasen habe.«
Der Affe: »Gib mir doch ein bißchen.«
Der Fasan: »Du sollst den Teig an der Stößelspitze kosten. Der Reisteig hier im Busch gehört mir. Er schmeckt wirklich gut, wenn ich den Staub weggeblasen habe.«
»Mach doch keinen Spaß. Gib mir etwas davon!«
»Nein, du bekommst nichts. Das alles gehört mir.«
Der Affe ärgerte sich. »Gut, ich will nichts mehr. Aber ich komme heute Abend zu dir, da kannst du was erleben!« Damit verschwand er im Wald.
Der Fasan bekam es mit der Angst und lief nach Hause. Vor Furcht brach er in Tränen aus. Da rollte ein Ei herbei und fragte: »Warum weinst du, lieber Fasan?«

Der Fasan: »Der böse Affe will mich in der Nacht angreifen, deshalb habe ich Angst.«

Das Ei tröstete ihn: »Mach dir keine Sorge, ich stehe dir bei.«

Aber der Fasan weinte weiter. Da kam sehr steif der Stützbalken hinzu und fragte, warum er so weine.

»Der böse Affe will mich in der Nacht angreifen, deshalb weine ich vor Angst.«

Der Stützbalken tröstete ihn mit den Worten: »Hör auf zu weinen, ich steh dir bei.«

Trotzdem weinte der Fasan weiter. Da kamen ein Bitterwurm und eine dicke Nähnadel, ein Mühlstein rollte langsam heran und ein Kuhmist tappte auch herbei. Alle versprachen dem Fasan ihren Beistand. So hörte der Fasan endlich auf zu weinen.

Als es langsam dunkel wurde, versteckten sie sich. Der Stützbalken versteckte sich hinter der Eingangstür, das Ei im Ofen, die dicke Nähnadel neben dem Ofen, der Bitterwurm im Bohnenmusfaß, der Kuhmist im Garten, der Mühlstein auf dem Dach, und alle warteten auf den Affen.

Als es ganz dunkel war, kam der Affe, schon von Ferne schreiend, näher: »Fasan, du schlauer Fasan, jetzt komme ich zu dir, und du kannst etwas erleben. Hast du gehört, Fasan?«

Aber im Fasanenhaus blieb alles still. Der Affe dachte, daß sich der Fasan zu Tode ängstige und schrie so laut er konnte: »Wenn du mir die Tür nicht aufmachst, stoße ich sie mit Gewalt ein!« Damit stieß der Affe kräftig gegen die Tür. Da fiel der Stützbalken auf den Affen und versetzte ihm einen tüchtigen Schlag.

»O weh, wer hat mich da auf den Kopf geschlagen?« – Keine Antwort.

Dem Affen war es kalt, deshalb wollte er Feuer im Ofen machen. Da sprang ihn das rotglühende Ei an. »Au, au! Heiß!« Der Affe fiel auf den Rücken, und in diesem Moment stach ihn die dicke Nähnadel in den Hintern.

»O weh, o weh, Bohnenmus wird mir helfen!« Er stürzte zum Bohnenmusfaß, und in seiner Verwirrung steckte er sich etwas Mus ins Maul. Da biß er auf den Bitterwurm und spuckte ihn schnell aus. »Ekelhaft!«
Nun wollte der Affe nichts mehr mit dem Fasan zu tun haben, sondern schleunigst kehrtmachen. Aber als er das Haus verließ, stolperte er über den Kuhmist und fiel hin.
»Jetzt bin ich an der Reihe und besorge es dem bösen Affen!« rief der Mühlstein und stürzte auf ihn, so daß er gleich tot war.

Kachi-kachi-yama

Es war einmal ein alter Mann. Er arbeitete auf seinem Acker am Berghang. Während er Bohnen säte, sang er: »Aus einem Körnchen sollen tausend Körnchen werden. Aus einem Körnchen sollen tausend Körnchen werden.«
Auf einmal hörte er jemanden singen: »Ein Körnchen soll immer ein Körnchen bleiben. Und es soll verfaulen.«
Der Alte sah sich um und bemerkte einen Dachs, der auf einem Felsen saß. Da stand der Dachs auf und fraß die frische Saat, die der Alte gerade gesät hatte.
Am nächsten Morgen kaufte der Alte süße Reisstärke und beschmierte damit heimlich den Felsen, auf dem der Dachs gesessen hatte. Dann säte er wieder Bohnen auf seinem Acker. Da kam der Dachs wieder und sagte: »Nur ein Korn! Und es soll verfaulen!« Der alte Mann lief drohend auf den Dachs zu. Der Dachs wollte weglaufen, aber er klebte an dem Felsen fest. So konnte der Alte ihn fangen. Er band ihn mit dicken Ranken zusammen und hängte ihn unter das Vordach seines Hauses.
Am nächsten Morgen sagte der Alte zu seiner Frau: »Heute können wir Dachssuppe essen«, und ging wieder zu seinem Acker.
Als die Frau allein war, begann sie, Reis im Mörser zu zerstoßen. Da sprach sie der Dachs an: »Großmutter, liebe Groß-

mutter, ich möchte dir helfen. Bitte, binde mich ein wenig los.«
Nachdem er das mehrmals gesagt hatte, gab die Alte schließlich nach und löste die Knoten der Ranken. Da griff der böse Dachs nach dem Mörser und erschlug damit die Alte. Dann verwandelte er sich in die Großmutter, kochte ›Großmutter-Suppe‹ aus ihr und wartete auf den Alten.
Als der Mann zurückkam, empfing ihn der Dachs in Gestalt der Frau und gab ihm die Suppe. Der Alte aß sie auf und sagte: »Die Suppe hat mir gut geschmeckt, obwohl sie merkwürdig roch.«
Da sagte der Dachs: »Geh hinter das Haus und sieh, was dort liegt«, und floh in die Berge.
Als der alte Mann hinter das Haus trat, sah er dort die Knochen der Alten liegen.
Der Alte weinte lange. Ein Hase kam zu ihm und fragte: »Was hast du denn, lieber Großvater, warum weinst du?«
Der Alte erzählte ihm, was der böse Dachs getan hatte. Der Hase tröstete ihn und sagte: »Beruhige dich, ich werde es dem bösen Dachs besorgen.«
Am nächsten Tag ging der Hase auf den Berg und sammelte Reisig. Bald tauchte der böse Dachs auf und machte sofort mit. Als sie eine Menge Reisig gesammelt hatten, traten sie den Heimweg an. Der Dachs nahm einen Riesenhaufen auf den Rücken, der Hase jedoch nur einen kleinen. Eine Weile lief der Hase hinter dem Dachs her. Dann nahm er zwei Feuersteine und schlug sie, ›kachi, kachi‹, aneinander.
»Was ist denn das für ein Ton?« fragte der Dachs.
»Es macht kachi kachi, weil der Berg hier Kachi-Kachi-yama, Klopfender Berg, heißt«, antwortete der Hase.
Langsam fing das Reisig auf dem Rücken des Dachses Feuer und knisterte. Ehe das Reisig lichterloh brannte, verschwand der Hase. Der Dachs versengte sich schrecklich den Rücken.
Am nächsten Tag ging der Hase zum Pfefferfeld und bereitete eine Paste aus Pfefferschoten. Da erschien wieder der Dachs.

Er brüllte: »Endlich habe ich dich gefunden. Sieh, wie ich mich verbrannt habe. Jetzt will ich es dir besorgen!«
»Warum bist du so böse auf mich? Ich bin der Hase vom Pfefferfeld und weiß nicht, was dir der Hase vom Kachi-kachiyama angetan hat.«
Der Dachs antwortete: »Ach, du bist ein anderer Hase. Dann kannst du mir vielleicht helfen. Weißt du ein Mittel, das Verbrennungen heilt?«
»Das trifft sich gut«, antwortete der Hase, »diese Pfefferpaste wird dir helfen, sie ist das beste Mittel gegen Verbrennungen.«
Kaum hatte er dem Dachs den Rücken mit der Paste eingeschmiert, verschwand der Hase. Der Dachs heulte laut vor Schmerzen und lief wild umher. Schließlich sprang er in einen Fluß und wusch sich die Paste ab.
Am nächsten Tag suchte der Dachs nach dem Hasen. Endlich fand er ihn mit einem Beil beim Holzhacken. Er stürzte zu ihm hin und schrie ihn an: »Du böser Hase hast mich mit der Pfefferpaste eingeschmiert. Sieh, wie mein ganzer Körper noch geschwollen ist!«
Der Hase aber stellte sich dumm: »Was soll ich mit dir gemacht haben? Ich bin der Hase vom Zedernberg und habe nichts zu tun mit dem Hasen vom Pfefferfeld.« Ungerührt hackte er weiter Holz.
Der Dachs ließ sich nochmals betrügen: »Ach, du bist der Hase vom Zedernberg? Das wußte ich nicht. Was machst du denn mit dem Holz?«
»Daraus will ich ein Boot bauen«, antwortete der Hase.
»Und wozu brauchst du ein Boot?«
»Das ist doch klar. Mit dem Boot fahre ich auf dem Fluß und fange Fische.«
Der Dachs wollte auch Fische fangen. »Gut«, sagte der Hase, »dann mach mit. Ich baue ein weißes Boot aus Holz und du baust ein schwarzes aus Lehm.«
Der Dachs freute sich und machte sich gleich daran, ein Boot

aus Lehm zu kneten. Als beide Boote fertig waren, setzte sich jeder in seines und ruderte auf den Fluß. In der Mitte des Flusses stieß der Hase mit dem Ruder gegen das Lehmboot. Es bekam ein Loch und versank sogleich, und der böse Dachs ertrank. Toppin parari no chu.

Der Regentropfen im Althaus

Vor langer, langer Zeit stand einmal in den Bergen ein altes Bauernhaus, in dem ein alter Mann mit seiner Frau wohnte. Sie besaßen ein Pferd, das sie liebevoll pflegten in der Hoffnung, daß sie bald Fohlen haben würden.

Es war gerade ein Jahr, in dem es jeden Tag regnete. Die Tiere in den Bergen hatten wegen des vielen Regens schon kein Futter mehr. Besonders der Wolf litt unter dem Hunger, und er beschloß, sich an den Menschen zu vergreifen. So kam er in das Dorf zum Haus der Alten. Er versteckte sich in einer Ecke des Stalls und überlegte, ob er lieber den alten Mann fressen sollte oder dessen Frau. Im Ofen knisterte das Feuer, draußen fiel wie immer heftiger Regen. Plötzlich schlich noch jemand ins Haus und versteckte sich auf dem Stalldach. Es war ein Räuber, der das Pferd stehlen wollte. Die beiden Alten merkten davon nichts. Sie saßen am Ofen und erzählten sich dieses und jenes.

Da fragte die Alte ihren Mann: »Gibt es eigentlich auf der Erde noch Schrecklicheres als den Wolf und den Tiger?« Der Alte entgegnete: »Doch, das gibt's. Noch schlimmer als der Wolf und der Tiger ist der Regentropfen im Althaus. Paß auf, wahrscheinlich fällt der Regentropfen bald auch in unser Althaus«, und der Alte reckte den Hals und beobachtete, wie das Dach leckte.

Jetzt waren der Wolf und der Räuber in ihrem Versteck sehr erschrocken. Der Wolf sagte sich: ›Was mache ich jetzt, wenn der Regentropfen im Althaus kommt, der noch schlimmer ist als ich?‹

Der Räuber sagte sich : ›Da gibt's nur eines – abhauen!‹ Und er wollte gleich weg. Aber in der Eile fiel er vom Dach und gerade auf den Rücken des Wolfs.

Nun geriet der Wolf in Panik. ›Das muß der Regentropfen im Althaus sein, der auf meinem Rücken sitzt‹, sagte er sich und rannte davon, während er sich mehrmals heftig schüttelte, um sich von dem Regentropfen im Althaus zu befreien.

Der Räuber auf dem Rücken des Wolfs aber dachte, daß er gerade auf dem Regentropfen saß. ›Entweder mir oder diesem Regentropfen soll es ans Leben gehen‹, sagte er sich und klammerte sich immer fester an den Hals des Wolfs. Und je fester der Wolf den Griff spürte, desto mehr rannte er. Er rannte über die Felder, in die Berge und immer weiter. Plötzlich stand er vor einem Riesenloch. Mit einem Satz sprang er darüber. Dabei fiel der Räuber hinein. Der Wolf aber rannte wie von Sinnen weiter und merkte gar nicht, daß keiner mehr auf seinem Rücken saß. Als er endlich seine Höhle erreichte, atmete er erleichtert auf, und jetzt stellte er auch fest, daß er von dem Regentropfen im Althaus befreit war.

Der Wolf fühlte sich auf einmal sehr erleichtert und ging zu seinen Freunden, den anderen Tieren. »Wußtet ihr schon von dem schrecklichen Scheusal, dem Regentropfen im Althaus?« fragte er. »Es hatte sich gestern auf meinem Rücken festgeklammert, und ich konnte nicht umhin, die ganze Nacht hindurch zu laufen. Ich werde mich nie mehr sicher fühlen, solange dieses Scheusal noch lebt. Ich will Rache nehmen an ihm. Bitte helft mir!« Die anderen Tiere antworteten: »Da du solche Angst hast, muß es ja ein schreckliches Wesen sein. Aber sei beruhigt. Wir fangen es und reißen es in Stücke.«

Sie machten sich auf die Suche nach dem Regentropfen und kamen zu dem Riesenloch. Dort sprangen sie hoch auf und heulten wild. Der arme Räuber erschrak noch mehr als zuvor. Was für ein Pech. Diesmal hatte er nicht nur ein Scheusal vor

sich, sondern ein ganzes Rudel wilder Tiere. Er wollte sich nicht von ihnen auffressen lassen und versteckte sich noch tiefer in dem Loch. Die Tiere lauerten davor. Unten war nichts als Finsternis.
Der Affe trat vor und steckte seinen langen Schwanz in das Loch. »Wer bist du, Regentropfen im Althaus? Wo steckst du?« rief er.
Der Räuber faßte verzweifelt nach dem Schwanz des Affen und zog daran. »O weh! Hilfe!« Der Affe wollte seinen Schwanz heraufziehen, aber es wurde so stark daran gezogen, daß er sich schließlich vom Hinterteil des Affen abtrennte. Der Affe fiel nach vorn und bekam viele Risse im Gesicht.
Seitdem gibt es nur noch wenige Affen mit einem langen Schwanz, aber alle haben sie ein zerfurchtes rotes Gesicht.

Der Affe und die Qualle

Eines Tages wurde die einzige Tochter des Drachenkönigs, der in seinem Palast im Meer lebte, schwer krank. Der König fragte einen Wahrsager um Rat und erhielt folgende Antwort: »Die Prinzessin kann nur gesund werden, wenn sie die Leber eines lebendigen Affen ißt. Da wir aber über die Lebewesen auf dem Lande keine Macht haben, müssen wir die Hoffnung aufgeben.«
Der Drachenkönig rief sogleich alle seine Untertanen im Meer zu sich und beriet sich mit ihnen. Sie dachten vergeblich nach und schwiegen. Da meldete sich eine Qualle und sagte: »Ich will es versuchen.« Der Drachenkönig freute sich sehr und versprach ihr eine große Belohnung, wenn sie einen Affen zu ihm ins Meer bringen würde.
Als die Qualle an die Küste kam, sah sie einen Affen auf einem Baum spielen und rief ihm zu: »Guten Tag, mein Lieber. Möchtest du etwas Schönes im Meer sehen? Komm, ich zeig dir was!«

Der Affe kletterte herunter und sagte: »Lust habe ich schon, aber ich kann nicht schwimmen.«
»Das macht nichts«, entgegnete die Qualle, »setz dich nur auf meinen Rücken und schließe die Augen. Im Nu werden wir im Drachenpalast auf dem Meeresgrund sein.«
So ließ sich der Affe von der Qualle betrügen. Damals besaß die Qualle noch einen Panzer aus Schildpatt, dicker als bei einer Schildkröte. Der Affe setzte sich auf den Rücken der Qualle und schloß die Augen. Als die Qualle sagte: »Augen auf!«, waren sie direkt vor dem Haupttor des Drachenpalastes angelangt. Nun fühlte sich die Qualle erleichtert, und plötzlich sagte sie zum Affen: »Weißt du eigentlich, warum du hier bist? Man will deine Leber haben.«
Der Affe erschrak mächtig und dachte nach.
»Was hast du denn?« fragte die Qualle.
»Hör zu, ich habe meine Leber nicht bei mir. Sie ist an der Küste auf einem Ast aufgehängt. Da schönes Wetter war, habe ich sie gewaschen und zum Trocknen aufgehängt.«
Die Qualle: »Wenn das so ist, müssen wir zurück und deine Leber holen. Setz dich noch einmal auf meinen Rücken und schließ die Augen.«
So setzte sich der Affe wieder auf den Rücken der Qualle und sie kehrten zurück an die Küste. Dort sprang der Affe geschwind auf einen Baum und kam nicht mehr herunter.
»Lieber Affe, wo hängt denn deine Leber? Hol sie und komm zurück«, rief die Qualle. Der Affe lachte höhnisch und sagte: »Überleg einmal, welcher Narr würde seine Leber auf einen Baum hängen? Natürlich steckt sie in meinem Bauch. Verstehst du jetzt? Meine Leber wirst du nicht bekommen, und nun verschwinde, du Törichte, sonst kannst du was erleben!«
So konnte die Qualle nicht anders, als Hals über Kopf zu fliehen. Sie kam zurück zum Drachenkönig und berichtete, was geschehen war. Da wurde der König sehr zornig. Er ließ der Qualle die Haut abziehen und alle Knochen brechen. Danach wurde sie verbrannt.

Bis heute ist es der Qualle nicht erlaubt, auf den Meeresgrund zurückzukehren oder auf dem Lande zu leben. Deshalb schwimmt sie überall in den Wellen des Meeres umher.

Der Wettlauf zwischen dem Hasen und der Schildkröte

Es lebten einmal ein Hase, eine Schildkröte und eine Eule auf einem Hügel namens Terada vor der Stadt Yura. Der Hase und die Schildkröte beschlossen eines Tages, miteinander um die Wette zu laufen. Die Eule sollte über ihnen fliegen und ihnen zusehen.

Der Hase rannte geschwind einen Berg hinauf. Er rannte und rannte bis zu einer einsamen Kiefer auf dem Gipfel des Berges. Vor lauter Eifer stieß er mit dem Kopf gegen den Baum, daß er Sterne vor Augen sah. Da rief die Eule hoch über der Kiefer: »Gut bist du gerannt, Hase, aber die Wette hast du leider verloren. Sieh, die Schildkröte ist schon längst am Ziel.«

Der Hase sah sich um. Da saß die Schildkröte schon unter dem Baum und wischte sich den Schweiß ab.

»Das ist doch unmöglich, daß ich von der Schildkröte, dem langsamsten Läufer der Welt, besiegt werde!« rief der Hase. »Wir wollen noch einmal laufen!« Der Hase rannte eilig bergab. Kaum hatte er aber das Ziel erreicht, hörte er die Eule von oben rufen: »Tapfer bist du gerannt, Hase, aber die Wette hast du abermals verloren.«

Da erblickte der Hase die Schildkröte wieder bereits am Ziel.

Nun rief der Gott von den weißen Wolken zu den Tieren herab: »Du bist ehrlich, Hase. Aber ihr seid schlau, Eule und Schildkröte! Ihr habt eine Schildkröte auf den Gipfel des Berges und eine an seinen Fuß gesetzt, ihr Betrüger. Durch eure Arglist hat der Hase die Wette verloren. Nun kommt zu mir, ihr beiden Schildkröten und du, Eule.«

Zu den Schildkröten sagte der Gott dann: »Ihr Faulenzer!« und

schlug dabei mit einem Stock auf ihr Schild, so daß es viel Risse bekam – dreieckige, sechseckige und achteckige. Seitdem haben die Schildkröten diese Risse auf ihrem Panzer.
Zur Eule sagte der Gott: »Du Taugenichts!« Dabei bohrte er ihr die Augen aus und setzte an ihre Stelle andere, die nur des Nachts sehen.
Seitdem sind die Eulen bei Tageslicht blind, und man sagt, daß sie bei schönem Wetter den Menschen mahnend zurufen: »Seid fleißig, wascht eure Wäsche, stärkt sie und hängt sie auf! Uuuuh, uuuh!«

Die gehorsame Spätzin

Diese Geschichte spielt in alten Zeiten. Sie handelt von einer Spätzin und einem Specht. Die Spätzin war schon immer ein unscheinbares Vögelchen, der Specht dagegen ein ansehnlicher Vogel. Früher pflegte sich jede verheiratete Frau die Zähne zu schwärzen. Eines Tages, als die Spätzin gerade damit beschäftigt war, hörte sie, daß ihre Mutter sehr krank sei. Erschrokken eilte sie sofort mit noch verschmierten Mundwinkeln zu ihr.
Die Mutter lag auf dem Sterbebett und sprach: »Ich will dir sagen, wie du immer genug Futter haben wirst. Wenn du mit anderen Spatzen unter einem Bündel Reis die Körner aufpickst, werden euch die Menschen fortjagen. Da fliege einfach zu einem anderen Bündel und versuche das Gleiche, bis die Menschen kommen. Wieder fortgejagt, flieg zu einem dritten Bündel, wo es noch zu fressen gibt. Sei immer so fleißig, wie du nur kannst, dann wirst du stets genug zum Leben haben.« Darauf starb die Mutter.
Kurz danach wurde dem Specht mitgeteilt: »Deine Mutter liegt im Sterben. Komm gleich zu ihr.« Der Specht aber begann, sich zunächst zu schminken und umzukleiden. Als er schließlich zu der Mutter kam, war sie bereits tot. Der Specht konnte also keinen guten Ratschlag mehr von ihr erhalten. Noch heute

leidet er beständig unter Futtermangel und müht sich, aus Baumstämmen Würmer herauszupicken.
Weil der Specht immer schön sein wollte und nicht gleich zur Mutter eilte wie die Spätzin, ist das sein Schicksal. Darin liegt der Unterschied zwischen dem gehorsamen und dem ungehorsamen Kind. Koppori.

Der Vogel, der um Wasser flehte

Bei einem reichen Herrn stand einmal ein Knecht im Dienst, der sehr faul war. Wenn der Herr ihm befahl, die Kühe zu tränken, antwortete er: »Ich habe ihnen schon gegeben.« Aber das stimmte gar nicht. So unehrlich war er.
Nach seinem Tod verwandelte sich der Knecht in einen Vogel, dessen flehentliches Rufen man in dieser Gegend noch heute vernehmen kann. Jedesmal, wenn der Vogel an einem Bach Wasser trinken will, wird das Wasser gleich zu Feuer, so daß er nicht trinken kann. Das ist die Strafe dafür, daß er damals, als er ein Mensch war, die Kühe nicht getränkt hat. Jetzt kann er seinen eigenen Durst nicht stillen und fleht die Bächlein vergeblich um Wasser an. So berichtet eine alte Überlieferung.

Der Kuckuck

Jedes Jahr, wenn die jungen Reispflanzen gesetzt werden, hört man den Kuckuck ›kakkō, kakkō‹ rufen. Es klingt, als würde ein Mensch rufen. Darüber gibt es eine Geschichte.
Es war einmal eine Witwe mit einem kleinen Kind. Kacka, die Mutter, pflegte den Bauern bei der Arbeit im Wasserfeld zu helfen und verdiente damit etwas Geld. Das Kind, das Kakko hieß, blieb dann allein zu Hause.
Eines Tages mußte die Mutter wieder zur Arbeit gehen und sagte zu ihrem Kind: »Ein braves Kind geht nicht allein weg,

sondern wartet schön zu Hause auf die Mutter, verstehst du?«

Sie ging und pflanzte den ganzen Tag junge Reispflänzchen. Als es abends dunkel wurde, ging sie nach Hause. Zunächst wollte sie ihre Füße im Bächlein hinter dem Haus waschen und streifte die Arbeitshose von einem Bein. In diesem Augenblick schaute sie sich um und rief ihrem Kind zu: »Kakko, Kakko, ich bin wieder zurück, Kakko!«

Da das Kind jedoch nicht antwortete, eilte die Mutter, einen Fuß noch in der Hose, ins Haus. Nirgends war Kakko zu finden. Die Mutter bekam Angst. Sie lief auf einen Hügel und rief: »Kakko, Kakko!« Sie lief ins Tal und rief: »Kakko!« Alles vergebens. Die Mutter suchte überall nach ihrem Kind, und schließlich wurde sie allmählich zu einem Kakko, einem Kuckuck. Weil das eine Bein der Mutter noch in der Arbeitshose steckte, als sie nach ihrem Kind suchte, hat der Kuckuck ein schwarzes und ein weißes Bein.

Seitdem ruft der Kuckuck immer im Frühjahr, wenn die Reisfelder bestellt werden, und man nennt ihn auch den Vogel des Reispflanzens.

Die Geschichte der Eule

Es waren einmal eine Mutter und ihr Kind. Das Kind war sehr lebhaft, es spielte Ringkämpfe mit den Freunden, fiel oft in den Fluß und machte sich immer die Kleider schmutzig. Die Mutter tadelte es oft und sagte: »Sei bitte nicht so wild und mach dich nicht so schmutzig.« Aber vergebens. Abends nach ihrer Feldarbeit mußte die Mutter die Sachen des Sohnes waschen und machte sich immer Sorge, was der Junge bei schlechtem Wetter anziehen sollte.

Eines Tages wurde die Mutter krank und starb. Das Kind tollte tagsüber nach wie vor herum, aber abends dachte es sehr an seine tote Mutter. Vor Kummer verwandelte es sich schließlich

in einen Vogel, eine Eule. Tagsüber versteckte sich die Eule in den Bäumen, weil die anderen Kinder nicht mehr mit ihr spielen wollten. Abends, wenn ein schöner Tag zu Ende ging, erinnerte sich die Eule an die Mutter und an ihre Arbeit. Dann sang sie leise: »Stärkt die Wäsche und hängt sie auf. Hou, hou.«
Weil die Eule einmal ein ungezogenes, schmutziges Kind war, ist sie noch immer ein schwarzer, unansehnlicher Vogel. So heißt es. Soū de koppori.

Der weiße Hase von Inaba

Der Gott Ōkuninushi hatte achtzig göttliche Brüder. Die achtzig göttlichen Brüder hörten von der schönen Prinzessin Yagami im Land Inaba. Jeder wollte die schöne Prinzessin zur Frau haben, und so machten sie sich gemeinsam auf den Weg in das ferne Inaba.
Ōkuninushi, der jüngste von ihnen, war sanft und bescheiden von Natur. So ließen sich seine Brüder von ihm bedienen. Ōkuninushi hatte einen schweren Sack mit den Lasten seiner Brüder zu tragen, deshalb ging er mühsam weit hinter den anderen. Als die Brüder eine Küste namens Keta im Land Inaba erreichten, sahen sie einen nackten Hasen ohne Fell am Boden liegen und jämmerlich nach Luft schnappen. Da sagten die achtzig Götter spöttisch zu ihm: »Lieber Hase, wenn du wieder ein Fell auf dem Körper haben willst, bade dich im Meer und leg dich dann auf den Gipfel des Berges. Dort wird der Wind aus allen Richtungen wehen, und du bekommst bald wieder ein Fell.«
Der Hase glaubte den Worten, badete sogleich im Meer und legte sich auf den Berggipfel in den Wind. Als das Salzwasser an seinem Körper trocknete, wurde seine Haut rissig und blutig. Der Hase schrie um Hilfe und wälzte sich hin und her. Da kam der Gott Ōkuninushi als letzter der Brüder vorbei und sah den

Hasen. »Lieber Hase, was ist los mit dir? Warum weinst du so?« sagte er freundlich.
So erzählte der Hase weinend: »Ich lebte einst auf der kleinen Insel Oki und wollte gern auf die Hauptinsel. Jeden Tag hockte ich an der Küste und dachte nach. Einmal sah ich in den Wellen ein paar Krokodile spielen. Da hatte ich eine Idee, wie ich sie betrügen könnte. Laut rief ich zu den Krokodilen: ›Seid ihr Krokodile wohl mehr an Zahl als wir Hasen? Oder ist es umgekehrt? Was meint ihr, wollen wir wetten? Dann ruft alle Krokodile herbei und legt euch in eine Reihe von hier bis zur Landspitze Keta an der Hauptinsel. Ich werde über eure Rükken gehen und euch zählen.‹ Bald war das Meer schwarz von unglaublich vielen Krokodilen. Sie bildeten eine lebende Brücke, wie ich es ihnen gesagt hatte. Ich sprang zählend über die Rücken der Krokodile hinweg. Ich zählte ungeheuer viele Krokodile, bis ich mich endlich der hiesigen Küste näherte. Vor meinem letzten Sprung ans Land schrie ich vor Freude: ›Ihr dummen Krokodile! Ihr seid betrogen. Ich hatte nicht die Absicht, euch zu zählen, ich wollte nur die Küste der Hauptinsel erreichen.‹ Im gleichen Augenblick wurde das letzte Krokodil zornig und packte mich. Schließlich wurde ich ganz nackt und ohne Fell ans Land geworfen. Ich lag einsam an der Küste und weinte. Da kamen deine achtzig Brüder vorbei und gaben mir einen Rat. Ich folgte ihm, badete mich im Meer und legte mich in den Wind. Nun ist mein Körper ganz steif und blutig.« Der Hase brach wieder in Tränen aus.
»Das tut mir sehr leid«, sagte der jüngste Gott. »Schnell, geh zur Flußmündung und bade dich dort im Süßwasser. Wenn du das Salz vom Körper abgewaschen hast, pflück die Blüten der großen Binsen am Ufer und streu das gelbe Blütenpuder auf den Boden. Wenn du dich in dem Puder wälzt, wird er an dir kleben, und dann bekommst du ein neues dichtes Fell.«
Der Hase bedankte sich sehr: »Du bist wirklich ein gutherziger Mann. Aber wie gemein waren deine Brüder! Jetzt trägst du

zwar eine schwere Last, doch später wirst du in diesem Land herrschen. Wohin willst du?«
»Ich begleite meine Brüder zur Prinzessin Yagami im Land Inaba. Alle wollen die Prinzessin zur Frau.«
Darauf sagte der Hase laut: »Wetten, daß die Prinzessin gerade dich zum Bräutigam wählt?«

Der Anfang des Lebens auf der Erde

In uralter Zeit rief der Sonnengott Ganashi den Gott Aman zu sich, gab ihm eine Menge Steine und Sand und befahl ihm: »Geh hinunter und gründe eine Insel auf der Erde!«
Aman warf die Steine und den Sand über die himmlische Sieben-Shaku-Brücke hinunter ins Meer und rührte sie mit der himmlischen Hellebarde um. Darauf entstand mitten im Meer eine Insel, die spätere Yaeyama-Ishigaki-Insel. Darauf wuchsen Adanbäume mit ihren duftenden Früchten, aber es gab weder Mensch noch Tier, die sie hätten verzehren können.
Da schuf Aman in einer Höhle die ersten Lebewesen. Es waren Einsiedlerkrebse. Aman lief auf der Erde herum und rief: »Kaburi«. Dadurch wurden die Krebse lebendig. Sie krochen nun auf der Insel umher, fraßen die Adanfrüchte und vermehrten sich. Später schuf Ganashi mit dem Ruf ›Kaburi‹ die ersten Menschen. Sie kamen aus der gleichen Höhle, ein schöner junger Mann und eine schöne junge Frau. Die beiden fanden die reifen Adanfrüchte und aßen sie. »Wie wunderbar schmeckt diese Frucht!« riefen sie. Der Adanbaum wurde für sie der Lebensbaum.
Dann führte Ganashi die beiden Menschen an einen Brunnen. Er befahl der Frau links und dem Mann rechts um den Brunnen herumzulaufen und sich in der Mitte zu umarmen. In ihrer Umarmung wurden drei Jungen und zwei Mädchen gezeugt. Seitdem vermehren sich ihre Nachkommen auf der Yaeyama-Insel.

Der Schlangenbräutigam

Es war einmal ein alter Mann, der drei Töchter hatte. Eines Tages kam er zu seinem Reisfeld und sah, daß es ganz ausgetrocknet war. Zufällig fiel sein Blick auf eine Schlange, die gerade einen Frosch verschlucken wollte. Der Alte vertrieb die Schlange und rettete so den Frosch. Dabei sagte er vor sich hin: »Die Schlange sollte mir lieber helfen, mein Feld zu bewässern. Ich würde ihr auch eine meiner Töchter zur Braut geben.«

Schon am Abend hatte er die Sache vergessen. Als er aber am nächsten Morgen wieder zu seinem Feld kam, fand er es voller Wasser. Da fielen ihm seine Worte vom Vortag wieder ein, und er bereute sie zutiefst. Er kehrte sofort wieder heim und legte sich auf sein Schlaflager. Darauf kam seine älteste Tochter zu ihm und fragte: »Was ist los mit dir, Vater? Soll ich einen Arzt holen?«

»Weder ein Arzt noch irgendein Heilmittel wird mir helfen«, antwortete der Alte. »Was mir am Herzen liegt, ist ...«, und erzählte es ihr alles.

Die Tochter wurde gleich sehr böse. »Wer will schon ein Tier heiraten? Ich bestimmt nicht! Wie kannst du nur so etwas denken?« antwortete sie und lief weg.

Mit der mittleren Tochter erging es ihm ebenso.

Schließlich hörte die jüngste Tochter alles und tröstete den Alten: »Mach dir keine Sorgen mehr, Vater. Steh ruhig auf, ich werde zu der Schlange gehen.«

Dann dachte sie lange nach und verlangte einen hölzernen Badetrog und tausend Nähnadeln. Sie selbst bereitete tausend Reisklöße und steckte in jeden eine Nadel, während der Alte ein Paar riesige Strohsandalen für den Bräutigam flocht. Als alles bereit war, kam die Schlange in Gestalt eines jungen Mannes zu dem Alten und verlangte seinem Versprechen gemäß eine seiner Töchter zur Braut.

»Ich halte schon mein Wort«, sagte der Alte und zeigte auf seine jüngste Tochter. Dann sprach er: »Meine Tochter badet sich oft und gern. Sie wird einen Badetrog brauchen, wenn sie im Wald wohnt. Nimm sie mit.« Der Schlangenbräutigam nahm den Trog auf den Rücken und trug ihn den weiten Weg. Die jüngste Tochter folgte ihm mit den tausend Reisklößen auf dem Rücken. Sie wanderten, bis sie zu einem großen Teich kamen. Als der Schlangenbräutigam auf der schmalen Brücke vorausging, trat ihm die schlaue Tochter auf die Sandalen, so daß er stolperte und ins Wasser fiel. Als die Schlange wieder auftauchte, trug sie den mit Wasser gefüllten Badetrog, so daß sie kaum noch schwimmen konnte. Sie keuchte mit weit geöffnetem Rachen. Die kluge Tochter warf der Schlange einen Reiskloß nach dem anderen in den Rachen. Als die Schlange alle tausend Reisklöße aufgefressen hatte, kam sie den Damm herauf. Sie stöhnte vor Schmerz, den ihr die Nadeln verursachten, ganz laut auf und war tot.

Als das geschehen war, dachte das Mädchen: ›Zu meinem Vater kann ich nun nicht mehr zurück. Lieber will ich allein in die Welt gehen.‹ So wanderte sie weiter, bis es schon dämmerte. ›Wo kann ich die Nacht verbringen?‹ fragte sie sich ängstlich. Plötzlich sah sie in der Ferne ein Licht. Sie näherte sich ihm und kam zu einer Hütte. Eine weißhaarige Alte empfing sie und ließ sie übernachten.

Als das Mädchen am nächsten Morgen erwachte, fand sie sich in einem Haufen Laub ohne ein Dach über dem Kopf. Von einer Hütte war weit und breit nichts zu sehen. Aber ein kleiner Frosch saß vor ihr und sagte: »Dein Vater hat mir einmal eine Wohltat erwiesen, indem er mich vor einer Schlange gerettet hat. Dafür habe ich dich gestern bei mir übernachten lassen. Zum Abschied will ich dir ein Tarngewand schenken. Darin kannst du im nächsten Dorf als Magd arbeiten.«

Er gab ihr das Gewand mit den Worten. »Tagsüber trage es mit der Innenseite nach außen, abends darfst du es richtig herum anziehen. Hier hast du noch ein Buch. Vielleicht kannst du es lesen, nachdem du abends gebadet hast.«

Das Mädchen befolgte die Worte des Froschs und wurde Magd

bei einer reichen Familie im nächsten Dorf. Tagsüber, wenn sie das Gewand gewendet trug, sah sie aus wie eine schmutzige kleine Alte mit weißem Haar. Aber abends nach dem Bad, wenn sie das Gewand richtig herum angezogen hatte und in ihrer Kammer das Buch las, war sie eine bildhübsche Frau.
Sie war so schön, daß sich der Hausherr, als er sie zufällig einmal sah, gleich in sie verliebte. Seitdem lag er krank auf seinem Schlaflager. Er wollte weder einen Arzt noch ein Medikament. Statt dessen rief er alle Mägde des Hauses zu sich. Als sie alle vor ihm hockten, blickte er sie der Reihe nach an. Dann fragte er, ob noch eine fehlt. Jemand antwortete, es gäbe noch eine häßliche Alte für die Hofarbeit. Auch sie wurde gerufen. Als sie frisch gebadet in ihrer richtigen Tracht am Ende der Reihe saß, wurde es ganz still. Niemand kannte die hübsche junge Frau. Der Hausherr ging sogleich auf sie zu und reichte ihr ein Gläschen. Damit wurde sie seine Braut.
So ist es tatsächlich gewesen. Gonbe no ha.

Der Affenbräutigam

Es war einmal ein Vater, der hatte drei Töchter. An einem heißen Sommertag war sein Reisfeld völlig ausgetrocknet, und er wußte nicht, wie er es allein bewässern sollte. Ratlos saß er auf einem Stein. Da vernahm er ein Geräusch, und ein großer Affe stand vor ihm. Er fragte den Mann, was mit ihm los sei. Der antwortete: »Mein Feld ist ganz trocken, und ich werde in diesem Jahr bestimmt keine gute Ernte haben.«
Der Affe entgegnete: »Ich kann dir helfen, dein Feld zu bewässern. Du mußt dich dafür aber erkenntlich zeigen und mir geben, was ich verlange.«
»Ich gebe dir, was du verlangst, nur hilf mir!« versprach der Vater. Als er am nächsten Morgen wieder zu seinem Feld kam, war es voll Wasser. Da trat der Affe vor ihn hin und sagte: »Nun halte dein Wort. Gib mir eine deiner Töchter zur Braut.«

Der Vater erschrak. Ganz blaß kehrte er nach Hause zurück und legte sich sogleich hin. Er konnte die ganze Nacht nicht schlafen und atmete schwer. Am Morgen kam die älteste Tochter zu ihm und fragte: »Vater, lieber Vater, warum stehst du nicht auf? Das Frühstück ist schon fertig. Fühlst du dich nicht wohl?«

»Krank bin ich nicht, aber mir liegt etwas auf dem Herzen. Mein Feld war ganz ausgetrocknet, und ein Affe half mir, es zu bewässern. Dafür muß ich ihm eine meiner Töchter zur Braut geben. Jetzt bin ich es, der sein Versprechen halten muß. Es tut mir sehr leid, aber vielleicht wirst du die Braut des Affen?«

Die älteste Tochter ärgerte sich sehr und verließ erbost den Raum. »Das ist unmöglich. Welches Mädchen auf der Welt will schon eine Affenbraut sein?« rief sie.

›Ja, die älteste Tochter hat recht‹, dachte der Vater und stöhnte auf seinem Schlaflager.

Da kam die mittlere Tochter zu ihm. »Vater, lieber Vater, warum stehst du nicht auf? Das Frühstück ist schon fertig. Fühlst du dich nicht wohl?«

So erzählte der Vater auch ihr die gleiche Geschichte. Die mittlere Tochter fühlte sich ebenfalls beleidigt und verließ wütend den Raum. »Das ist doch unmöglich. Welches Mädchen auf der Welt will schon eine Affenbraut sein!« sagte auch sie.

›Ja, die mittlere Tochter hat recht‹, dachte der Vater und wälzte sich weiter auf seinem Schlaflager.

Nun kam die jüngste Tochter zum Vater und fragte ihn: »Vater, lieber Vater, fühlst du dich nicht wohl? Was hast du denn auf dem Herzen? Sag es mir nur!«

Da erzählte der Vater auch der Jüngsten alles. Sie aber antwortete: »Vater, lieber Vater, mach dir keine Sorgen mehr und steh auf. Das Frühstück ist schon lange fertig. Ich werde die Braut des Affen.«

»Ach du, meine Liebste.« Der Vater vergoß Tränen und aß sein Frühstück.

So heiratete die jüngste Tochter den Affen. Der Affe war immer

gut zu seiner Frau und arbeitete fleißig. Als der Frühling kam, wollte der Affe mit seiner Frau den Schwiegervater besuchen, um mit ihm das Pfirsichblütenfest zu feiern. Dafür bereitete er Reisklöße vor. Er dämpfte den Reis und stampfte ihn im Mörser. Dann fragte er seine Frau, worin man den Teig für die Reise aufbewahren sollte. Sie antwortete: »Im Kasten würde er nach Holz riechen. Laß ihn lieber im Mörser und trag ihn darin.«
Der Affe war seiner Frau gegenüber immer gehorsam. Er trug den schweren Mörser auf dem Rücken und führte seine Frau bergab zum Dorf. Als sie ans Ufer des Flusses kamen, sah die Frau wunderschöne Pfirsichblüten hängen. Sie bat den Affen: »Lieber Mann, hol mir doch einen Zweig voller Blüten, ich will ihn dem Vater mitnehmen.«
»Eine gute Idee«, antwortete der Affe und wollte den Mörser auf den Boden stellen. Da sagte die Frau: »Auf dem Boden würde der Mörser nach Erde riechen, auf dem Gras würde er nach Gras riechen. Behalte den Mörser lieber weiter auf dem Rücken und klettere auf den Baum.«
»Wie du willst«, entgegnete der Affe und kletterte mit dem Mörser auf den Baum hinauf. Er ergriff einen Zweig und rief zu seiner Frau hinunter: »Soll es dieser sein?«
Sie schaute höher hinauf und sagte: »Nein, dieser nicht, ein Stückchen weiter oben sind noch schönere Zweige.«
Der Affe gab sich große Mühe. »Gefällt dir dieser?«
»Nein, nicht so recht. Noch ein bißchen höher sehe ich einen schöneren Zweig.«
So stieg der Affe immer höher hinauf, bis plötzlich unter seinen Füßen ein Ast abbrach. Der Affe fiel in den Fluß hinab und weil er noch immer den schweren Mörser auf dem Rücken trug, versank er bald in der Tiefe und ertrank.
Die Frau kam allein zu ihrem Vater zurück und half ihm weiterhin fleißig bei der Feldarbeit. Sie lebte dort lange und glücklich. Dōbin!

Wie die Seidenraupenzucht begann

Vor langer, langer Zeit lebte ein reicher Mann, der eine sehr hübsche Tochter hatte. Sie war zur gleichen Zeit und im gleichen Haus geboren wie sein Pferd, und die beiden waren zusammen herangewachsen. Als die Tochter ins Mädchenalter kam, war auch aus dem Fohlen ein schönes, stattliches Pferd geworden. Der Mann war sehr stolz auf beide. Die Tochter kam jeden Tag in den Stall, um das Pferd zu füttern. Dabei dachte sie oft: ›Wäre ich ein Mann, dann könnte ich das schöne Pferd reiten.‹

Auch das Pferd dachte im Inneren an sie: ›Wäre ich ein junger Mann, so könnte ich sie heiraten.‹ Bald waren sie beide sehr ineinander verliebt.

Da eine Heirat zwischen einem Menschen und einem Tier auf der Welt nicht möglich ist, konnte ihre Liebe keine Erfüllung finden. Das Pferd wollte schließlich vor Liebeskummer nicht mehr fressen und starb. Alle waren tief betrübt, aber am Ende wurde dem Pferd wie üblich das Fell abgezogen. Die Tochter stand dabei und weinte bitterlich: »Das Leben auf der Welt ist vergänglich. Ewiges Glück erwartet uns im Jenseits. Führe mein Pferd dahin, Kanzeon, führe es dahin.«

Im selben Augenblick kam ein Wind auf, und das Pferdefell, das man auf einen Ast des Baumes gehängt hatte, fiel auf die Tochter. Es umhüllte sie und flog mit ihr in den Himmel. Die Leute waren sehr verblüfft und riefen ihr vergebens nach.

Seitdem trauerte der reiche Mann mit den Seinen Tag und Nacht um die Tochter.

Ein Jahr verging. Als der Mann eines Tages in seinen Garten ging, entdeckte er viele schwarze und weiße Raupen. Er rief einen berühmten Wahrsager zu sich und fragte ihn um Rat. Dieser sagte: »Die schwarzen Raupen sind die Verwandlung des Pferdes, die weißen die der Tochter.«

Tatsächlich hatten die Raupen winzige Gesichter und auf den schwarzen war ein Hufmuster zu sehen.

Der Mann glaubte, daß ihm die Raupen Glück bringen würden. Er setzte sie in eine Kiste und fütterte sie mit Maulbeerblättern. Während sie wuchsen, machten sie dreimal eine Pause, in der sie nichts fraßen. In der vierten Pause häuteten sie sich. Dann fraßen sie zehn Tage lang Maulbeerblätter und spannen sich schließlich in Kokons ein.
So begann die Seidenraupenzucht, und das Mädchen und das Pferd wurden ihre Schutzgötter.

Die Baumfrau

Vor langer Zeit veranstaltete ein Landesherr eine Falkenjagd. Dabei entflog der Falke und versteckte sich zwischen den Blättern einer Weide. Das Gefolge beschloß, den Baum zu fällen, um den Falken zu fangen. Da trat ein Samurai hervor und sagte: »Mir tut diese schöne Weide leid. Laßt mich versuchen, den Falken zu fangen.«
Und es gelang ihm tatsächlich, den Falken hervorzulocken und zu fangen. So blieb der Baum stehen.
Der Samurai war unverheiratet und von niedrigem Stand. Eines Abends kam eine fremde Schöne zu ihm und bat um ein Nachtlager. Der Samurai antwortete: »Du kannst gern hier übernachten, aber ich habe nur eine bescheidene Unterkunft.«
Zum Dank begann die Frau, fleißig zu arbeiten. Sie kochte Essen, hielt die Zimmer sauber und wusch die Wäsche. Schließlich wollte sie bei dem Samurai bleiben und seine Frau werden. Eine glückliche Zeit verging. Die Frau gebar einen Sohn. Eines Tages sah die Frau blaß und ängstlich aus.
»Was ist los mit dir? Bist du vielleicht krank?« fragte der Samurai.
Die Frau: »Nein, krank bin ich nicht.«
Der Samurai: »Du siehst aber sehr blaß aus.«
Da erzählte ihm seine Frau: »Ich bin in Wirklichkeit der Geist

der Weide, die du damals gerettet hast. Trotz der schönen Zeit bei dir muß ich dich nun verlassen, weil der Landesherr mich für den Bau seines neuen Palastes fällen lassen will. Wegen unseres armen Kindes aber habe ich eine Bitte. Wenn ich an dem und dem Tag gefällt werde, dann laß das Kind den mit mir beladenen Wagen ziehen.«
Damit verschwand die Frau. Der genannte Tag kam. Die Weide wurde gefällt und auf einen Wagen geladen. Aber er wollte und wollte sich nicht bewegen, obwohl viele Leute daran zogen. Schließlich rief man den Jungen des Samurai.
Kaum griff der Junge nach dem Seil, da wurde der Baumstamm ganz leicht und ließ sich zu der Stelle ziehen, wo der neue Palast gebaut werden sollte. Der Junge wurde vom Landesherrn reich belohnt. Und so konnten der Samurai und sein Sohn sorglos leben.

Der Baumgeist

Im Dorf Maja auf Okinawa lebte einst ein junger Mann namens Usukucha. Er hatte sich mit einem Baumgeist namens Kijimuna angefreundet, der in einem alten Baum hinter seinem Haus wohnte. Der Baumgeist wollte jeden Tag mit dem Mann aufs Meer hinausfahren, um Fische zu fangen. Der junge Mann wagte es nicht, diesen Wunsch abzulehnen, denn insgeheim fürchtete er sich vor dem Geist. Auch seiner Frau wurde der häufige Umgang mit dem Baumgeist zuviel, fand doch der Mann kaum noch Zeit, mit ihr allein zusammen zu sein. So beschlossen sie heimlich, den alten Baum anzuzünden, um den Baumgeist für immer loszuwerden.
Der Mann sammelte Schilf und legte es um den Baum herum. Als sich der Baumgeist darüber wunderte, sagte ihm der junge Mann: »Das soll dich im Winter vor der Kälte schützen.« Darüber freute sich der Baumgeist. Seitdem lud er den jungen Mann noch öfters ein, mit aufs Meer zu kommen.
Unterdessen wurde es täglich mehr Schilf um den Baum. Eines

Abends fuhren die beiden besonders weit aufs Meer hinaus bis zum Ende des Korallenriffs. Als sie Fische angelten und Muscheln sammelten, sagte der Geist plötzlich: »Es riecht nach Rauch. Vielleicht hat mein Baum Feuer gefangen.«
Er wollte gleich nach Hause, aber der junge Mann versuchte, ihn möglichst lange davon abzuhalten. Kaum daß sie an die Küste kamen, eilte der Geist zu seinem Baum, aber der war inzwischen abgebrannt. Da sagte der Geist: »Ich kann leider nicht hierbleiben, weil ich kein Zuhause mehr habe. Aber ich kenne noch einen herrenlosen Baum im Tempelhof der Hauptstadt Naha. Dorthin will ich ziehen.« Er verabschiedete sich von dem jungen Mann und ließ sich nie mehr sehen.
Mehrere Jahre vergingen. Der junge Mann ging in die Hauptstadt, um etwas zu erledigen, und bei dieser Gelegenheit wollte er den Baum im Tempelhof aufsuchen. Er kam zu einem Haus vor dem Tempel und unterhielt sich mit dem Herrn des Hauses. Dabei äußerte er unbewußt etwas von der alten Geschichte. Der Hausherr interessierte sich dafür, so daß ihm der junge Mann alles erzählte, wie seine Frau den alten Baum angezündet hatte, um ihn loszuwerden. Der Hausherr wurde auf einmal blaß, ergriff einen Spieß und stach dem jungen Mann in die Augen. Dabei rief er: »Du also warst es, der meinen Baum abgebrannt hat!« In diesem Moment sah dieser, wie sich der Hausherr in den Baumgeist verwandelte.
Der junge Mann erblindete und viele seiner Nachkommen hatten kranke Augen.

Das Auge der Schlange

An einem Silvesterabend bekam ein alter Mann unerwartet Besuch von einer jungen hübschen Frau, die ihn bat, bei ihm übernachten zu dürfen. Der Alte lebte ganz allein und freute sich, den Silvesterabend in Gesellschaft verbringen zu können. Im Gespräch erfuhr die Unbekannte, daß der Alte keine Fami-

lie mehr hatte und fragte ihn: »Kann ich als Tochter bei dir bleiben?« Dem Alten war dieser Wunsch sehr willkommen und seitdem lebte sie als Tochter bei ihm.
Eines Tages sagte die Frau zu dem Alten: »Vater, ich muß mich für eine bestimmte Zeit in der Kammer verbergen und bitte dich sehr, die Tür nicht zu öffnen.« Damit ging sie in die Kammer und ließ sich nicht mehr sehen.
Der Alte wunderte sich sehr darüber, und nach ein paar Tagen versuchte er schließlich, durch ein Loch der Tür in die Kammer zu gucken. Da erblickte er aber nicht seine Tochter, sondern eine Riesenschlange, die den ganzen Raum ausfüllte und ein kleines Menschenkind umschloß. Der Alte erschrak so, daß ihm fast schwindelig wurde.
Die Schlange mußte das bemerkt haben. Am nächsten Tag zeigte sich die hübsche Frau wieder dem Alten und fragte ihn: »Warum hast du zu mir hereingesehen, obwohl ich dich herzlich gebeten hatte, es nicht zu tun? Jetzt kann ich nicht anders, als dich zu verlassen. Das Schamgefühl treibt mich fort. Das Kind lasse ich bei dir. Ich bitte dich, es zu pflegen und großzuziehen. Ich muß zurück ins Meer, denn ich bin eine Meerschlange.« Damit verschwand die Frau.
Seitdem blieb der Alte mit dem Kind, das noch ein Säugling war, allein im Haus. Das Kind schrie jeden Tag nach der Milch der Mutter, so daß der Alte mit dem Kind auf dem Rücken zu fremden Frauen gehen mußte, um Milch zu erbitten. Von den langen Wegen wurde er sehr müde. Wieder einmal kam er mit dem Kind an die Küste des Meeres. Als die beiden eine Weile auf das Meer schauten, tauchte auf einmal die Riesenschlange aus dem Wasser auf und verwandelte sich wieder in die junge Frau. Da sagte der Alte zu ihr: »Dein Kind verlangt ständig nach Milch. Ich weiß schon weder aus noch ein, du mußt mich verstehen.«
Darauf nahm die Frau ein Auge heraus und gab es ihm mit den Worten: »Laß es daran lecken, wenn es nach Milch weint. Bestimmt wird das helfen.«

Und so geschah es. Seitdem leckte das Kind immer wieder an dem Auge und weinte nicht mehr nach Milch. Das Kügelchen behielt merkwürdigerweise immer die gleiche Größe.
Eines Tages erfuhr der Landesherr, daß bei dem Alten ein Kind mit einem Wunderauge ernährt wird. Er wurde neugierig und nahm dem Alten das Auge weg. Der Alte klagte an der Küste über sein erneutes Unglück. Da tauchte die Schlangenmutter wieder auf und schwamm zu dem Alten ans Ufer. Sie nahm ihr anderes Auge und gab es dem Alten mit folgenden Worten: »Das kann meinem Kind genauso gut helfen wie das erste. Aber jetzt habe ich beide Augen verloren und werde nie mehr wissen, wann es Tag und wann es Nacht wird. Wenn du Mitleid mit mir hast, beschaffe eine Glocke und läute sie jeden Morgen und jeden Abend für mich.«
Der Alte freute sich sehr und ging nach Hause. Woher er die Glocke genommen hat, weiß ich nicht. Auf jeden Fall trug er eine riesige Glocke in den buddhistischen Tempel dieser Gegend und bat, sie morgens und abends zu läuten. Seitdem war jeden Tag zweimal die Glocke zu hören, bis sie eines Tages, als Krieg herrschte, eingeschmolzen wurde. Es war eine sehr große Glocke mit Schlangenmustern, und ihr Geläut klang sehr schön, so sagte man. Mukashi koppori.

Die Froschfrau

Ein junger Bauer hörte eines Tages, als er zu seinem Reisfeld kam, einen quiekenden Klagelaut. Er sah sich um und entdeckte eine Schlange, die gerade dabei war, einen Frosch zu verschlucken. Der junge Mann wollte dem Frosch helfen und schlug mit einem Bambusstock auf die Schlange ein, so daß sie den Frosch wieder ausspie. Der Frosch dankte dem Bauern herzlich und verschwand im Fluß.
Einige Tage später kam eine hübsche junge Frau zu dem Mann und sagte, daß sie seine Frau werden wollte. Der Bauer willigte

ein, zumal sie sehr hübsch war. Sie erklärte noch: »Um meine Verwandten brauchst du dir keine Gedanken zu machen.«
Die Tage vergingen. Die Frau arbeitete fleißig im Haus, und der Mann war sehr zufrieden. Eines Tages bat die Frau: »Mann, laß mich einmal meine Verwandten besuchen. Heute ist in meinem Dorf Feiertag.«
Der Mann erlaubte es. Und sie fügte noch hinzu: »Komm mir aber bitte nicht nach!«
Sie packte alles Mögliche in ein Tuch und machte sich damit auf den Weg. Den Mann erfaßte plötzlich Neugier. Er wollte wissen, aus welchem Dorf seine Frau stammte. So folgte er ihr heimlich. Sie ging immer tiefer in den Wald bis zu einem großen Teich, wo das Quaken vieler Frösche ertönte. Hier sprang sie auf einmal in ihren Kleidern und mit dem Bündel ins Wasser.
Dem Mann, der das aus einem Versteck beobachtet hatte, wurde jetzt klar, daß seine Frau nichts anderes war als ein Frosch, der sich geschickt verwandelt hatte, um ihn zu betrügen. Er wurde sehr zornig, ergriff den erstbesten Stein und warf ihn mitten in das Quaken.
Mit einem Mal herrschte Stille auf dem Teich. Kein Frosch quakte mehr. Der Mann fühlte sich erleichtert und ging nach Hause.
Nicht lange und seine Frau kam zurück. Der Mann tat, als ob er nichts wüßte und fragte: »Wie war die Feier?«
Die Frau antwortete: »Es war eine richtige große Feier, und ich dachte schon, du wärest auch dort. Aber als der Priester gerade eine Sutra sprechen wollte, kam ein großer Stein wie ein Donner geflogen und traf ihn am Kopf. Da war die Feier zu Ende.«
Der Mann entgegnete: »So, so. Dein Dorf ist in Wirklichkeit ein großer Teich. Und du bist nichts anderes als eine Froschfrau. Ich bin dir gefolgt und habe alles gesehen. Den Stein habe ich auf euch geworfen. Eine Froschfrau will ich nicht.«
Kaum hatte er das gesagt, verschwand seine Froschfrau und kam nie wieder.

Die Forellenfrau

Das ist eine kurze Geschichte. Es war einmal ein Mann, der allein lebte und deshalb alle Hausarbeit selbst tun mußte. Eines Tages kam eine Frau zu ihm und sagte: »Ich möchte deine Frau werden.«

Die Frau war hübsch und gefiel dem Mann. So ließ er sie bei sich bleiben.

Seitdem ging der Mann tagsüber außer Haus arbeiten, während die Frau das Essen kochte. Das Essen schmeckte ihm wunderbar, es war sehr gehaltvoll und immer reichlich. Schließlich wunderte sich der Mann, wie die Frau das fertigbrachte, da er ihr nur wenig Geld für den Haushalt gab. Er wollte unbedingt wissen, wie die Frau das Essen zubereitete. Eines Tages gab er vor, arbeiten zu gehen, in Wirklichkeit aber versteckte er sich unter dem Dach, wo sie Heu und Stroh lagerten und spähte von dort aus hinunter.

Die Frau war dabei, das Abendessen vorzubereiten. Als der Reis gekocht war, hockte sie sich über den Topf und ließ Wasser. Als sie Suppe kochte, wiederholte sie das. Der Mann glaubte seinen Augen nicht zu trauen. Als sie den Fisch gebraten hatte, pinkelte sie schließlich auch darauf. Am Abend kam er wieder und nahm wie immer das Abendessen. Alles schmeckte ihm nach wie vor wunderbar. Schließlich glaubte er beinahe, daß er geträumt habe, und entschloß sich, die Frau noch einmal zu beobachten.

Das Ganze wiederholte sich. Wie zuvor bereitete sie den Reis, die Suppe und schließlich den Fisch. Am Abend fragte er seine Frau, wie sie ihm ein solches Essen anbieten könnte. Sie antwortete nicht. Da fuhr er fort: »Das Essen schmeckt zwar gut, aber ich mag es nicht mehr. Ich bitte dich zu gehen.«

Da sagte sie ihm leise: »Gut, ich gehe. Aber ich kann nicht mehr zu Fuß gehen. Trag mich bitte auf deinem Rücken.«

Der Mann nahm sie auf den Rücken und verließ das Haus. Als er über eine Brücke ging, bat sie ihn, sie in den Fluß zu werfen.

Er tat es. Ehe sie ins Wasser tauchte, rief sie ihm ›Leb wohl!‹ zu.
Im Wasser verwandelte sich die Frau in eine Forelle. Sie war zwar groß, aber sie schwamm ganz kraftlos, weil sie ihren Tran für ihren Mann hingegeben hatte. Dotto – harata!

Die Kranichfrau

Es waren einmal ein junger Mann und seine herzensgute Mutter. Eines Tages arbeiteten die beiden auf dem Reisfeld. Da flatterte plötzlich etwas Weißes vor ihnen. Es war ein Kranich, der verletzt war und taumelnd zu fliegen versuchte, bis er erschöpft vor dem jungen Mann niederfiel.
Der junge Mann hob den Kranich auf und sah, daß ein Pfeil in seinem Rücken steckte. Er zog ihn heraus und ging mit dem Kranich zum Bach, wo er ihm die Wunde mit kühlem Wasser wusch. Dann nahm er ihn mit nach Hause und pflegte ihn ein paar Tage, bis er wieder völlig gesund war. Mutter und Sohn freuten sich darüber und ließen den Kranich wieder frei. Er flog hoch in den Himmel, zog dort noch einen Kreis über ihnen und verschwand.
Nach ein paar Tagen klopfte es abends an die Tür des Hauses. Als die Mutter öffnete, stand ein hübsches Mädchen vor ihr. »Ich möchte mich bei deinem Sohn bedanken und würde gern seine Frau werden«, sagte sie.
Die Alte antwortete: »Das muß mein Sohn entscheiden. Ich will ihn wecken, warte bitte.«
Als der Sohn das Mädchen sah, sagte er: »Sie gefällt mir sehr, ich möchte sie gern zur Frau nehmen.«
Nun folgten viele glückliche Tage. Einmal sagte die junge Frau zu ihrem Mann: »Frauen sollen weben. Bau mir bitte eine Webhütte.«
Er erfüllte ihren Wunsch, baute eine kleine Hütte und stellte einen Webstuhl hinein. Die Frau freute sich darüber und sagte:

»Ich will gleich zu weben beginnen, aber während ich arbeite, soll niemand in die Hütte hineinsehen.«
Tagelang hörte man nun das Klappern des Webstuhls aus der Hütte. Schließlich öffnete sich die Tür. Die Frau trat heraus und hielt auf den Armen einen wunderschönen Brokatstoff. Sie gab ihn ihrem Mann und sagte dazu: »Verkauf den Stoff in der Stadt, aber denk daran, daß er sehr wertvoll ist.«
Der Mann ging damit in die Stadt und bot den Stoff zum Kauf an. Bald war er von vielen Leuten umringt, die den Stoff bewunderten. Schließlich verkaufte er den Stoff zu einem hohen Preis und ging mit dem Geld nach Hause.
Bald darauf webte die Frau einen zweiten Stoff und schickte ihren Mann damit in die Stadt. Und wieder verkaufte er ihn für einen guten Preis. Das wiederholte sich noch einige Male. Die Familie war dadurch reich geworden. Gern hätten die Mutter und ihr Sohn der Frau beim Weben zugeschaut, aber da sie es verboten hatte, wagten sie es nicht.
Eines Tages, als die junge Frau wie immer am Webstuhl saß, konnten die beiden ihre Neugier nicht mehr unterdrücken und guckten durch ein Loch in der Wand in die Hütte. Darin sahen sie einen mageren Kranich am Webstuhl sitzen, der sich mit seinem langen Schnabel eine Feder nach der anderen auszog und sie verwebte. Die beiden waren sprachlos.
Am nächsten Tag kam die Frau zu ihnen und sagte: »Das ist mein letzter Tag bei euch. Warum habt ihr mich bei der Arbeit beobachtet? Ich hatte euch so sehr gebeten, es nicht zu tun. Jetzt wißt ihr, wer ich in Wirklichkeit bin. Deshalb muß ich euch verlassen.«
Alle Versuche, sie zurückzuhalten, waren vergebens. Sie verwandelte sich in einen mageren nackten Kranich, flog mühsam auf und verschwand mit klagendem Schrei im Himmel.
Ich habe es zwar nicht gesehen, aber man sagt, daß der Brokat aus Kranichfedern noch heute im Todaijitempel in Kyoto verwahrt wird.

Die Fuchsfrau

Das ist eine Geschichte aus alter Zeit. Es war einmal ein Jäger namens Abe no Yasuna. Jeden Tag erlegte er im Wald Füchse. Eines Tages war er wie üblich im Shinodawald und fand einen dünnen weißen Fuchs in der Falle. Er hatte Mitleid mit dem Fuchs und ließ ihn laufen.

Nach ein paar Tagen kam eine hübsche junge Frau zu ihm und bat ihn um ein Nachtquartier. Die Frau tat ihm leid, und so nahm er sie auf. Am nächsten Tag sagte sie, daß sie bei ihm bleiben wolle.

Ein paar Jahre vergingen. Ein Junge wurde ihnen geboren, den sie Dojimaru nannten. Wieder vergingen ein paar Jahre. Einmal schlief die Frau ein, als sie das Kind säugte. Da entdeckte der Junge an der Mutter einen Schwanz und schrie voll Angst: »Meine Mutter hat einen Schwanz!«

Die Frau erwachte und überlegte, daß sie nicht länger in diesem Hause bleiben durfte und von dem Mann und dem Kind für immer Abschied nehmen mußte. »Hör auf deine Mutter, lieber Dojimaru«, sagte sie. »Iß keinesfalls Schmetterlinge, Libellen, Würmer und Insekten, sonst werden die Leute denken: ›Kein Wunder, er ist doch ein Fuchskind.‹ Sei immer brav und gut. Deine Mutter, Kuzunoha, muß jetzt von deinem Vater und dir Abschied nehmen und in den heimatlichen Shinodawald zurückkehren. Besuch mich mal dort, wenn du Sehnsucht nach mir hast.«

So ging sie allein in den Shinodawald zurück. Dojimaru weinte oft nach der Mutter und nach Milch, so daß der Vater ihn nahm und im Shinodawald nach der verschwundenen Frau suchte. Wenn er rief, »Liebe Kuzunoha, komm wieder zu uns in Menschengestalt!«, erschien die Frau, so schön wie zuvor. Sie säugte den Sohn und verschwand wieder.

Dojimaru wurde mit der Zeit erwachsen und war ein kluger, guter Mensch. Toppin parari no pū!

Die Himmelsfrau

Drei himmlische Schwestern kamen einmal auf die Erde und badeten im Meer. Als die beiden älteren ihr Himmelsgewand wieder angezogen hatten und zurückgeflogen waren, schwamm die kleine Schwester noch allein im Meer und vergaß die Zeit. Da kam ein junger Fischer vorbei, sah das wunderschöne Himmelsgewand an einem Ast hängen und versteckte es.

Als die Himmelsschwester aus dem Wasser kam, suchte sie vergebens nach ihrem Gewand. Sie war ganz verlegen und verhüllte sich mit Lotosblättern. Als sie den jungen Fischer mit ihrem Gewand erblickte, bat sie ihn sehr, es ihr zurückzugeben. »Nein«, antwortete der Fischer, »nur wenn du meine Frau wirst, gebe ich es dir zurück.«

So blieb ihr nichts anderes übrig, als mit ihm zu gehen und seine Frau zu werden. Zu Hause aber versteckte der Fischer das Gewand im Schuppen und verschloß ihn fest.

Die beiden Himmelsschwestern der jungen Frau besuchten sie fast jeden Abend heimlich und rieten ihr, das Himmelsgewand zu suchen und in den Himmel zurückzukehren. Die Frau aber konnte das Gewand nirgends finden. Inzwischen war sie schon Mutter von zwei Kindern. Ihr erster Sohn hatte Mitleid mit ihr, da sie immer um das verlorene Gewand weinte. Und er begann ebenfalls danach zu suchen. Den Schlüssel des Schuppens pflegte der Vater stets bei sich zu tragen.

Eines Tages, als der Vater angeln gegangen war, öffnete der Sohn gewaltsam den Schuppen, entdeckte das Gewand und überreichte es seiner Mutter. Die beiden Himmelsschwestern kamen und freuten sich mit ihr. »Ich will den jüngsten Sohn mit nach Hause in den Himmel nehmen«, sagte die Mutter, »er ist noch zu klein.«

»So nimm ihn mit und laß den großen hier«, entgegneten die Schwestern.

Dann zog die junge Frau ihr Himmelsgewand an, nahm den

kleinen Sohn auf den Arm und flog mit ihren Schwestern in den Himmel. Der ältere Sohn weinte bitterlich um die Mutter und den Bruder.
Als der Fischer zurückkam und den offenen Schuppen sah, wurde er sehr böse. Seitdem ging er nicht mehr angeln, vor Verzweiflung wurde er krank und starb. Der verwaiste Sohn weinte jeden Tag um seine Familie. Die Himmelsschwestern besuchten ihn oft und wollten ihn mit in den Himmel nehmen. Doch der Sohn wollte das Grab des verstorbenen Vaters nicht allein lassen und blieb im Dorf.
Schließlich kam er doch zu den Seinen in den Himmel, und er wurde ein Stern. Mir wurde einmal gesagt, daß er jener Stern da oben sei.

Die Schneefrau

Einst lebten Vater, Mutter und Sohn am Fuße des Shirouma-Berges. Vater und Sohn waren Jäger. Einmal im Spätherbst verfolgten sie die Tiere bis tief in den Wald hinein, und es begann schon dunkel zu werden. Ein eiskalter Wind erhob sich. ›Heute abend wird es schneien‹, dachten die beiden und beeilten sich, eine kleine verlassene Hütte im Wald zu erreichen.
Als sie dort anlangten, war es bereits überall weiß. Sie beschlossen, in der Hütte zu übernachten und brannten ein Feuer an, um sich zu wärmen. Draußen tobte ein Schneesturm. Der Alte legte sich neben das Feuer, und bald begann er zu schnarchen. Der Sohn legte sich auch nieder, aber wegen des Sturms konnte er nicht einschlafen. Ihm war es unheimlich, und er wälzte sich unruhig von einer Seite auf die andere. Im Halbschlaf glaubte er, daß jemand die Tür der Hütte aufmachte. Es gab einen heftigen Windstoß, und dann stand eine hübsche fremde Frau in der Hütte. ›Wer ist da?‹ wollte er fragen. Aber die Stimme versagte ihm. Auch konnte er sich nicht bewegen. Die junge Frau sah den Sohn gar nicht. Sie

beugte sich über den Vater und schaute ihm eine Weile ins Gesicht.
»Wer bist du?« rief der Sohn nun mit erstickter Stimme. Da wandte sich die Frau zu ihm und sah ihn lange an. Im schwachen Feuerschein war ihr Gesicht schneeweiß, die Lippen glühend rot und ihr Haar pechschwarz. Die Fremde trat auf den Sohn zu und flüsterte: »Sag niemandem, daß du mich hier gesehen hast! Versprich es mir, sonst kostet es dich dein Leben.« Damit verschwand sie.
Ein Jahr war vergangen. Es war wieder eine Nacht mit heftigem Schneesturm. Da klopfte jemand bei der Familie an die Tür. Als die Mutter öffnete, stand eine wunderschöne junge Frau ganz allein vor ihr. Die Fremde erklärte, daß sie unterwegs vom Schneesturm überrascht worden sei und bat um ein Nachtquartier. Da sie todmüde aussah, ließ man sie eintreten und kochte für sie einen Brei.
Nach einigen Tagen hatte sie sich erholt und ging der Mutter zur Hand. Bald wurde sie die Braut des Sohnes. Dieser war sehr glücklich über seine hübsche und gute Frau. Die Zeit verging und sie gebar ein Kind. Wieder kam ein Winterabend, an dem der Schneesturm tobte. Die Frau gab ihrem Kind die Brust, während der junge Mann das Gesicht seiner Frau betrachtete. »An jenem Abend war es genauso wie jetzt«, sagte er leise vor sich hin.
»Welchen Abend meinst du?« Die Frau hob ihr Gesicht und schaute den Mann fest an. Nach einer Weile begann der Mann von seinem Geheimnis zu sprechen. Schließlich konnte er sich nicht mehr beherrschen und erzählte ihr alles, was er in der verlassenen Hütte erlebt hatte. »Jetzt denke ich, das war sicher die Schneefrau, deren Haut schneeweiß, deren Lippen glühend rot und deren Haar schwarz ist. Merkwürdigerweise erinnerst du mich oft an jene Frau ...«
Da stand sie auf und trat still an ihn heran. »Nun hast du es doch ausgesprochen. Hast du dein Versprechen von damals vergessen? Ich war an jenem Abend in der Hütte im Wald. Ich

bin die Schneefrau, wie du ahnst. Dem Kind zuliebe schenke ich dir das Leben. Aber zwischen uns ist es aus. Ich muß jetzt gehen und kann nie wieder zu euch kommen.«
Ihre Stimme zitterte, und ihre schwarzen Augen waren feucht. So verschwand sie für immer im Schnee.

Das Schneetöchterchen

Es lebten einmal in einem Ort ein alter Mann und seine Frau. Da sie keine Kinder hatten, fühlten sie sich recht einsam. Es war eine Winternacht und der Sturm heulte. Plötzlich hörten sie draußen einen Säugling schreien. »Hörst du das auch? Wie ist es möglich, daß in einer so stürmischen Nacht jemand unterwegs ist?« fragten sie sich.
Als der alte Mann die Haustür öffnete, stand da inmitten eines Schneeflockenwirbels eine junge Frau in weißem Kleid. Sie trug einen Säugling auf dem Arm. Der alte Mann fragte überrascht: »Du bist allein in solch einer Sturmnacht? Komm nur schnell herein!«
Die junge Frau erwiderte: »Kannst du für eine Weile das Kind halten?«
»Aber natürlich«, sagte der Alte und nahm es ihr ab.
In diesem Augenblick wurde der Schneesturm noch heftiger, und die Frau verschwand darin.
Das Kind hatte eine schneeweiße Haut und war sehr niedlich. Die beiden Alten zogen es mit Liebe und Sorgfalt auf. Bald war es zu einem hübschen Mädchen herangewachsen.
Merkwürdigerweise fühlte sich das Mädchen im Sommer sehr schlecht. Und sie wollte um keinen Preis baden. »Bade dich doch! Ein so hübsches Mädchen wie du wird dadurch nur noch schöner«, sagten die Alten. Eines Tages ließ sich das Mädchen zu einem Bad überreden. Sie blieb sehr lange im Baderaum und wollte nicht mehr herauskommen. Die beiden Alten machten sich Gedanken und schauten schließlich hinein. Aber das

Mädchen war nirgends zu finden. Nur der rote Kamm, den es immer im Haar trug, schwamm im Badewasser. So heißt es.

Die Frau auf dem Bild

Es war einmal ein junger Mann. Seine Eltern waren schon lange tot und hatten ihm einige Felder hinterlassen. Der Mann hatte aber keine Lust, die Felder zu bewässern, und der Boden trocknete allmählich aus. Eines Abends kam eine junge Frau zu ihm und bat um ein Nachtquartier. Da er allein lebte, lehnte er es zunächst ab. Aber sie bat ihn mehrmals, und so ließ er sie für eine Nacht bleiben.

Am nächsten Morgen wollte sie nicht gehen und bereitete ihm ein Essen. Nach ein paar Tagen sagte sie: »Laß mich deine Frau werden.«

Der junge Mann antwortete: »Ich wäre sehr glücklich, eine so hübsche Frau wie dich zu haben, aber ich bin arm. Wenn ich dir trotzdem gefalle, bleib bitte da.«

So wurde sie seine Frau und versorgte seinen Haushalt sehr gut. Sie riet ihm auch, tagsüber auf den Feldern zu arbeiten. Er hörte auf sie und begann, jeden Tag fleißig zu arbeiten. Dabei dachte er oft an seine hübsche Frau und sehnte sich nach ihr. Schließlich malte er ein Bild seiner Frau auf Papier und trug es immer bei sich. Während der Essenspause schaute er gern das Bild an und steckte es dann wieder in die Tasche.

Eines Tages, als er wieder das Bild betrachtete, kam ein anderer Bauer und fragte, was er anschaue. Als er es erfuhr, verspottete er den Mann: »Du kannst deine Frau doch jeden Abend sehen. Wozu das Bild? Wirf es weg!«

Damit nahm er das Bild und warf es in die Luft. Da es sehr windig war, flog das Bild gleich weg. Einige Tage später kamen ein paar Diener des Fürsten mit dem Bild und suchten nach der Frau. Sie fanden sie und nahmen sie einfach mit zu dem Fürsten.

Der junge Mann konnte nichts gegen den Fürsten tun. Aber die kluge Frau hatte ihm zum Abschied heimlich einen Pfirsichkern zugesteckt und geflüstert: »Steck ihn in die Erde und warte, bis er ein Baum wird und Pfirsiche trägt. Dann komm zum Fürsten und biete sie ihm an. Versprich es mir!«

Als die Frau zu dem Fürsten gebracht wurde, gefiel sie ihm sehr gut. Doch die Frau wollte und wollte in dem großen Haus des Fürsten nie lachen.

Der Mann pflegte inzwischen sorgfältig den Pfirsichbaum. Nach ein paar Jahren trug der Baum endlich viele Pfirsiche. Der Mann ging damit zum Haus des Fürsten und rief laut: »Pfirsiche, süße Pfirsiche!«

Kaum daß die Frau die Stimme gehört hatte, bat sie den Fürsten, den Pfirsichhändler zu rufen. Als der Mann vor ihr stand, lächelte sie seit Jahren zum ersten Mal. Darüber wurde der Fürst sehr froh. Nun bat sie ihn, mit dem Händler die Gewänder zu wechseln und zum Spaß den Pfirsichhändler zu spielen. Der Fürst folgte der klugen Frau, zog die Kleider des armen Mannes an und rief draußen laut: »Pfirsiche, süße Pfirsiche!« In diesem Augenblick schloß die Frau die Tür und umarmte ihren Mann im Gewand des Fürsten. Sie lebten fortan glücklich in dem großen Haus zusammen, während der dumme Fürst für immer auf der Straße blieb und Pfirsiche verkaufte. So geht meine alte Geschichte zu Ende.

Der Gestreifte Akanbe

Vor langer, langer Zeit lebte ein junger Mann, der nicht gern arbeitete. Er verbrachte den ganzen Tag auf dem Schlaflager und betrachtete die Muster an der Decke. Er war auch zu faul zu baden, und so klebte sein ganzer Körper vor Schmutz.

Als man im Winter den Ofen heizte, wurde er von dem Ruß noch schmutziger. Es juckte ihn überall, und er kratzte sich rote Striemen auf der Haut. Die Dorfbewohner vergaßen seinen richtigen Namen und nannten ihn ›Gestreifter Akanbe‹.

Eines Tages lag Akanbe wie üblich auf seinem Lager und

schaute zur Decke. Da hörte er zufällig ein Gespräch der Vorübergehenden vor dem Fenster:
»Guten Tag, wohin denn heute?«
»Zum Chōja, Reisklöße für das Fest zubereiten.«
Da verspürte Akanbe plötzlich Hunger. Er bekam Appetit auf Reisklöße und sagte sich: ›Gute Nachricht, ich werde dem Chōja Reisklöße stehlen.‹
Er wartete bis zum Abend, dann stand er endlich auf. In einer Tasse rührte er etwas roten Farbstoff an und ging damit zum Chōja. In der Küche lagen auf einer Strohmatte viele fertige Reisklöße. Akanbe bespritzte sie mit der roten Flüssigkeit und kehrte ungesehen zurück.
Am nächsten Tag gab es beim Chōja großen Lärm, weil man die roten Flecken auf den Reißklößen für Blut hielt. Man dachte, daß die Katze Mäuse gefangen hatte. Nun blieb nichts anderes zu tun, als wieder Reis zu kochen und neue Klöße zuzubereiten. Man wollte aber die verdorbenen Klöße nicht wegwerfen und beschloß, sie dem faulen Akanbe zu geben. Da alle Leute sehr beschäftigt waren, wurde die Tochter des Chōja zu Akanbe geschickt. Der lag noch auf seiner Schlafmatte und sagte gähnend: »Nein, ich mag Reisklöße nicht. Ich bin nicht gewöhnt, etwas Schwereres als Stroh in die Hand zu nehmen.«
»Ach so, du magst nicht? Gut, dann nehme ich die Klöße wieder mit.« Damit ging sie. Akanbe folgte ihr eilends. Als er sie eingeholt hatte, lächelte sie und gab ihm die Klöße.
Seitdem gefiel ihm die Tochter sehr gut, und er wollte sie gern zur Frau haben. Er lag zu Hause auf seiner Matte, aß einen Kloß nach dem anderen und dachte dabei an die Tochter des Chōja. Ein Fasan flog auf den Hof und pickte ein paar Krümel auf, die ihm Akanbe hinauswarf. So kam der Fasan immer näher heran, bis, da ein Vogel nicht rückwärts gehen kann, Akanbe ihn fangen konnte. Da hatte Akanbe plötzlich eine gute Idee. Mitten in der Nacht nahm er den Fasan und eine Papierlaterne und ging zum Haus des Chōja. Dort kletterte er

auf eine hohe Tanne und rief mit lauter Stimme in die Stille: »Chōja, steh auf!«

Als der Chōja und seine Frau aufstanden, erblickten sie hoch im Wipfel der Tanne ein rotes Licht und hörten eine Stimme: »Hör zu, Chōja, du sollst wissen, daß der Gestreifte Akanbe der beste Bräutigam für deine Tochter ist. Er wird deinem Haus zur Ehre gereichen, kein anderer als er, verstehst du. Ich, der Schutzgott dieses Hauses sage euch das voraus.«

In diesem Augenblick hörte man Flügelschwingen, und das rote Licht flog vom Wipfel des Baumes in den dunklen Himmel. Der Chōja war vor Schreck wie gelähmt, während seine Frau heulte: »Unsere geliebte Tochter für den Gestreiften Akanbe? O nein!«

Als die Tochter am nächsten Tag alles erfuhr, lächelte sie und sagte: »Ich bin einverstanden. Schickt gleich einen Boten zu Akanbe.« Der Chōja beruhigte sich und schickte den Boten los.

Akanbe antwortete: »Wenn es der Schutzgott so will, kann ich nicht anders«, und kam zum Haus des Chōja. Dort stand schon ein Bad für ihn bereit. Er wurde von den Dienern tüchtig abgeschrubbt, und auf einmal kam zum Erstaunen aller ein schöner junger Mann zum Vorschein.

Seitdem die Tochter Akanbes Frau war, sagte sie immer wieder fröhlich: »Mein Mann ist der Klügste in der Gegend. Ich bin sehr stolz auf ihn.« Da konnte Akanbe nicht anders, als ein fleißiger Mann zu werden. Und die beiden lebten glücklich zusammen.

Eine Weihe fliegt schnell davon. Sauerampfer bleibt nur einen Augenblick frisch. So geht auch meine Geschichte rasch zu Ende.

Netaro im Dorf Asa

Im Dorf Asa in Ostjapan wohnte einmal Netaro, der Sohn eines reichen Dorfschulzen. Der hatte nichts anderes im Sinn als essen und schlafen. Asa war ein sehr armes Dorf, da es oft vom Fluß überschwemmt wurde. Das war ein ewiger Kummer der Dorfbewohner. All ihr Fleiß und aller Schweiß waren vergebens, wenn ein langer Regen kam.

In einem Jahr gab es einen so langanhaltenden Regen und darauf eine so schreckliche Hitze, daß die Bauern keine Ernte hatten. Da erhob sich Netaro plötzlich und sagte zu den Dorfleuten: »Ich will euch helfen. Ich werde viel Geld verdienen. Bringt mir die verdorrten Reispflanzen!«

Zur Verwunderung aller im Dorf sammelte Netaro alle Reispflanzen und flocht daraus Strohsandalen. Darauf bat er seinen Vater, ein großes Schiff zu bestellen, um es mit Tausenden von Sandalen zu beladen. Zu den Dorfbewohnern sagte er: »Meine Lieben, ich fahre jetzt weg, um Geschäfte zu machen. Wartet auf mich. Bald werde ich mit viel Gold zurückkommen!«

Er begab sich nun vom Asa-Golf nach Nordosten zur Sadogashima-Insel, wo die Leute von der Arbeit in Goldminen lebten. Netaro lud die Sandalen vom Schiff ab und schlug den Minenarbeitern ein merkwürdiges Geschäft vor: »Ich tausche alte Sandalen kostenlos gegen neue. Ich gebe euch sofort neue Sandalen für die alten.«

Das war ungewöhnlich. Alle Minenarbeiter wollte die neuen Sandalen von Netaro, und bald lag ein Haufen schmutziger, verbrauchter Sandalen vor ihm. Er lud sie auf das Schiff und fuhr nach Hause.

In seinem Heimatdorf waren die Leute über ihn entsetzt. Netaro aber ließ gleich vom Böttcher einen großen Bottich machen, goß ihn voll Wasser und wusch die alten Sandalen, eine nach der anderen. Unter Mitleid und Hohngelächter der Dorfbewohner vollbrachte er diese Arbeit. Jetzt begann Netaro, das Wasser langsam aus dem Bottich auszugießen. Der Sand und der Schlamm auf dem Boden des Bottichs waren schon zu sehen, und dazwischen schimmerte es golden. Netaro las die Goldkörnchen aus dem Sand und war mit einem Mal sehr reich.

Damals war es streng verboten, auch nur eine Handvoll Sand aus den Minen von Sado mitzunehmen. Wie konnte man trotzdem Gold von der Sado-Insel holen? Darüber hatte Netaro auf seiner Schlafmatte drei Jahre und drei Monate lang nachgedacht.

Nun sagte Netaro zu den Dorfbewohnern: »Helft mir, vom Fluß Asa aus Kanäle durch das Land zu ziehen. Schlamm und Sumpf wollen wir zuschütten. So werden wir guten Ackerboden bekommen und trotz Regen und Hitze reiche Ernten haben.«

Unter Anleitung von Netaro gruben sie Kanäle und befestigten sie mit Steinblöcken. Gleichzeitig wurden die breiten Sümpfe in der Gegend trockengelegt und damit neues Land gewonnen. Endlich konnte das Kanaltor zum Fluß Asa geöffnet werden. Seitdem fließt reichlich Wasser durch die Kanäle in die Felder dieser Gegend.

Netaro teilte die Felder unter den Dorfbewohnern auf. Nach seinem Tod galt er als Schutzgott des Dorfes Asa.

Der Wasserschneckensohn

Es war einmal ein herzensgutes Ehepaar. An einem Sommertag arbeitete die Frau auf dem Reisfeld. Da es sehr heiß war, badete sie zwischendurch im Fluß. Dabei betete sie leise: »Lieber Wassergott, lieber Wassergott, schenk uns doch ein Kind, es kann auch so klein sein wie ein Frosch oder eine Wasserschnecke.«

Merkwürdigerweise begann ihr der Bauch wehzutun, so daß sie nicht mehr weiterarbeiten konnte. Kaum hatte sie sich nach Hause geschleppt, legte sie sich auf ihr Schlaflager und stöhnte.

Zehn Tage lang lag sie so. Sie waren zu arm, um einen Arzt zu holen oder Medikamente zu kaufen, so daß der Mann in der Nachbarschaft eine Hebamme um Hilfe bat. ›Sie versteht schließlich auch etwas von einem Frauenkörper‹, sagte er sich.

Als die Hebamme die Frau untersuchte, stellte sie fest, daß die Frau schwanger war und bald gebären würde. Das arme Ehepaar war ganz überrascht und freute sich sehr. Bald darauf gebar die Frau in der Tat etwas ganz Winziges. Es war kein Kind, sondern eine Wasserschnecke. Die beiden bedankten sich dennoch beim Wassergott für das Geschenk und pflegten den Wasserschneckensohn liebevoll in einer Schüssel. Er aß viel, blieb aber klein und stumm.

Zehn Jahre waren seitdem vergangen. Der Vater lud Reissäcke auf den Wagen, um damit beim Chōja seinen Pachtzins zu bezahlen. Unbewußt stöhnte der alte Mann bei der schweren Arbeit und klagte: »Ich Unglücklicher! Ich habe zwar vom Wassergott einen Sohn geschenkt bekommen, aber er bleibt eine Wasserschnecke und sagt kein einziges Wort. Bis zum Ende meines Lebens muß ich so hart arbeiten.«

Plötzlich hörte er eine Stimme: »Vater, laß das, heute bringe ich für dich den Reis zum Chōja.«

Der Alte bekam einen Schreck und schaute sich um. »Hat da jemand gesprochen? Wer hat mich Vater genannt?«

»Ich bin es Vater, dein Wasserschneckensohn! Ich danke dir für alles, was du die vielen Jahre über für mich getan hast. Jetzt bin ich an der Reihe. Heute bringe ich die Reissäcke zum Chōja.«

Der Vater war überrascht und glücklich. Er rief seine Frau herbei und setzte den kleinen Wasserschneckensohn in die Mähne des Pferdes vor dem Wagen. Der Wasserschneckensohn sagte: »Es ist gut, seid beruhigt, ich mache das schon. Auf Wiedersehen, Vater und Mutter!«

Das Pferd machte sich auf den Weg, geleitet von der Stimme der Wasserschnecke, während die Eltern ihnen nachschauten. Das

Pferd ging mit dem Wagen die Straße geradeaus und dann über eine Brücke. Der kleine Sohn sang nun ein schönes Lied, und das Pferd sah sehr vergnügt aus. An seinem Hals bimmelte ein Glöckchen den Rhythmus dazu. Die Leute auf der Straße wunderten sich: »Wer singt da ein so schönes Lied?«
Bald kam der Wagen zum Hof des Chōja. Diener eilten herbei und wollten die Säcke abladen. Sie wunderten sich aber, daß niemand das Pferd kutschiert hatte. Da hörten sie von irgendwoher eine Stimme: »Ich bin hier. Seht ihr nicht die Wasserschnecke in der Mähne des Pferdes? Das bin ich. Ladet die Säcke ab und setzt mich irgendwohin.«
Als sie tatsächlich eine Wasserschnecke in der Mähne des Pferdes fanden, liefen sie ins Haus und riefen dem Chōja zu: »Herr, Herr! Schau dir das an: Eine Wasserschnecke hat dir den Pachtzins gebracht!«
Nun kamen der Chōja, seine Frau und alle anderen aus dem Haus in den Hof und betrachteten die Wasserschnecke gründlich von allen Seiten. Sie sah wie eine richtige kleine Wasserschnecke aus, aber sie beherrschte die menschliche Sprache. Dem Chōja gefiel die Wasserschnecke so gut, daß er sie zum Essen einlud. Bei Tisch fraß sie alles mit gutem Appetit und unterhielt sich recht klug mit dem Chōja, was diesen sehr verwunderte. Gern wollte er die Wasserschnecke für immer bei sich haben und machte ihr einen Vorschlag: »Deine Familie und meine kennen sich schon seit langem. Schon dein Großvater war Pächter bei meinem Großvater. Jetzt möchte ich dir eine meiner Töchter zur Frau geben.«
Der Wasserschneckensohn nahm den Vorschlag mit Freuden an und wollte seinen Eltern von diesem Glück berichten.
Die Eltern machten sich zu Hause schon Gedanken und baten den Wassergott, daß ihr Sohn unbeschadet zurückkehren möge. Da kam der Wasserschneckensohn froh und munter zurückgeritten und sagte zu ihnen: »Vater, Mutter, ich werde die Tochter des Chōja heiraten!«
Das war für die armen Eltern der zweite Schreck.

Der Chōja rief inzwischen seine Töchter zu sich und sagte zu ihnen: »Eine von euch möchte ich der Wasserschnecke zur Frau geben. Welche von euch ist damit einverstanden?« Der Älteren schwand sogleich die Farbe aus dem Gesicht. Erregt sagte sie: »Ich nicht! Die Wasserschnecke als Bräutigam? Niemals!« und verschwand.

Die Jüngere sah den Vater an und meinte: »Wenn du es versprochen hast, mußt du dein Wort halten, lieber Vater, ich nehme die Wasserschnecke.«

Sie ließ sieben Pferde mit ihrer Aussteuer beladen: sieben Schränke, sieben Truhen, prachtvolle Kleider für jede Jahreszeit und vieles mehr. So kam sie zu dem Wasserschneckenmann. Sieben Tage lang wurde die Hochzeit gefeiert.

Die Braut war nicht nur wunderschön, sondern auch sehr fleißig. Bei der Arbeit pflegte sie sich ihren Mann auf die Schulter oder auf den Gürtel zu setzen. Und so unterhielten sie sich fröhlich und lachten oft. Bald kam der Tag des Frühlingsfestes. Die Frau kämmte sich das Haar, zog ein schönes Kleid an und machte sich zum buddhistischen Tempel auf. Wie immer hatte sie ihren Mann auf den Gürtel gesetzt und unterhielt sich unterwegs fröhlich mit ihm. Die Leute sahen sie mit großen Augen an und flüsterten: »Sieh nur, eine so schöne Frau spricht auf der Straße mit sich selbst. Sie muß wohl verrückt sein.«

Als sie zum Tor des Tempels kam, sagte ihr Mann: »Ich darf heute nicht weiter mit dir gehen. Bitte laß mich hier. Ich warte auf dich.«

Die Frau folgte ihm und setzte ihn an den Rand der Straße. Als sie vor dem Tempel gebetet hatte und zurückkam, fand sie ihren Mann nicht mehr an seinem Platz. Mit klopfendem Herzen suchte sie vergeblich überall nach ihm. Neben der Straße lag ein Reisfeld, in dem einige Wasserschnecken lebten. Die Frau trat in den Schlamm, nahm eine Wasserschnecke nach der anderen heraus in der Hoffnung, ihren Mann zu finden. Ihr hübsches Gesicht und ihr schönes Kleid wurden immer schmutziger, und allmählich dämmerte es. Die Leute gingen nach Hause. »Was treibt die Verrückte da?« fragten sie sich. »Pst, sie ist ja noch so jung und hübsch. Wie schade!« So tuschelten sie von weitem.

Die junge Frau war schon ganz verzweifelt, weil sie glaubte, ein Käfer habe ihren Mann gefressen. Sie wollte auch sterben und watete durch den Schlamm des Reisfelds. »Warte!« rief da jemand und hielt sie fest.

Als sie sich umwandte, stand sie vor einem schönen jungen Mann. »Laß mich! Ich habe meinen Mann verloren, und ich will nicht mehr . . .«, schluchzte sie.

Der junge Mann erwiderte: »Dein Mann lebt und steht vor dir. Erkennst du mich nicht? Ich war die Wasserschnecke. Dank deiner Liebe bin ich zu einem Menschen geworden.«

Der jungen Frau erschien alles wie im Traum.

Als die beiden glücklich nach Hause kamen, waren Vater und Mutter beim Anblick der schmutzigen Schwiegertochter und des hübschen jungen Mannes zum dritten Mal zutiefst erschrocken. Alles wurde erklärt, und alle freuten sich. Das junge Paar arbeitete fröhlich und fleißig und wurde immer wohlhabender.

Später nannte man sie tsubu Chōja, die reichen Wasserschnekken.

Der Däumling

Es waren einmal ein alter Mann und seine Frau. Die wünschten sich sehnlichst ein Kind und baten die Sonne: »Bitte schenk uns ein Kind. Und wenn es auch ein ganz kleines ist.«

Tatsächlich wurde ihnen darauf ein Kind geboren, das aber so klein war, daß es kaum die Länge eines Fingers erreichte. So wurde es Däumling genannt. Ein Jahr nach dem anderen verging, aber der Däumling blieb so winzig klein.

Eines Tages sagte der Däumling zu seinen alten Eltern: »Erlaubt mir nun, daß ich in die Hauptstadt gehe.«

Die Eltern waren ganz erschrocken: »Wieso willst du in die Hauptstadt? Bleib doch bitte bei uns.«
Der Däumling aber beharrte auf seinem Wunsch. »Ich möchte die weite Welt sehen. Bitte laßt mich gehen.«
Nun konnten die Eltern nicht umhin, dem Wunsch ihres Sohnes ihre Zustimmung zu geben. Sie gaben ihm eine Nadel mit. Der Däumling machte sich dafür eine Hülle und einen Griff aus Stroh und hing sich das Schwertchen um die Taille. Dann setzte er sich ein Lackschüsselchen auf den Kopf und ergriff ein Eßstäbchen als Stock. Kaum hatte er den Eltern Lebewohl gesagt, da war er schon in den hohen Gräsern verschwunden.
Er wanderte lange über eine Wiese, bis er an das Ufer eines breiten Flusses kam. Nun benützte er das Lackschüsselchen als Boot und das Eßstäbchen als Ruder. Er ruderte Tage und Nächte stromabwärts, bis er endlich die Hauptstadt erreichte. Vom Ufer gelangte er durch das Schilf auf einen gepflasterten Weg, der ihn zu einem Herrenhaus führte. Am Eingang rief der Däumling: »Wer ist der Herr dieses Hauses? Bitte bringt mich zu ihm!«
Ein Diener kam heraus, aber er sah niemanden. ›Merkwürdig, das verstehe ich nicht‹, wunderte er sich. Er zog seine Holzsandalen an und wollte in den Hof gehen, um zu sehen, ob dort jemand wäre. Da hörte er zwischen den Sandalen eine Stimme: »Paß auf! Hier bin ich. Du trittst beinahe auf mich!«
Als der Diener eine Sandale hochhob, fand er dort ein winziges Männlein aufrecht stehen. Der Hausherr, ein Samurai, freute sich über diesen ungewöhnlichen Besuch und forderte den Däumling auf: »Tanz auf meiner Handfläche, Däumling!«
Da tanzte der Däumling auf der Hand des Samurai so schön, daß dieser ihn sogleich als Diener in sein Haus aufnahm. Seine Aufgabe wurde es, die Tochter des Samurai zu bedienen. Was immer die hübsche Tochter von nun an tat, ob sie las oder schrieb, der Däumling war immer dabei.
Eines Tages ging die Tochter mit einigen Dienern zu dem berühmten Kiyomizu-dera, dem größten Tempel in Kyoto. Der

Däumling begleitete sie wie gewöhnlich. Nach einem langen Gebet im Tempel machten sie sich auf den Rückweg. Da tauchten plötzlich mit donnerndem Gebrüll drei Dämonen vor ihnen auf und wollten die Tochter in den Wald entführen. Die Diener flüchteten vor Schreck, und keiner half der Tochter, bis auf den Däumling, der sich in ihrem Ärmel versteckte. Die Dämonen liefen schnell wie der Wind zu einer großen Höhle im Wald. Dort waren viele Dämonen, die sich miteinander im Ringkampf übten. Alle waren sogleich von der hübschen Geisel begeistert. Sie beschlossen, daß der Sieger im Ringkampf das schöne Mädchen auffressen könne.
Jetzt wurde es ernst. Die Ringer kämpften verbissen miteinander, und die Zuschauer feuerten sie an. Der Däumling war ein Freund des Ringkampfes. Zunächst sah er dem Kampf eine Weile zu, dann rief er plötzlich: »Der im Westen verliert! Der im Osten gewinnt!«
Die Dämonen waren sehr erschrocken, die Stimme eines Menschen zu hören. Sie sahen sich überall um, aber vergebens. Der Ringkampf ging weiter. Da war wieder die Stimme zu vernehmen: »Der Blaue siegt! Der Rote verliert!«
Nun wurde das Spiel abermals unterbrochen, und die Dämonen suchten noch eifriger nach der merkwürdigen Stimme, bis sie schließlich den Däumling aus dem Ärmel des Mädchens herausschüttelten. »Was für ein Ding ist das? Ein Zwergmensch! Das wird bestimmt unseren Dämonenkönig interessieren!«
Einer packte den Däumling und brachte ihn zum Dämonenkönig. Dieser rief begeistert: »Sieht sehr appetitlich aus«, und versuchte ihn anzulecken. In diesem Moment zog der Däumling sein Schwertchen heraus und stach dem Dämonenkönig in die Zunge. »Au, tut das weh!« rief der. Darauf sprang der Däumling dem Dämon ins Gesicht und stach ihm ins Auge, dann kletterte er in sein Ohr und gab ihm mehrere heftige Stiche. Der Dämon jammerte, wälzte sich auf der Erde und starb am Ende.

Die anderen Dämonen waren von diesem Anblick so erschrokken, daß sie blitzschnell verschwanden. In der Eile vergaßen sie ihre Schätze. Darunter war ein Hämmerchen, mit dem man sich jeden Wunsch erfüllen konnte.
Der Däumling nahm das Hämmerchen und gab ihn seiner Herrin. Sie schlug ihn und sagte: »Der Däumling soll wachsen!« Sieh da! Der Däumling wurde zu einem großen schönen jungen Mann. Er heiratete die Tochter des Samurai. Dann ließ er seine alten Eltern zu sich kommen. Und alle lebten glücklich miteinander.

Momotarō, der Pfirsichjunge

Es ist schon lange her, da gab es einen Alten, der mit seiner Frau in einem armen Dorf lebte. Eines Tages ging der Alte in den Wald, um Reisig zu sammeln, während seine Frau im Fluß Wäsche wusch. Auf einmal entdeckte sie einen Pfirsich, der auf dem Fluß stromabwärts schwamm. Sie fischte ihn heraus und kostete ihn. Er schmeckte sehr gut. Gern hätte sie auch noch einen für ihren Mann gehabt. Da schwamm ein noch größerer Pfirsich heran. Die Alte fischte ihn ebenfalls heraus und nahm ihn mit nach Hause.
Als der Alte zurückkam, sagte sie: »Weißt du, was ich aus dem Fluß herausgeholt habe? Einen großen wohlschmeckenden Pfirsich. Probier ihn mal.«
Als die Alte den Pfirsich gerade mit dem Messer teilen wollte, brach er in der Mitte auseinander, und darin lag weinend ein kleines Kind. »Sieh nur, der Pfirsich bringt einen Jungen zur Welt«, rief die Alte.
Ihr Mann wunderte sich ebenfalls: »Das ist wirklich ein süßes Kind. Es soll von nun an unser Sohn sein. Und da er aus einem Pfirsich geboren ist, wollen wir ihn Momotarō nennen.«
Momotarō wurde der Liebling des Hauses. Die Eltern gaben ihm reichlich zu essen, obwohl sie selbst kaum etwas hatten.

Wenn Momotarō eine Schüssel Reis aß, wurde er gleich ein bißchen größer. Mit der zweiten wurde er noch größer. Und so wuchs und wuchs er.
Momotarō wurde ein gesunder, kräftiger Jüngling, aber er war sehr faul und tat den ganzen Tag nichts als essen und schlafen. Eines Tages aber stand er auf und sagte zu den Eltern: »Vater, Mutter, bereitet mir bitte Hirseklöße, ich will die bösen Dämonen auf der Dämoneninsel besiegen.«
Der Alte und seine Frau erschraken sehr, aber sie folgten doch dem Wunsch ihres lieben Sohnes. Sie zerstießen Hirse im Mörser und bereiteten drei große Hirseklöße. Momotarō fädelte die drei Klöße auf eine Schnur, band sie sich um die Taille und machte sich auf den Weg. Er wanderte bis zur Küste, an der sich die weiße Brandung brach. Von dort aus fuhr er mit einem Boot in Richtung der Dämoneninsel.
Bald darauf kam er an einer winzigen Insel, der Hundeinsel, vorbei, auf der in der Tat ein Hund war. Der Hund hatte Hunger und bellte dem vorbeifahrenden Momotarō zu: »Wohin willst du, Momotarō!«
»Zur Dämoneninsel, um die bösen Dämonen zu besiegen«, antwortete Momotarō.
»Was hast du da an deiner Hüfte?«
»Das sind die wohlschmeckendsten Hirseklöße von ganz Japan.«
»Gib mir bitte einen!«
»Einen ganzen kann ich dir nicht geben. Du bekommst einen halben.«
Als Momotarō dem Hund den halben Hirsekloß zuwarf, bellte der fröhlich, sprang in Momotarōs Boot und wollte mitfahren.
Nach einer Weile kamen sie wieder an einer winzigen Insel, der Affeninsel, vorbei, auf der ein hungriger Affe war. »Wohin willst du, Momotarō?« rief der Affe.
»Nach der Dämoneninsel, um die bösen Dämonen zu besiegen.«

»Was hast du da an deiner Hüfte?«
»Das sind die besten Hirseklöße von ganz Japan.«
»Bitte, gib mir einen!«
«Einen ganzen kann ich dir nicht geben. Du bekommst einen halben.«
Der Affe freute sich über den halben Kloß und wollte auch mitkommen.
Nun fuhren sie zu dritt an der Fasaneninsel vorbei. »Wohin willst du, Momotarō?« rief der Fasan.
»Nach der Dämoneninsel, um die bösen Dämonen zu besiegen.«
»Was hast du da umhängen?«
»Das sind die besten Hirseklöße von ganz Japan.«
»Bitte, gib mir einen!«
»Einen ganzen kann ich dir nicht geben. Du bekommst einen halben.«
Nun wollte auch der Fasan mitkommen.
So ruderten sie immer weiter, bis sie schließlich in der Ferne eine steile schwarze Felseninsel, die Dämoneninsel, erblickten. Die vier landeten an der Küste und kamen zu einem geschlossenen Eisentor. Der Fasan flog über das Tor, drehte den Schlüssel von innen um und machte das Tor auf. Da stürzten Momotarō, der Hund und der Affe hinein und überfielen die bösen Dämonen. Die waren völlig überrascht und konnten sich vor Schreck gar nicht wehren.
Der Affe zerkratzte die Dämonen tüchtig, der Hund biß ihnen in die Füße, der Fasan pickte ihnen in die Augen, während Momotarō einen nach dem anderen kräftig schlug. Sie alle kämpften dank der besten Hirseklöße von ganz Japan sehr tapfer, so daß sich die bösen Dämonen schließlich ergaben: »Habt Erbarmen mit uns, wir wollen auch von nun an den Menschen nichts Böses mehr tun. Alle unsere Schätze schenken wir euch.«
Momotarō, der Hund, der Affe und der Fasan brachten die Schätze auf das Boot und machten sich auf die Rückfahrt. An der heimatlichen Küste luden sie die Schätze auf einen Wagen,

und der Hund, der Affe und der Fasan zogen den schweren Wagen bis in das Dorf, in dem der Alte und seine Frau auf die Rückkehr des Sohnes warteten.
Nun feierten alle Dorfbewohner den Sieg von Momotarō, dem Hund, dem Affen und dem Fasan.

Das Melonentöchterchen

In einem Dorf lebten ein alter Mann und seine Frau. Sie säten Hirse auf den Acker hinterm Haus und dazwischen setzten sie ein Melonenpflänzchen. Das Pflänzchen wuchs, blühte und trug eine Frucht.
Der Alte erblickte die Frucht und rief seiner Frau vom Feld her zu: »Komm her und sieh, was für eine schöne Melone auf unserem Hirsefeld wächst!«
Seine Frau eilte herbei und freute sich sehr über die dicke Melone. »Wann werden wir sie wohl essen können?«
Als es Herbst wurde, war die Melone reif. Die beiden nahmen sie ab und legten sie vor ihren Hausaltar. Nach einer Weile hörten sie das Weinen eines Säuglings. »Was ist das? Wo kommt das her?« fragten sie sich und sahen sich um. Da entdeckten sie, daß in der Melone vor dem Altar ein kleines Mädchen saß und weinte.
Die beiden bekamen einen freudigen Schreck. »Das muß ein Geschenk unseres Gottes sein«, sagten sie, »wir wünschten uns doch so sehr ein Kind. Da es aus einer Melone kam, wollen wir es Melonentöchterchen nennen.«
Sie zogen ihr Töchterchen liebevoll auf, und es wuchs bald zu einem der schönsten Mädchen der Gegend heran. Von der Alten lernte das Melonentöchterchen das Weben. Sie war bald sehr geschickt darin und webte jeden Tag. Eines Tages besuchte der Reiche des Dorfes die Alten und sagte: »Euer Melonentöchterchen gefällt uns sehr. Bitte gebt sie unserem Sohn zur Frau.«

Die Alten nahmen den Heiratsantrag erfreut an und wollten gleich in die Stadt gehen, um für die Braut das Hochzeitskleid, den Haarschmuck und anderes zu kaufen. Ehe sie losgingen, sagten sie zu dem Mädchen: »Liebes Töchterchen, du wirst allein zu Hause bleiben. Sei vorsichtig und mach die Tür nicht auf! Es könnte sein, daß der böse Querkopfgeist Amanjaku während unserer Abwesenheit vorbeikommt und herein will. Er hat sehr lange Krallen.«

Als die Alten weggingen, verriegelte das Mädchen die Tür und setzte sich wieder an den Webstuhl. Nach einer Weile kam der Amanjaku aus den Bergen und pochte an die Tür. »Melonentöchterchen, Melonentöchterchen, mach doch die Tür ein wenig auf, ich habe etwas mit dir zu besprechen!«

»Das darf ich nicht. Großvater und Großmutter haben es streng verboten.«

»Nur ein klein wenig«, bat der Amanjaku wieder.

Nachdem er noch mehrmals gebeten hatte, konnte das Mädchen nicht mehr widerstehen und öffnete die Tür einen Spalt. Kaum hatte sie das getan, da steckte der Amanjaku seine langen Krallen herein und machte die Tür weit auf. Er kam herein und sagte: »Die Pfirsiche im Nachbargarten sind reif. Wollen wir sie nicht pflücken?«

»Ich will nicht, die Nachbarn würden böse werden.«

Da zog der Amanjaku das Melonentöchterchen gegen ihren Willen vom Webstuhl und schleppte sie in den Nachbargarten. Dorf befahl er ihr, auf den Pfirsichbaum zu steigen: »Du bist leichter als ich und kannst höher hinaufsteigen. Ich werde dir sagen, wo die reifen Früchte hängen. Nun los, steig hinauf!«

Das Mädchen konnte nicht anders, als ihm zu gehorchen.

»Die Früchte an diesem Ast sind noch unreif, am Ast daneben auch. Steig noch höher! Noch höher!« rief derAmanjaku.

Als das Mädchen an der Spitze des Baumes war, rief er: »Pflück einen Pfirsich und probier ihn!«

In diesem Moment brach der Ast ab, das arme Mädchen fiel hinunter und war tot.

Inzwischen hatte der Amanjaku die Gestalt des Mädchens angenommen. Er zog ihr Kleid an, ging in ihr Haus und setzte sich an den Webstuhl. Aber er webte so ungeschickt, daß sich die beiden Alten bei der Heimkehr schon von draußen wunderten: »Merkwürdig, wie unmelodisch klingt heute das Weben von unserem Melonentöchterchen.«

Sie eilten ins Haus. »Da seid ihr ja«, sagte das Mädchen mit ungewöhnlich heiserer Stimme.

»Ist in der Zwischenzeit jemand dagewesen?«

»Nein, niemand.«

»Hast du das Wasser schon gekocht, wie ich dir gesagt habe?« fragte die Alte.

»Nein!« antwortete das Melonentöchterchen.

›Ich verstehe nicht, warum unser Melonentöchterchen heute so ungezogen ist‹, dachte die Alte. Aber die beiden Alten waren nun mit den Vorbereitungen für die Hochzeit beschäftigt.

Gegen Abend schickte der Reiche seine Sänfte für die Braut. Als das hübsch angezogene Melonentöchterchen in die Sänfte stieg, flog ein Vogel darüber und zwitscherte: »Paßt auf, paßt auf! In der Sänfte ist kein Melonentöchterchen, sondern ein Amanjaku. Paßt auf, paßt auf!«

Der Alte verstand sogleich. Er zog die Braut aus der Sänfte und führte sie an den Brunnen. »Du solltest dir lieber das Gesicht waschen, damit du dem Bräutigam besser gefällst.«

Aber die falsche Braut wollte sich das Gesicht nicht waschen, so daß der Alte sie schließlich von hinten an den Hals faßte und ins Wasser drückte. Da verwandelte sie sich plötzlich in einen kleinen, häßlichen Amanjaku. Die Männer aus dem Dorf schleppten den Amanjaku zum Hirsefeld und verprügelten ihn tüchtig. Die Hirsepflanzen sind noch heute am unteren Ende ein bißchen rot von seinem Blut.

Der Amanjaku wurde schließlich in den Fluß geworfen. Deshalb merkt euch: Ihr sollt dem anderen nichts Böses tun!

Die Bambusprinzessin

Es ist schon lange her, da lebten ein alter Mann und seine Frau. Der Alte schlug bei Wind und Wetter Bambus im Wald und flocht daraus hübsche Körbchen. Sie verkauften die Bambuskörbchen und lebten bescheiden davon. Eines Tages bemerkte der Alte tief im Wald einen besonders schönen Bambusstamm, der in der Mitte wunderbar schimmerte. Der Alte wunderte sich darüber: »Schon viele Jahre schlage ich Bambus, aber einen so wunderbaren Stamm sehe ich zum ersten Mal. Ich will ihn sorgfältig abschneiden, um ihn nicht zu beschädigen.«
Kaum hatte er den Bambus abgeschnitten, beeilte er sich, nach Hause zu kommen. »Sieh mal, was ich heute aus dem Wald mitgebracht habe«, sagte er zu seiner Frau. »Einen so wunderschönen Bambusstamm habe ich noch nie gesehen.«
Als die beiden behutsam den Stamm spalteten, saß darin ein winziges Mädchen. »Das ist bestimmt ein Geschenk des Himmels für uns, weil wir keine Kinder haben«, riefen sie erfreut, »wir wollen ihm einen schönen Namen geben.«
Und da sie mit Bambus ihr tägliches Brot verdienten, nannten sie das Mädchen Bambusprinzessin.
Die beiden Alten zogen das Kind mit aller Liebe auf. Obwohl sie arm waren, gaben sie ihm gut zu essen, so daß es in kurzer Zeit zu einem gesunden, hübschen Mädchen heranwuchs. Die Eltern waren stolz auf sie, und sie sagten sich: »Es wird nicht leicht für unsere Tochter sein, sich der vielen Freier zu erwehren. Da sie unser einziges Kind ist, sollten wir sie nicht außer Haus geben, sondern einen Schwiegersohn zu uns nehmen.«
Die Zeit verging rasch, und aus der Nachbarschaft kamen viele Heiratsanträge, doch die Eltern wollten davon nichts hören. »Unsere Tochter ist noch zu jung zum Heiraten«, sagten sie stets.
Als die Tochter fünfzehn Jahre alt geworden war, sagte sie zu den beiden: »Liebe Eltern, hört bitte, was ich euch jetzt sagen möchte! Ich danke euch, daß ihr mich all die Jahre mit Liebe

und Sorgfalt wie eure Tochter aufgezogen habt. Aber ich bin kein Mensch von dieser japanischen Insel, sondern ich bin ein Himmelswesen. Schon bald, am 15. Oktober, werden Boten vom Himmel kommen, um mich heimzuholen. Ich will aber nicht fort von euch, bitte haltet mich fest, wenn die Himmelsboten erscheinen.«

Der Alte und seine Frau waren darüber sehr erschrocken, und sie wurden ganz niedergeschlagen. Sie konnten sich nicht anders helfen als zu weinen. Schließlich sagten sie zu ihr: »Du bleibst hier, du bist hier zu Hause, wir wollen die Himmelsboten fortjagen.«

Als es am 15. Tag des 10. Monats zu dämmern begann, hielten die beiden Alten die Bambusprinzessin ganz fest. Aber alle Mühe war vergebens. Im hellen Licht des Vollmonds näherten sich die Himmelsboten und warfen der Bambusprinzessin ein Gewand über. In diesem Moment vergaß sie alles, was sie auf der Welt erlebt hatte. Sie trat auf eine Wolke und kehrte so zum Himmel zurück. Die beiden Alten blieben auf der Erde und konnten nur weinen.

Wenn der Alte künftig in den Wald ging, um Bambus zu schlagen, fand er oftmals in den Bambusstämmen kostbare Dinge: Reis, Brokatstoffe, Goldmünzen, Reisklöße und anderes. Das alles waren Geschenke der Bambusprinzessin. Die beiden Alten konnten damit bis ans Ende ihrer Tage gut leben.

Die Gespenstermutter

Eine Frau war hochschwanger gestorben und wurde auf dem Friedhof eines buddhistischen Tempels begraben. Man sagte aber, die Tote habe im Grab ein Kind geboren und solle jeden Abend zu einer bestimmten Zeit zum Milchmann kommen, um Milch zu kaufen. Der Priester des Tempels hörte davon und versteckte sich abends in einer Ecke des Friedhofs, um alles mit eigenen Augen zu sehen. Da beobachtete er, wie ein Gespenst jeden Abend zu einer bestimmten Zeit auftauchte, bei dem Milchmann Milch kaufte und wieder in dem Grab verschwand. Der Priester wunderte sich darüber und ließ das Grab ausheben. Unter dem Grabstein wurde ein lebendiger Säugling gefunden. Der Priester nahm das Kind und zog es bei sich im Tempel auf. Später wurde es der neue Priester des Tempels. Diese Geschichte hörte ich irgendwann irgendwo.

Der reiche Köhler

Es war in einem Dorf ein reicher Mann, der eine hübsche Tochter hatte. Lange suchte man vergebens nach einem Bräutigam für sie. Schließlich bat man einen Wahrsager um Rat. »Das Mädchen hat eine schicksalhafte Bindung an einen jungen Köhler, der tief im Wald lebt, keinen anderen kann sie heiraten«, war seine Antwort.

Daraufhin machte sich das Mädchen ganz allein auf den Weg in den Wald. Sie gelangte zu einer Köhlerhütte, in der ein schmutziger Mann wohnte. Da es bereits dunkel wurde, bat sie ihn um ein Nachtquartier. »Hier ist kein Ort für ein Fräulein wie dich. Ich habe weder Essen noch eine Schlafmatte für dich. Es tut mir leid«, sagte er.

»Mach dir um mich keine Sorge, es genügt mir, wenn ich in einer Ecke ruhen kann. Bitte, laß mich ein!«

»Dann wie du willst«, antwortete er.

Am nächsten Tag sagte das Mädchen zu ihm: »Mir gefällt es bei dir. Ich möchte gern deine Frau werden. Ich bitte dich darum.«

»Um Gottes Willen! Du bist ein schönes Fräulein und ich ein armer, schmutziger Köhler. Das geht nicht.«

Darauf bat sie noch einmal: »Ich will fleißig für dich arbeiten. Bitte, laß mich deine Frau werden!«

Der junge Mann stimmte am Ende zu. So wurden sie ein Ehepaar.

Der Köhler brannte im Wald Holzkohle und trug sie auf dem Rücken in die Stadt, um sie zu verkaufen. Eines Tages, als er wieder mit Kohle in die Stadt gehen wollte, sagte seine Frau zu ihm: »Lieber Mann, bring mir außer Reis noch andere Dinge mit und nimm dafür diese Goldmünze!«

Sie gab ihm eine Münze, die er in die Tasche steckte. Unterwegs sah er auf dem Fluß einige Wildenten schwimmen. Da sagte er sich: ›Meine Frau hat bis jetzt noch kein gutes Essen bei mir bekommen, heute kann ich ihr eine Entensuppe bereiten.‹

Er holte die Münze aus der Tasche und warf sie nach einer Wildente. Die wurde davon getroffen und war tot.

Der junge Mann eilte mit der Ente nach Hause und rief seiner Frau zu: »Ich habe eine dicke Wildente für dich, heute abend gibt es Entensuppe!«

Die Frau: »Warst du nicht in der Stadt? Wo hast du die Goldmünze?«

Der Mann: »Die Münze habe ich nach der Ente geworfen.«

Die Frau: »Was hast du getan? Mit dieser Münze hättest du uns in der Stadt viel Schönes kaufen können.«

Der Mann: »Mach dir keine Sorgen. Von solchen Münzen habe ich noch eine ganze Menge.«

Die Frau: »Meinst du das im Ernst? Dann zeig sie mir!«

Der junge Mann führte seine Frau zu seinem Kohlenmeiler, und dort lagen tatsächlich viele Goldmünzen. Es schimmerte und blitzte überall. Mit diesem Gold konnten die beiden ein Leben lang glücklich sein.

Das Schicksal eines Neugeborenen

Meine Großmutter sagte mir, daß man am ersten Tag des 12. Monats, früh, bevor der Hahn kräht, eine kleine Aubergine essen soll. Wie dieser Brauch entstand, will ich erzählen.

Es war einmal ein Ehepaar. Die Frau spürte, daß sie bald ein

Kind zur Welt bringen würde. Deshalb ging der Mann um Mitternacht zum Tempel des Schutzgottes seines Dorfes, um für die glückliche Niederkunft zu beten. Als er heimkehren wollte, begann es heftig zu regnen. Da der Regen nicht aufhörte, mußte er im Tempel bleiben. Der einsame Mann schlief bald fest ein. Im Traum hörte er Hufschläge, die immer näher kamen, bis zu dem Tempel. Eine fremde Stimme rief zu dem Schutzgott: »Weißt du, daß im Nachbardorf bald ein Kind geboren wird? Wollen wir nicht zusammen hingehen?«

»Eigentlich wollte ich mitkommen«, antwortete der Gott, »aber ich habe Besuch und muß deshalb hierbleiben. Kannst du nicht allein zu dem Haus gehen?«

»Ich verstehe«, antwortete die Stimme, und die Hufschläge entfernten sich.

Nach einer Weile waren die Hufschläge wieder zu hören und verstummten vor dem Tempel. Die Stimme meldete sich erneut: »Ich bin wieder da. Es war eine leichte Geburt. Mutter und Kind sind gesund.«

Darauf wurde der Familienname genannt. So erfuhr der schlafende Mann, daß es sich um seine Frau und sein Kind handelte.

»Wie sieht das Kind aus?« fragte der Mann im Traum eilig.

»Es ist ein gesunder, kräftiger Knabe. Aber er wird nicht länger als bis zu seinem siebenten Lebensjahr leben. Es ist bestimmt, daß er am ersten Tag des 12. Monats seines siebenten Geburtstages dem Herrn des Drachenteiches zum Opfer gebracht wird.«

Damit verstummte die Stimme. Es wurde allmählich hell, und der Regen hörte auf. ›Ach, es war alles nur ein Traum‹, sagte sich der Mann. ›Ich muß gleich nach Hause. Hoffentlich ist die Geburt gut verlaufen.‹

Zu Hause erfuhr der Mann, daß seine Frau einen gesunden, kräftigen Knaben geboren hatte. Der Mann erzählte seiner Frau nichts von seinem Traum in der Nacht. Der Knabe wuchs heran. Endlich kam der erste Tag des 12. Monats seines siebenten Geburtstages. Der Vater fürchtete sich heimlich davor und wollte den Sohn den ganzen Tag zu Hause behalten. Aber eine dringende Angelegenheit erforderte, daß er seinen Sohn über den Drachenteich schicken mußte. Der Vater erinnerte sich an die Nacht im Tempel und verstand, daß er nichts ändern konnte. Es schmerzte ihn sehr, daß er seinen geliebten Sohn dem Herrn des Drachenteiches opfern sollte. Er bereitete dem Sohn ein gutes Essen und sagte zu ihm: »Das sollst du essen, bevor du durch den Teich watest, nicht erst danach.« Der Sohn versprach es dem Vater und machte sich auf den Weg.

Groß war die Freude des Vaters, als er seinen Sohn am Abend wiedersah. Er fragte ihn, ob am Drachenteich nichts passiert sei.

»Ich habe ein unheimliches Erlebnis gehabt«, antwortete der Sohn. »Als ich am Drachenteich mein Mittagessen zu mir nehmen wollte, wie ich es versprochen hatte, tauchte aus dem Wasser eine Art Kobold auf und fragte, was ich täte. Als ich antwortete, daß ich gerade essen wollte, fragte er weiter, was ich denn äße. Ich zeigte ihm eine winzige Aubergine. Der Kobold wollte sie kosten, und ich gab ihm ein Stück. Es schmeckte ihm wohl sehr, und er wollte wissen, ob die Menschen wohl jeden Tag des Jahres so etwas Gutes essen würden. Dann sagte er, daß er mich zwar eigentlich heute fressen wollte, aber es täte ihm plötzlich leid, einen Menschen zu fressen, der so gut ißt. Deshalb wolle er mich einfach gehen lassen. Mit den Worten ›Geh ruhig heim und sorge in Zukunft gut für deine Familie‹ verschwand der Kobold im Wasser.« So erzählte der Sohn dem Vater.

Seitdem soll man am ersten Tag des 12. Monats wenigstens ein Stück Aubergine essen. Alle Bräuche haben ihre Geschichte, so sagt man.

Wie Gott den Geschöpfen ihre Lebensdauer gab

Das ist eine Geschichte aus alter Zeit. Gott wollte für alle Lebewesen die Lebenszeit festlegen. Zuerst kam das Pferd. Gott sagte: »Liebes Pferd, du läufst schnell und trägst schwere Lasten, du bist vielen auf der Erde nützlich, deshalb gebe ich dir eine Lebensdauer von dreißig Jahren.«

»Danke schön, lieber Gott, aber für mich sind dreißig Jahre entschieden zuviel. Mein Leben lang werde ich von den Menschen geschunden. Ich habe schon genug davon. Bitte, nimm mir doch einige Jahre ab!«

Das Pferd behielt zehn Jahre, zwanzig Jahre nahm Gott zurück.

Nun stellte sich der Hund ein. »Lieber Hund, auch du bekommst dreißig Jahre.«

Da zog der Hund seinen Schwanz ein und seufzte tief: »Für mich ist der Sommer zu heiß und der Winter zu kalt. Dreißigmal ertrage ich das nicht. Außerdem behandeln die Menschen mich stets schlecht, und nachts kann ich nicht ruhig schlafen.«

»Wieviel Jahre wären dir denn recht?«

»Ich möchte höchstens zehn Jahre leben.«

So erhielt auch der Hund zehn Jahre, und zwanzig Jahre nahm Gott zurück.

Darauf kam der Affe zu Gott und fragte ihn, wie lange er leben dürfe. Als Gott auch dem Affen dreißig Jahre anbot, war das auch ihm zuviel. Der Affe bekam ebenfalls zehn Jahre, und zwanzig Jahre behielt Gott.

Jetzt erschien der Mensch vor Gott. Und Gott sagte zu ihm: »Du sollst auch dreißig Jahre lang leben.«

Der Mensch zählte das mit den Fingern ab und sagte: »Damit bin ich nicht zufrieden. In dreißig Jahren kann ich höchstens heiraten, nichts weiter. Bitte, gib mir mehr Zeit!«

»Du willst länger leben? Gut, ich gebe dir noch zwanzig Jahre, die ich dem Pferd abnahm. Gefallen dir fünfzig Jahre?«

»Nur fünfzig Jahre? Die reichen nicht. Bitte, gib mir noch mehr!«
»Dann gebe ich dir noch zwanzig Jahre, die dem Hund gehören sollten. Siebzig Jahre müßten dir doch genügen.«
»Nein, ich möchte noch mehr.«
Gott war sehr erstaunt. »Du bist aber ein habgieriges Geschöpf. Nun habe ich nur noch die zwanzig Jahre vom Affen übrig. Mensch, da nimm neunzig Jahre, aber damit ist gut!«
Auf diese Weise hat der Mensch vom Pferd, vom Hund und vom Affen Lebensjahre bekommen und kann insgesamt neunzig Jahre lang leben. Aber wirklich lebt der Mensch nur bis zu seinem dreißigsten Lebensjahr, das für ihn bestimmt war. Danach muß er bis zu seinem fünfzigsten Jahr oft schwere Lasten tragen wie ein Pferd, danach kann er wie ein Hund in der Nacht nicht ruhig schlafen, und ihm wird der Sommer zu heiß und der Winter zu kalt. Nach dem siebzigsten Jahr lebt er oft wie ein Affe, der den jungen Leuten unnütze Dinge sagt und von ihnen gemieden wird.

Einen Sack Reis für einen Strohhalm

Das ist die Geschichte eines guten Jungen aus armer Familie. Eines Tages schickte die Mutter den Jungen auf die Reise und gab ihm drei Strohhalme mit. Nach einer Weile begegnete ihm eine Frau, die Lotosblätter unterm Arm trug, die sie verkaufen wollte. Da ein heftiger Wind aufkam, schenkte er ihr einen Strohhalm, mit dem sie die Blätter zusammenbinden konnte. Die Frau dankte ihm und gab ihm dafür ein großes Lotosblatt.
Als der Junge weiterging, kam ihm ein Händler entgegen, den er schon von weitem rufen hörte: »Dreijährige Bohnenpaste! Dreijährige Bohnenpaste!« Plötzlich begann es heftig zu regnen. Der Junge bemerkte, daß der Händler nichts hatte, um seine Bohnenpaste zu bedecken. Da schenkte er ihm das große

Lotosblatt. Der Händler dankte ihm und gab ihm dafür ein Kügelchen Bohnenpaste.
Der Junge ging weiter. Als sich der Tag neigte, kam er zu einem großen Haus, in dem er um ein Nachtquartier bat. In der Nacht gab es im Haus große Unruhe. Der Junge erkundigte sich nach dem Grund, und man erklärte ihm, die Tochter des Hauses sei schwer erkrankt und habe großes Verlangen nach etwas dreijähriger Bohnenpaste. Sogleich gab der Junge der Tochter seine Bohnenpaste. Nachdem die Tochter sie gegessen hatte, wurde sie gesund und bedankte sich bei dem Jungen. Der Vater schenkte ihm zum Abschied einen großen Sack voll Reis.
Der Junge schleppte den Sack nach Hause zu seiner Mutter. Und von nun an hatte die Familie keine Not mehr.

Die Biene und der Traum

In alten Zeiten gingen zwei Männer in den Wald, um Reisig zu sammeln. Nachdem sie eine Weile tüchtig gearbeitet hatten, machten sie eine Pause. Bald schlief der eine der beiden ein und begann, kräftig zu schnarchen. Plötzlich flog eine Biene aus einem Nasenloch des Schlafenden. Der andere Mann bekam Angst und hoffte, daß die Biene ihn nicht stechen würde. Während er sie beobachtete, flog sie zu einem chinesischen Nesselbaum, der in der Nähe stand. Kaum hatte der Schlafende ausgeatmet, flog die Biene zurück, kroch ins Nasenloch, kam wieder heraus und flog summend davon.
In diesem Augenblick erwachte der Mann und sagte: »Ich hatte gerade einen schönen Traum. Ich war an einem Ort, wo viel Geld lag.«
Der andere dachte lange über den Traum des Freundes nach. Allein ging er dann mit einem großen Strohsack auf dem Rükken zurück zu jenem Nesselbaum. Dort entdeckte er ein riesi-

ges Bienennest. ›Wahrscheinlich hat es mit dem Traum zu tun‹, dachte er. So stülpte er den Strohsack über das Bienennest und trug es vorsichtig nach Hause. Aus Angst öffnete er den Sack sehr langsam, doch dann fand er in der Tat das Bienennest voller Geld.
Es ist die Wahrheit, was ich da erzählt habe.

Der Traum von der Misokai-Brücke

Es war einmal ein armer Kohlenbrenner. Eines Tages hatte er wie üblich den Ofen mit Holz gefüllt und angezündet und legte sich müde unter einer Zeder zur Ruhe. Da hatte er einen merkwürdigen Traum: Ein alter Mann mit weißem Bart sagte zu ihm: »Wenn du erwachst, geh ins Dorf zur Misokai-Brücke, der Brücke, die zum Bohnenpastehändler führt, und warte dort, bis du etwas Gutes erfährst.«
Als der Kohlenbrenner erwachte, freute er sich über den Traum. Er nahm einen Sack Holzkohle auf den Rücken und machte sich auf den Weg ins Dorf. Als er dort seine Kohle verkauft hatte, erkundigte er sich nach der Misokai-Brücke. Aber niemand kannte sie. Endlich sagte eine alte Frau: »Ach du meinst die kleine schmale Brücke, die zum Bohnenpastehändler führt. Sie wird nur von den Leuten der Nachbarschaft so genannt.«
Er bedankte sich und begab sich eilig in die angegebene Richtung. Es war in der Tat eine kleine Brücke, die zum Bohnenpastehändler führte. Er stellte sich in die Mitte der Brücke und paßte auf. Nur ab und zu gingen Leute darüber, die sich über Krankheiten, Kinder, Hochzeit und anderes unterhielten, was ihn gar nicht interessierte. Der Tag ging zu Ende, ohne daß sich etwas ereignete. Er glaubte aber noch immer an seinen Traum und blieb deshalb auf der Brücke.
Als es zum fünften Mal tagte, öffnete der alte Händler die Tür seines Geschäfts, schaute zu dem Kohlenbrenner hinüber und

sagte, indem er langsam näherkam: »Du bist nun schon ein paar Tage hier. Wartest du auf etwas Bestimmtes?«
Der Kohlenbrenner stotterte etwas, als er antwortete: »Ich hatte einen Traum... ich soll hier etwas Gutes erfahren. Deshalb bin ich hier...«
Kaum hatte der alte Händler das gehört, da brach er in Gelächter aus: »Du bist aber einfältig, mein Junge. Wer glaubt denn heute noch an einen solchen Traum. Auch ich hatte neulich einen schönen Traum: In einem Dorf hoch oben in den Bergen soll ein Kohlenbrenner wohnen, seinen Namen habe ich schon vergessen. In seinem Hof steht eine Zeder, und unter dem Baum sollen viele Münzen begraben liegen. Solch ein Unsinn! Wer soll das glauben! Ha-ha-ha!«
Der Kohlenbrenner sah den alten Händler an und brachte kein Wort heraus. Der Alte fuhr fort: »Nun glaub nicht an diese dumme Geschichte und geh nach Hause! Das ist bestimmt besser für dich.«
Damit wandte sich der alte Händler um und ging zu seinem Geschäft. Der Kohlenbrenner aber eilte nach Hause. Unter dem Baum grub er ein tiefes Loch, bis er auf einen dicken Krug stieß. Der Krug war gefüllt mit vielen Goldmünzen. Sein Traum war also in Erfüllung gegangen. Der Kohlenbrenner war nun reich und lebte glücklich bis an sein Ende.

Trag mich auf dem Rücken

Es lebten einmal in einem Ort drei Brüder namens Tarō, Jirō und Saburō. Ihre Bohnenfelder waren mehrmals von Wildschweinen verwüstet worden. Deshalb wurde Tarō in den Wald geschickt, um die Wildschweine zu verjagen. Unterwegs rief Tarō: »Schert euch weg, ihr bösen Wildschweine!«
Da kam von der Ferne schwankend etwas Glänzendes auf Tarō zu und rief: »Tarō, trag mich auf dem Rücken. Tarō, ich möchte auf deinem Rücken festsitzen.«

Tarō fürchtete sich sehr und floh.
Nun wurde Jirō losgeschickt. Unterwegs rief er ebenfalls: »Schert euch weg, ihr bösen Wildschweine!« Da kam auf ihn aus der Ferne schwankend etwas Glänzendes zu und rief: »Jirō, trag mich auf dem Rücken. Jirō, ich möchte auf Deinem Rükken festsitzen.«
Da erschrak Jirō sehr und kehrte sogleich um.
Nun war Saburō an der Reihe. Auch er rief unterwegs laut: »Schert euch weg, ihr bösen Wildschweine!« Da kam wieder aus der Ferne etwas Glänzendes schwankend heran und rief: »Saburō, trag mich auf dem Rücken. Saburō, ich möchte auf deinem Rücken festsitzen.«
Saburō war mutiger als Tarō und Jirō. Er antwortete: »Setz dich auf meinen Rücken, wenn du willst! Halte dich fest auf meinem Rücken, wenn du willst!«
Saburō ging tapfer auf das Glänzende zu. Plötzlich fühlte er etwas Schweres auf seinem Rücken sitzen. Er trug die Last bis nach Hause. Als er dort versuchte, sich von dem Unbekannten zu befreien, fielen viele glänzende Münzen auf den Boden.
So war es. Dotto harea.

Die Zauberkapuze

Es waren ein armer alter Mann und seine Frau, die lebten auf einem Berg. An einem Silvestertag ging der Alte in die Stadt hinunter, um Reisig zu verkaufen und dafür etwas fürs Neujahrsfest zu besorgen. Er konnte aber an diesem Tag fast nichts verkaufen, so daß es nur zu einem Säckchen Reis langte. Als der Alte auf dem Heimweg an eine Brücke kam, beschloß er, sein Reisig dem Drachenkönig zu schenken, und so warf er es ins Wasser.
Am Morgen des Neujahrstages stand ein riesengroßer Mann vor der Tür des Alten. Er stellte sich als Bote des Drachenkönigs vor und sagte: »Der Drachenkönig läßt dir für das Reisig

danken, und er möchte dir zum Zeichen seiner Dankbarkeit etwas schenken.«

Damit überreichte er dem Alten eine Kapuze und erklärte: »Das ist eine Zauberkapuze. Wenn du sie trägst, kannst du die Stimmen der Vögel verstehen.«

Der Alte bedankte sich erfreut. Als er am nächsten Tag früh aufstand, hörte er eine Krähe auf dem Dach. Eine zweite kam von Osten her geflogen und setzte sich zu ihr. »Ich will es mal probieren«, sagte der Alte und setzte die Kapuze auf. Kaum daß er das getan hatte, hörte er vom Dach folgendes Gespräch:

»Wir haben uns schon lange nicht gesehen. Nun, was gibt es Neues, Bruder?«

»Wußtest du schon, daß die Tochter der Chōja-Familie Onomichi schwer krank ist? Die Ärzte und Wahrsager gehen bei ihm ein und aus, aber keiner weiß Rat. Und weißt du, woran es liegt? Als der Chōja vor einiger Zeit eine Scheune baute, wurde ein Frosch unterm Dach festgenagelt. Bis heute liegt er dort halbtot. Die Krankheit der Tochter beruht auf dem Fluch dieses Frosches. Ihn muß man retten, wenn die Tochter gesund werden soll. Aber keiner weiß das. Die Menschen sind ja zu dumm dafür.«

Der Alte war sehr erstaunt über diese Nachricht und machte sich sogleich auf zum Haus des Chōja. In der Tat waren dort viele Ärzte und Wahrsager mit betrübten Gesichtern versammelt. Der Alte gab vor, ein Wahrsager zu sein und murmelte etwas am Lager der kranken Tochter. Dann erzählte er dem Reichen von dem halbtoten Frosch in der Scheune, der die Ursache für die Krankheit der Tochter sei.

Der Chōja rief sogleich nach einem Zimmermann und ließ das Dach der Scheune öffnen. Der Frosch wurde hervorgeholt und sorgsam gepflegt. Von nun an ging es der Tochter täglich besser, und als man den Frosch wieder in Freiheit setzte, war auch die Tochter wieder völlig gesund. Der Chōja war darüber sehr froh und beschenkte den Alten.

So wurde der Alte durch die Kapuze allmählich reich und brauchte kein Reisig mehr zu sammeln. Er lebte mit seiner Frau noch lange und glücklich. Koppori!

Warum das Meerwasser salzig ist

Es lebten ein alter Mann und seine Frau, die waren sehr geizig. Und zu gleicher Zeit lebten ein guter Alter und seine Frau, die waren ehrlich und fleißig. Da sie aber sehr arm waren, wollte Gott ihnen helfen. Er sagte zu ihnen: »Ich gebe euch diese Mühle, in der ihr Salz mahlen könnt. Ihr bekommt soviel Salz, wie ihr wollt, und könnt damit viel Geld verdienen.«

Kaum hatten sie die Mühle in Bewegung gesetzt, so mahlte sie Salz. Vom Verkauf des Salzes wurden die Alten reich. Der geizige Nachbar und seine Frau beobachteten das und wollten unbedingt die Wundermühle haben. Eines Tages stahlen sie die Mühle. Sie wollten irgendwo anders Geld damit verdienen. So luden sie die Mühle auf ein Schiff und fuhren aufs Meer. Unterwegs sprach die Alte die Zauberformel, um Salz zu mahlen. Plötzlich wurden sie von einem Sturm überrascht. Die geizige Alte vergaß darüber die Zauberformel, um die Mühle abzustellen. Der Sturm wurde immer heftiger. Schließlich sank das Schiff.

Auch die Mühle sank mit in die Tiefe. Auf dem Meeresgrund soll sie noch heute mahlen. Deshalb ist das Meerwasser so salzig.

Tarō, der Angeber

Es war ein Junge namens Tarō, der ungeheuer prahlte. Die Eltern konnten ihn schließlich wegen seiner ständigen Aufschneiderei nicht mehr ertragen. So rollte der Vater seinen Sohn in eine Grasmatte und trug ihn auf eine Klippe. Die Mutter hatte ihm aus Mitleid noch einige Kuchen aus Bohnenpaste zugesteckt. Der Vater wollte die Matte von der Klippe ins Meer stoßen, aber er wagte es dann doch nicht und ließ die Matte einfach liegen.

Als der Vater fortgegangen war, befreite sich Tarō aus der Matte, beschmierte sich den Mund mit Bohnenmus und kehrte nach Hause zurück. Als er die überraschten Eltern wiedersah, sagte er, daß ihn der Drachenkönig in seinen Meerespalast eingeladen und reichlich mit Bohnenmuskuchen bewirtet habe. Der Vater wollte das auch gern erleben. So ließ er sich in eine Grasmatte rollen. Tarō trug ihn auf die Klippe und stieß ihn ins Meer.

Als der tote Vater nach einigen Tagen gefunden wurde, vertrieben die Dorfbewohner Tarō auf die Insel der Dämonen. Dort wurde er Knecht beim Führer der Dämonen. Während die anderen Dämonen tagsüber unterwegs waren, unterhielt sich der Dämonenführer gern mit Tarō über seine Abenteuer und über seine Schätze. Eines Tages zeigte er ihm einen Wagen, mit dem man blitzschnell durch die Luft fliegen konnte, ein Paar Wunderschuhe, mit denen man über das Wasser gehen konnte, und zwei Wundernadeln. Mit der einen Nadel konnte man jedes Lebewesen töten, wenn man es stach, mit der anderen konnte man jeden Toten wieder lebendig machen.

Tarō wurde neidisch auf diese Schätze. Er gab dem Dämon viel Wein, bis er betrunken war, dann stach er ihm mit der Sterbenadel in die Nasenspitze, nahm die Schätze und floh. Mit dem fliegenden Wagen gelangte er im Nu an die Küste. Mit den Wunderschuhen lief er über das Meer. Aber ein Riesendämon namens Donkai verfolgte ihn und versuchte, das Wasser auszutrinken. Dadurch wurde Tarō wieder zur Küste gezogen. Aber er drehte sich um, schlug sich auf den Hintern und furzte tüchtig. Da brach Donkai in Lachen aus und spie alles Wasser wieder aus.

Mit einer Woge des Wassers gelangte Tarō an die japanische Küste. Als er eine Straße entlangging, sah er ein totes Pferd liegen. Er stach das Pferd mit der Lebensnadel, da begann es sich zu bewegen. Beim zweiten Stich öffnete es die Augen, und beim dritten stand es auf. Der Besitzer des Pferdes freute sich sehr darüber und gab ihm eine Menge Geld.

Als Tarō weiterging, gelangte er zu einem prächtigen Haus. Der Hausherr und seine Frau hatten schon von dem Wunder gehört und kamen ihm entgegen. »Stimmt es, daß du das kürzlich gestorbene Pferd wieder lebendig gemacht hast?« fragten sie ihn.

»Ja, es stimmt. Ich kann tote Menschen und Tiere wieder zum Leben erwecken«, antwortete er.

Da knieten der Mann und die Frau vor ihm nieder und sagten: »Unsere einzige Tochter ist heute nach langer Krankheit gestorben. Wir bitten dich sehr, sie zu retten.«

Tarō betrat das Haus. Im Hauptraum lag die Tote, ein bildschönes junges Mädchen. Sie sah aus, als ob sie schliefe und einen glücklichen Traum habe. Tarō stach sie mit der Lebensnadel in die rechte Achselhöhle, dann in die linke und schließlich in den Bauch. Da machte das Mädchen die Augen auf, erhob sich und lächelte fröhlich.

Der Hausherr und seine Frau tanzten vor Freude. Alle Verwandten und Freunde wurden zu einem großen Fest eingeladen, das sieben Tage lang dauerte. Am Ende bat der Hausherr Tarō: »Heirate unsere Tochter und sei für immer unser Beschützer!«

So wurde Tarō der Bräutigam des schönen Mädchens, und es wurde noch einmal tüchtig gefeiert. Dann führte Tarō seine junge Frau heim zu seiner Mutter, die vor Freude weinte.

Tarō ließ einen Grabstein für seinen Vater errichten und hielt eine Totenfeier für ihn, damit seine Seele Ruhe finden konnte.

Der Wunderkürbis

Es war eine Frau, die das Glücksspiel sehr liebte. Eines Tages spielte sie wie gewöhnlich und hatte alles Geld, das sie besaß, verloren. Sie ging die Straße entlang und kam zu einem Jizō, vor dem sie sich ein bißchen ausruhte. Nach einer Weile bekam sie Lust, wieder zu spielen. Da sie niemanden in der Nähe sah, spielte sie mit dem Jizō. Diesmal hatte sie Glück, sie gewann das Spiel. Da wollte sie die Statue auf dem Rücken forttragen. Weil sie aber sehr müde war, lehnte sie ihren Kopf an den Jizō und schlief ein.

Sie hatte einen Traum, in dem der Jizō lebendig wurde und zu ihr sagte: »Liebe Frau, ich habe kein Geld. Geh zum nächsten buddhistischen Tempel und bitte Buddha um zwei Kürbisse. Wenn du vor den Kürbissen in die Hände klatschst, werden zwei Zwerge, Kinsuke und Magosuke, herauskommen und dir deine Wünsche erfüllen.«

Da ging die Frau zum Tempel, betete vor dem Altar, und bald darauf rollten zwei Kürbisse vor ihre Füße. Sie befolgte den Rat, klatschte in die Hände und sagte: »Ich habe vor allem Hunger, deshalb wünsche ich mir Sake und ein gutes Essen.« Darauf kam aus jedem Kürbis ein Zwerg. Beide sahen aus wie Zwillinge und waren so groß wie der kleine Finger. Sie holten aus den Kürbissen Reiswein, Fisch, Reis, Gemüse und noch vieles andere. Die Frau genoß das üppige Mahl und trank tüchtig von der Sake.

Von dieser Zeit an pflegte die Frau überall die Leute, die sie traf, mit Essen und Trinken aus den Kürbissen zu bewirten. Eines Tages war sie wie üblich mit vielen Leuten zusammen. Sie feierten ein fröhliches Fest in einem Gasthaus. Der Wirt begeisterte sich für die Wunderkürbisse und sagte zu ihr: »Ich möchte unbedingt deine Kürbisse haben. Was hältst du davon, wenn ich dir fünfzig Yen dafür gebe?«

Die Frau war mit dem Handel einverstanden und gab ihm die Kürbisse. Der habgierige Wirt wollte aus den Kürbissen so-

gleich so viel Essen wie nur irgend möglich herausholen. Er klatschte in die Hände. Aber es geschah nichts. Er versuchte es noch einmal und noch einmal. Aber vergebens. Die beiden Zwerge waren nicht mehr in den Kürbissen, sie waren bei der Frau geblieben.
Die lustige Frau war inzwischen reich geworden und lebte fröhlich mit den Zwergen Kinuske und Magosuke.

Die Augenwimpern des Wolfs

Es war einmal ein Mann, der fleißig arbeitete, aber trotzdem sehr arm blieb. Verzweifelt wollte er sich den Wölfen zum Fraß hingeben und ging zu ihrer Höhle. Gleich kamen auch ein paar Wölfe auf ihn zu. Sie fraßen ihn jedoch nicht, sondern kehrten in die Höhle zurück. Als der größte der Wölfe erschien, bat der Mann: »Freßt mich doch bitte!«
Der Wolf antwortete: »Dich fressen wir nicht, weil du ein Mensch bist. Deine Frau aber ist eine Kuh. Deshalb bleibst du so arm, obwohl du so fleißig arbeitest. Du solltest einen Menschen heiraten, dann wirst du reich werden. Ich gebe dir hier meine Augenwimpern, damit du die Menschen von den Tieren unterscheiden kannst. Nimm sie und geh nach Hause!«
Als der Mann zu Hause seine Frau mit den Wimpern des Wolfs betrachtete, sah er, daß sie wirklich eine Kuh war. Er wollte nun nicht mehr bei ihr bleiben und ging in eine große Stadt, wo er durch die Wimpern des Wolfes nur Tiere sah, bis auf eine Holzhändlerin. Sie war und blieb vor seinen Augen ein Mensch. Er folgte ihr bis zu ihrem Haus, wo sie einen Meiler für Holzkohle hatte, und bat sie um ein Nachtquartier.
Am nächsten Morgen ging er zum Meiler und öffnete ihn. Mit seinen Augenwimpern entdeckte er, daß darin unter der Holzkohle viel Gold versteckt war. Er heiratete die Holzhändlerin und beide lebten wohl und zufrieden.

Das Geschenk des Spatzen

In alter, alter Zeit lebten in einem Ort ein alter Mann und seine Frau friedlich miteinander. Eines Tages hackte der Alte im Wald Holz. Auf dem Heimweg fand er im Gras einen winzigen Spatzen, der kläglich piepste. »Was ist los mit dir, Spätzchen?« fragte der Alte. »Du brauchst dich nicht vor mir zu fürchten, zeig mir doch mal deine Flügel.«

Der Spatz beruhigte sich sofort. Er hatte sich einen Flügel verletzt. Der Alte nahm den Spatzen und trug ihn nach Hause. Seine Frau und er pflegten ihn liebevoll. Sie hatten kein Kind, deshalb behandelten sie den Spatz wie ihr eigenes Kind und gaben ihm Reis und Hirse. Der Flügel heilte bald, und der Spatz flog im Haus der alten Leute hin und her. Da sagten sie zu ihm: »Deine Eltern werden sicher auf dich warten. Du bist jetzt soweit gesund, daß du zu ihnen zurückfliegen kannst.« Damit ließen sie ihn frei. Der Spatz kreiste noch dreimal über den beiden Alten, dann flog er davon.

Ein Jahr verging. Eines Tages saß die Frau mit einer Näharbeit vor dem Haus. Da kam der Spatz geflogen, ließ etwas in das Nähkästchen fallen und verschwand wieder. Die Alte nahm es in die Hand. Es war ein weißer Kern. Als der Alte zurückkam, zeigte sie ihm den Kern. »Es muß ein Geschenk unseres Spatzen sein«, sagte der Alte.

Sie steckten den Kern in die Erde. Nach ein paar Tagen keimten daraus zwei winzige Blättchen. Die Pflanze wuchs schnell und rankte sich um einen Bambusstamm. Im Sommer bekam sie viele kleine weiße Blüten und im Herbst trug sie einen Kürbis. Als er reif war, schnitt der Alte ihn ab, um ihn zu trocknen und ein Gefäß daraus zu machen. Als er den Kürbis aufschnitt, floß duftender Saft heraus. Er hielt eine Schale darunter und kostete. Es war nichts anderes als guter Sake. Der Alte schenkte sich mehrmals davon nach, aber der Kürbis wurde nicht leer. Schließlich war der Alte betrunken und schlief gleich ein.

Die Alte sagte vor sich hin: »Mir wäre Reis lieber als Sake« und wollte sich ebenfalls einschenken. Da rieselte weißer Reis heraus. Die Alte kochte sogleich Reis und bereitete viele Reisbrötchen.

Als der Alte erwachte, aßen die beiden die Reisbrötchen, tranken Sake dazu, sangen und lachten laut.

Als das die neugierige Nachbarin hörte, kam sie vorbei und fragte: »Was ist denn los bei euch? Ihr seid ja so fröhlich und habt Gutes zu essen und zu trinken.« Die Alten setzten ihr auch Reisbrötchen und Sake vor und erzählten ihr von dem verletzten Spatzen.

Kaum daß die Nachbarin das gehört hatte, verabschiedete sie sich, ohne sich zu bedanken. Sie fing sogleich einen Spatzen, verletzte ihm einen Flügel und fütterte ihn eine Weile mit etwas Reis und Hirse. Bald ließ sie ihn nach Hause zurückfliegen und sagte: »Vergiß aber nicht, was ich dir Gutes getan habe.« Der Spatz kreiste noch dreimal über der Nachbarin und flog davon.

Ein Jahr verging. Da kam der Spatz wieder angeflogen und ließ in das Nähkästchen der Nachbarin einen weißen Kern fallen. »Endlich kommst du«, sagte sie und steckte den Kern gleich in die Erde.

Nach ein paar Tagen keimten zwei winzige Blättchen, die die Nachbarin eifrig begoß. Die Pflanze wuchs schnell und bekam im Sommer kleine weiße Blüten. Im Herbst trug sie einen großen Kürbis. Die Nachbarin pflückte den Kürbis hastig. »Ich will noch bessere Sake als die Nachbarn!« rief sie, schnitt den Kürbis auf und wollte einschenken. Da floß stinkendes Wasser heraus. Die Nachbarin schimpfte und schüttelte den Kürbis kräftig: »Gib mir etwas Besseres!« Da fiel etwas Schwarzes heraus. Die Nachbarin griff danach. Aber es waren kleine Schlangen, die mit roter Zunge nach ihr züngelten. Vor Schreck warf sie den Kürbis weg. In diesem Augenblick flog ein Schwarm Mücken auf, stürzte sich auf sie und stach sie am ganzen Körper.

Eine Weihe fliegt schnell davon. Sauerampfer bleibt nur einen Augenblick frisch. So geht auch meine Geschichte rasch zu Ende.

Die Wildpfirsiche

Es war ein alter Vater, der schwerkrank darniederlag. Seine drei Söhne machten sich große Sorge um ihn und fragten: »Vater, gibt es etwas, was Du gern noch einmal essen möchtest?«
Der Vater: »Ich möchte nur eins: Wildpfirsiche.«
Die Söhne: »Wo wachsen diese Pfirsiche?«
Der Vater: »Sie sollen jenseits des Berges tief im Wald wachsen.«
Der erste Sohn, Tarō, machte sich am nächsten Tag auf den Weg. Er wanderte über Felder und Berge und kam tief in einen Wald. Hier teilte sich der Weg. Tarō überlegte, in welche Richtung er gehen sollte. Da kam eine alte Onibaba. Sie hatte weißes Haar und trug ein weißes Kleid. Sie fragte Tarō: »Wohin willst du?«
Tarō antwortete: »Mein Vater liegt todkrank und möchte nur noch einmal Wildpfirsiche essen. Ich suche schon den ganzen Tag danach, und jetzt weiß ich nicht, in welche Richtung ich gehen soll.«
Die Onibaba: »Geh immer hier geradeaus. Die Wildpfirsiche wachsen bestimmt in dieser Richtung. Du kannst ruhig ein oder zwei von den Pfirsichen kosten. Aber merk dir, der dritte wird dich ums Leben bringen.«
Damit verschwand sie. Tarō ging und ging, und der Weg führte immer tiefer in den Wald. Endlich erblickte er an einem Teich einen Pfirsichbaum, dessen Äste hingen von vielen Früchten schwer herab. Tarō freute sich und bestieg mit einem Beutel den Baum. Die Früchte sahen prächtig aus. Tarō pflückte und kostete eine, sie schmeckte wunderbar. Er kostete auch eine zweite. Als er unwillkürlich den dritten Pfirsich aß, wurde es auf einmal rings um ihn dunkel. Tarō setzte sich auf einen Ast

und war ganz ratlos. Da hörte er die Glockentöne und Trommeln eines Trauerzuges näherkommen. Während er von oben alles beobachtete, setzten Leute eine Sänfte unter dem Pfirsichbaum ab und legten Feuer daran.
Als blaue Flammen aufloderten, brach die Sänfte entzwei, und ein blaues Ungetüm sprang empor. »Da bist du ja, Tarō!« Kaum hatte es das gesagt, stieg es auf den Baum hinauf. Tarō stieg vor Furcht immer höher bis zum Gipfel des Baumes. Dort holte ihn das Ungetüm ein, packte ihn und fraß ihn auf.
Als Tarō nicht zurückkam, machte sich Jirō, der zweite Sohn, auf die Suche nach den Wildpfirsichen. Er kam in dem Wald an die Stelle, wo der Weg sich teilte, und traf, wie sein Bruder Tarō, eine alte Onibaba mit weißem Haar und einem weißen Kleid. Sie fragte ihn, wohin er wolle, und Jirō antwortete: »Mein Vater liegt todkrank darnieder und möchte nur noch einmal Wildpfirsiche essen. Weißt du, in welche Richtung ich gehen soll, um die Pfirsiche zu finden?«
Die Onibaba antwortete: »Gestern kam auch einer auf der Suche nach Pfirsichen, und er ist nicht zurückgekommen. Du findest die Pfirsiche bestimmt in dieser Richtung. Einen oder zwei Pfirsiche kannst du essen, aber auf keinen Fall einen dritten. Nimm dich in acht!« Damit verschwand sie.
Jirō ging den Weg immer geradeaus, bis er zu dem Pfirsichbaum mit den von Früchten schweren Ästen kam. Er kletterte sofort auf den Baum und pflückte eine Frucht nach der anderen in seinen Beutel. Er konnte sich aber nicht beherrschen und kostete eine. Sie schmeckte wunderbar. Noch eine. Die zweite schmeckte noch besser. Noch eine. Als er den dritten Pfirsich gegessen hatte, wurde es, wie schon zuvor bei seinem Bruder, dunkel. Von ferne hörte man einen Trauerzug. Glöckchen erklangen. Man setzte eine Sänfte unter den Pfirsichbaum und legte Feuer daran.
Als die blauen Flammen loderten, brach die Sänfte entzwei, und ein blaues Ungetüm tauchte auf. Es sah den zitternden Jirō auf dem Baum und kletterte hinauf. Jirō flüchtete immer höher

auf den Baum bis zum Gipfel. Dort wurde er von dem Ungetüm gepackt und aufgefressen.
Nachdem weder Tarō noch Jirō zurückgekommen waren, machte sich der dritte Sohn, Saburō, auf die Suche nach den Pfirsichen. Er kam in den Wald bis an die Weggabelung. Wieder kam die alte Onibaba mit weißem Haar und in einem weißen Kleid. Sie zeigte auch Saburō den richtigen Weg und sagte: »Deine Brüder muß das Ungetüm gefressen haben, denn sie sind nicht zurückgekommen. Deshalb gib acht: Du darfst auf keinen Fall eine dritte Frucht essen.« Damit verschwand sie.
Saburō ging den Weg, den ihm die Onibaba gewiesen hatte, bis zu dem Pfirsichbaum am Teich. Er pflückte viele Früchte und steckte sie in seinen Beutel. Er wollte keine einzige kosten. Plötzlich tauchte ein blaues Monstrum auf, das nur ein Auge hatte. Es folgte Saburō auf den Baum. Aber Saburō gab ihm mit einem Beil einen Schlag auf den Kopf. Laut schreiend fiel das Ungetüm hinunter. Unter dem Pfirsichbaum lag ein toter alter Dachs. Neben ihm lagen die Knochen von Tarō und Jirō.
Als Saburō nach Hause kam und dem Vater die Wildpfirsiche zu essen gab, wurde der gleich gesund, und die beiden lebten noch lange glücklich zusammen.

Die beiden Brüder, die nicht zur Schule gehen wollten

Es waren zwei Brüder, die keine Lust hatten, in die Schule zu gehen. Ihre Eltern glaubten zwar, daß sie in der Schule wären, in Wirklichkeit aber spielten sie mit einem Gewehr im Wald. Schließlich sagte der Lehrer schimpfend: »Ihr wollt nicht mehr zur Schule kommen? Gut, ihr braucht nicht. Dann nehmt eure Schultische auf den Rücken und kommt nicht wieder hierher!«
Die Eltern waren darüber sehr böse: »Ihr wollt nicht mehr in

die Schule gehen? Dann geben wir jedem von euch ein Gewehr. Damit verschwindet. Wir wollen mit euch nichts mehr zu tun haben.«

Die Brüder machten sich mit ihren Gewehren auf in den Wald. Dort fanden sie ein alleinstehendes Haus, in dem ein krankes Mädchen lag. Kein Medikament half ihr. Ein Wahrsager hatte einmal gesagt, daß nur eine Wildbirne, die in der Luft gepflückt und zerteilt wird, ihre Krankheit heilen kann. Die Brüder wurden sehr gebeten, der Tochter zu helfen. Da schoß der ältere mit dem ersten Schuß eine Birne von einem Zweig, und der jüngere zerteilte im nächsten Augenblick die fallende Birne und reichte sie dem Mädchen.

Sie wurde tatsächlich wieder gesund. Den beiden Brüdern sagte man: »Wie können wir euch danken? Unsere Tochter ist wieder gesund. Vielleicht möchte einer von euch ihr Bräutigam werden?«

So wurde der ältere ihr Bräutigam, während der jüngere sein Gewehr aufnahm und sich auf den Weg in den tiefen Wald machte. Da kam er wieder zu einem alleinstehenden Haus, in dem ein alter Mann und seine Frau weinten. Der jüngere Bruder fragte nach dem Grund. Die Alten antworteten: »Wir hatten einmal neun Töchter. Aber seit acht Tagen kommt jeden Abend ein Ungeheuer und raubt uns eine, um sie zu fressen. Heute abend wird es kommen, um unsere letzte Tochter zu holen. Darum weinen wir.«

»Ich will euch helfen und das Ungeheuer töten«, sagte der jüngere Bruder. Er versteckte das Mädchen in einem großen Bottich und setzte sich darauf mit dem Gewehr im Anschlag. So wartete er, bis es Mitternacht wurde. Da hörte er ein Sausen, und plötzlich sah er zwei große Augen in der Dunkelheit blinken. Als sich das Ungeheuer näherte, schoß der jüngere Bruder. Er vernahm noch ein Geräusch aus der Ferne, dann wurde es still. Als es endlich tagte, wollte man sehen, was es gewesen war und entdeckte eine riesige tote Geisterspinne.

Die alten Eltern freuten sich sehr und sagten zu dem jüngeren

Bruder: »Wir möchten hier im tiefen Wald nicht mehr ohne Schutz sein. Bitte werde der Bräutigam unserer Tochter und bleib für immer bei uns.«
So bekam auch der jüngere Bruder eine Frau. Die beiden Brüder wollten zwar in der Schule nicht lernen, aber ihre Geschicklichkeit half ihnen, eine gute Frau zu finden.

Drei Tage im Lande Nira

In Nira, dem heiligen Land unter dem Meer, lebt der Gott, der den Menschen das Leben schenkt. Und nicht nur ihr Leben, sondern auch ihr Schicksal.
Es waren einmal zwei Brüder, ein Fischer und ein Jäger. Der ältere Bruder fing im Meer Fische, während der jüngere in den Bergen zur Jagd ging. Eines Tages hatten sie beide die gleiche Idee: »Wir sollten doch einmal unsere Berufe tauschen, sonst wird es zu langweilig. Leih mir für morgen deine Jagdwaffe und nimm dafür mein Angelgerät«, sagte der ältere.
»Einverstanden. Wir machen eine Wette, wer von uns morgen die meiste Beute mitbringt«, entgegnete der jüngere.
So geschah es. Am nächsten Tag ging der ältere Bruder in die Berge und der jüngere ans Meer. Der ältere wollte unbedingt etwas Besonderes nach Hause bringen, da er aber keine Erfahrung besaß, war alle Mühe vergebens. Seine Kugel traf nie das gewünschte Tier, sondern schoß immer daneben. Als es dämmerte, kehrte er mürrisch heim.
Der jüngere Bruder hatte am Meer auch kein Glück. Als es schon dämmerte und er gerade zurückkehren wollte, biß ein großer Akaminotsuru-Fisch an. Der jüngere Bruder versuchte mit aller Kraft, die Angel herauszuziehen, da riß plötzlich die Schnur, und der Fisch verschwand mit dem Haken in der Tiefe.
»Verdammter Fisch, das war der Angelhaken meines Bruders«, sagte der jüngere Bruder.
Zu Hause entschuldigte er sich bei dem älteren, während die-

ser laut schrie: »Auch ich bin mit leeren Händen aus den Bergen zurückgekehrt, aber ich bringe deine Sachen zurück. Dafür möchte ich auch alle meine Sachen wiederhaben, sofort!«
Schließlich verlangte der ältere von dem jüngeren Geld für den verlorenen Angelhaken. Der jüngere Bruder aber war arm und konnte nichts bezahlen. So ging er aus dem Haus und schweifte drei Tage und Nächte am Strand umher. Am vierten Tag kam ein fremder weißhaariger alter Mann und fragte ihn: »Drei Tage und drei Nächte irrst du schon hier herum. Sag mir, was du suchst.«
Der Jüngere erzählte dem Fremden von seinem Mißgeschick. Darauf wandte ihm dieser den Rücken zu und sagte: »Gut. Ich will dir helfen. Halte dich an meinem Rücken fest und schließe die Augen.«
Gesagt, getan. Bald darauf befanden sie sich im Lande Nira. Der kleine Bruder wurde reich bewirtet und vergaß darüber seinen Kummer, bis er sich nach drei Tagen plötzlich besann. »Mein Bruder wird sich Gedanken machen, wo ich so lange geblieben bin. Ich muß zurück zu ihm«, sagte er.
Zum Abschied gab ihm der Alte, der Gott des Landes Nira, den verlorenen Angelhaken und dazu noch ein Kästchen mit den Worten: »Dieses Kästchen gebe ich dir zur Erinnerung, aber öffne es nicht, sonst wird dir etwas passieren.«
Als der jüngere Bruder in die Heimat zurückkam, wunderte er sich sehr. Alles hatte sich völlig verändert. Zunächst wollte er heim zu seinem Bruder, aber er konnte das Haus nicht finden. Stattdessen erblickte er inmitten von hochgewachsenem Gestrüpp eine verfallende Hütte. Der jüngere Bruder lief ratlos umher. Er sah Häuser, die ihm bekannt schienen, aber es wohnten fremde Leute darin. Am Rande des Dorfes sah er einen alten Mann, der auf einem Feld arbeitete. Bei ihm erkundigte er sich, was das alles zu bedeuten habe.
Der Alte besann sich eine Weile, dann sagte er: »Ja, ich habe von meinen Vorfahren gehört, daß vor fünf Generationen, also

vor etwa dreihundert Jahren, jemand aus dem Dorf ans Meer ging und nie zurückkam.«

Der jüngere Bruder wurde ganz blaß und taumelte umher, bis er sich schließlich am Meer wiederfand. Jetzt verstand er: Drei Tage im Lande Nira waren dreihundert Jahre bei den Menschen auf der Erde. Er rauchte eine Pfeife und blickte auf das weite Meer. Neben ihm lag das Kästchen, das Geschenk des Gottes von Nira. Er erinnerte sich an dessen Worte.

In Gedanken nahm er das Kästchen schließlich in die Hand und öffnete es fast unbewußt langsam mit seiner Pfeife. Da stieg mit leisem Summen weißer Rauch aus dem Kästchen auf. Der jüngere Bruder verwandelte sich langsam in einen weißhaarigen Alten und flog im Rauch zum Himmel auf.

Der Strohdrache im Lackteich

In einem Dorf lebten einmal zwei Brüder, Raita und Raiji, als Lacksammler. Vom frühen Sommer bis in den späten Herbst waren sie im Wald unterwegs, suchten geeignete Lackbäume, die sie anritzten, um später den herausgelaufenen, geronnenen Lack mit dem Spachtel einzusammeln. Eines Tages verirrte sich Raita, der Ältere, in den Bergen. Er kam in ein fremdes Tal an einen unheimlichen Teich. Als er sich über das Wasser beugte, fiel seine Spachtel, die er an der Hüfte trug, plötzlich in die Tiefe. Ganz verwirrt sprang Raita ins Wasser, um sein einziges Werkzeug zu suchen. Auf dem dunklen Grund konnte er seine Spachtel nirgends finden, statt dessen erregte eine dickflüssige Masse seine Aufmerksamkeit. Er schöpfte etwas davon mit den Händen und tauchte eiligst damit wieder auf.

»Was habe ich da heraufgeholt? Das ist ja Lack! Lack von bester Qualität, wie ich ihn nie gesehen habe!« rief Raita völlig außer sich. Er trank einen mächtigen Schluck Wasser und erreichte fast bewußtlos das Ufer. Hier in diesen Teich mußte hundert, ja

tausend Jahre lang der Saft von vielen Lackbäumen hineingesickert und zu feinstem Lack geworden sein.
Seitdem hörte Raita auf, sich im Wald abzumühen. Er faulenzte zu Hause, und wenn er Geld brauchte, holte er etwas von dem feinen Lack. Sein Bruder wunderte sich darüber und wollte wissen, woher er den feinen Lack habe. Aber Raita gab ihm keine richtige Antwort. Eines Tages ging Raiji seinem Bruder heimlich nach. Hinter einem dicken Baum beobachtete er, wie Raita in den Teich tauchte und daraus Lack heraufholte. Raiji war begeistert von diesem Wunderteich und wurde neidisch. Bald darauf ging er in die entfernte Stadt und bestellte dort einen riesigen Strohdrachen.
Als der Drache angefertigt war, brachte Raiji ihn bei Nacht und Nebel zu dem Lackteich. Er beschwerte ihn mit einem Stein und versenkte ihn in die Tiefe. Der Drache schlängelte sich noch eine Weile im Wasser, hob den Kopf, dann verschwand er.
Am nächsten Tag wollte Raita wie üblich am Grund des Teiches Lack holen. Dort stieß er ganz unerwartet auf ein Ungeheuer. Ein Drache mit breitem Maul und scharfen Klauen wollte über ihn herfallen. Raita erschrak so, daß er ertrank. Seitdem wurde jeder, der in den Teich tauchen wollte, von panischem Schrekken ergriffen, denn in der Tiefe war ein lebendiger Drache mit scharfen Klauen zu sehen.
Raiji versuchte noch einmal hinabzutauchen, aber auch er erblickte den lebendigen Drachen, der mit scharfen Zähnen auf ihn lauerte. Und obwohl Raiji nicht an einen echten Drachen glauben wollte, konnte er sich nicht überwinden, noch einmal in den Teich zu gehen.
Dann regnete es in dieser Gegend drei Tage lang, und es gab eine Überschwemmung. Noch lange sprach man davon als vom Raita-Unwetter. Und man glaubte, daß der Drache mit dem Regen gen Himmel geflogen sei. Seitdem hat niemand mehr Lack in dem Teich gefunden.

Jizōland

Es waren ein alter Mann und seine Frau. Eines Tages sah der Mann im Garten eine Bohne, die davonrollte. »Liebe Bohne, wo willst du denn hin?« fragte er und folgte ihr. Als er an einem Jizō vorbeikam, der am Straßenrand stand, fragte er: »Lieber Jizō, hast du vielleicht eine Bohne hier vorbeirollen sehen?«

Der Jizō antwortete: »Ja, sie ist gerade bei mir vorbeigerollt.«

So ging der Alte weiter und rief dabei: »Liebe Bohne, wo willst du hin?«

Nach einer Weile kam er zu einem zweiten Jizō und fragte auch ihn: »Lieber Jizō, hast du vielleicht eine Bohne hier vorbeirollen sehen?«

Der zweite Jizō antwortete: »Ja, sie ist gerade bei mir vorbeigerollt.«

Da ging der Alte weiter, bis er zu einem dritten Jizō kam. Ihm stellte er dieselbe Frage: »Lieber Jizō, hast du vielleicht eine Bohne hier vorbeirollen sehen?«

Der dritte Jizō antwortete: »Ja, aber da ich hungrig bin, habe ich sie gegessen.«

Der Alte: »Ach je, was mach ich nun?«

Der Jizō: »Es tut mir leid. Jetzt will ich etwas für dich tun. Versteck dich in meinem Ärmel und warte.«

Als der Alte sich versteckt hatte, sagte der Jizō: »Bald werden die Dämonen hierherkommen und um Geld spielen. Dann ruf ›Kikeriki‹. Dreimal kannst du das rufen.«

Allmählich wurde es dunkel, und tatsächlich erschienen viele Dämonen und begannen um Geld zu spielen. Der Alte wartete lang. Als die Nacht zu Ende ging, rief er: »Kikeriki«.

Die Dämonen sagten: »Ach, der erste Hahn«, und spielten weiter.

Nach einer Weile erklang wieder ›Kikeriki‹.

»Ach, der zweite Hahn«, sagten die Dämonen und spielten

weiter. Als es schon hell wurde, rief der Alte zum dritten Mal »Kikeriki«.
»Ach, der dritte Hahn, es tagt schon!« Damit ließen die Dämonen alles Geld liegen und verschwanden.
Der Alte sammelte das Geld ein und trug es nach Hause. Als er mit seiner Frau das Geld zählte, erschien der böse Nachbar und wollte gleich wissen, woher sie das Geld hätten. Als er es erfuhr, wollte er sogleich zu dem Dämonenort gehen.
Der Nachbar warf eine Bohne herunter und folgte ihr rufend: »Liebe Bohne, wo willst du hin?« Er kam zum ersten Jizō und fragte: »Lieber Jizō, ist nicht eine Bohne bei dir vorbeigekommen?«
Der erste Jizō: »Ja, sie ist gerade weg.«
Da ging der Nachbar weiter bis zum zweiten Jizō. Ihm stellte er die gleiche Frage: »Lieber Jizō, ist nicht eine Bohne bei dir vorbeigekommen?«
Der zweite Jizō antwortete: »Ja, sie ist gerade weg.«
Der Nachbar ging weiter bis zum dritten Jizō. Der aber sagte: »Tut mir leid. Ich habe sie gegessen, weil ich Hunger hatte.«
Der Nachbar tat verlegen. Da gab ihm der Jizō auch den Rat, sich in seinem Ärmel zu verstecken und den Dämonen dreimal ›Kikeriki‹ zuzurufen.
So versteckte sich der Nachbar. Wieder versammelten sich viele Dämonen vor dem Jizō und spielten um Geld. Nach einer Weile wurde ›Kikeriki‹ gerufen.
»Ach, der erste Hahn«, sagten die Dämonen und spielten weiter.
Dann erklang noch einmal ›Kikeriki‹.
»Ach, der zweite Hahn«, und sie spielten weiter.
Als es hell wurde, erklang zum dritten Mal ›Kikeriki‹. Und der Nachbar lachte vor Freude vor sich hin »hahaha ...«
»Was? Ist das nicht ein Mensch?« Die Dämonen entdeckten den Nachbar. Tüchtig verprügelt kehrte er dann nach Hause zurück. Dottohare.

Besuch im Rattenland

Das ist eine alte Geschichte. Es waren ein alter Mann und seine Frau. Eines Tages sagte der Alte zu seiner Frau: »Ein schöner Tag ist heute, ich gehe hinaus. Du kannst mir etwas zu essen mitgeben.«

»Ja, gut«, antwortete die Frau und bereitete ein großes Reisklößchen.

Der Alte steckte seinen Imbiß ein und ging in den Wald und fällte Bäume. Als es Mittag wurde, setzte er sich auf einen Stein und öffnete seinen Proviantbeutel. Da fiel sein Reisklößchen auf den Boden und rollte weg. »O je, mein Mittagessen!« Der Alte sprang auf und lief hinterher. »Warte, warte, mein Reisklößchen!«

Unweit war ein großes Loch in der Erde. Das Reisklößchen fiel hinein, und der Alte sprang hinterher. Immer weiter lief er seinem davonrollenden Reisklößchen hinterher. Er wußte schon nicht mehr, wie weit er gelaufen war, da hörte er ein Geräusch.

›Was mag das sein?‹ fragte sich der Alte und lief weiter. Endlich blieb das Reisklößchen vor einem Haus liegen, aus dem das Geräusch kam. Der Alte spähte hinein und sah viele Ratten. Sie waren dabei, Reis zu zerstampfen und sangen dabei: »Wir leben fröhlich und glücklich in unserem Reisland, weil es keine Katzen mehr gibt.«

Dieser Anblick erheiterte den Alten. »Weil es hier keine Katzen mehr gibt«, klang es jetzt sogar ein bißchen übermütig. Nur zum Spaß versuchte er von draußen ein paarmal leise »miau, miau ...«. Die Ratten waren völlig überrascht. »O weh, die Katze kommt!«

Im Nu waren alle verschwunden. Da sich keine Ratte mehr blicken ließ, entschloß sich der Alte, seinen Beutel mit Reis zu füllen. Dann kehrte er heim. Zu Hause erklärte er seiner Frau: »Mein Reisklößchen fiel in ein großes Loch, und ich folgte ihm bis vor ein Haus, in dem viele Ratten dabei waren, Reis zu zerstampfen. Weil sie sangen ›Wir sind froh und glücklich, weil es keine Katze mehr gibt‹, miaute ich nur zum Spaß vor dem Haus, und gleich waren die Ratten verschwunden. Da packte ich meinen Beutel voll Reis und kehrte um.«

Der Alte schüttete den Reis aus, und sie stellten fest, daß er von sehr guter Qualität war. Die beiden freuten sich sehr darüber und bereiteten sich ein gutes Essen.

Am nächsten Morgen kam ein benachbarter Alter zu Besuch und sah auf dem Boden des Zimmers einen Haufen Reis liegen. Er wunderte sich darüber. Darauf wurde ihm die Geschichte von dem rollenden Reisklößchen erzählt.

Der Nachbar lief sofort nach Hause und sagte zu seiner Frau: »Bereite mir ein großes Reisklößchen, ich will heute im Wald arbeiten.« Kaum war das Reisklößchen fertig, da machte er sich auf den Weg. Er fällte Bäume im Wald und wollte dann sein Mittagbrot essen. Da fiel das Reisklößchen herunter und rollte in das gleiche Loch.

»Warte, warte, mein Mittagessen!« Der Alte lief dem Reisklößchen nach bis zu dem Haus, in dem die Ratten wieder Reis zerstampften. »Wir leben fröhlich und glücklich in unserem Reisland, weil es keine Katze mehr gibt«, sangen sie.

Der Nachbar sagte sich: ›Das muß der richtige Ort sein.‹ Und sogleich miaute er. Die Ratten entdeckten ihn und fielen über ihn her. »Du bist also der böse Alte, der gestern unseren Reis genommen hat!«

Die Ratten bissen ihn, so daß er überall am Körper blutete. Vergebens rief er: »Nein, ich war es nicht, der gestern hier war!« Die Ratten hörten nicht darauf und quälten ihn weiter. Endlich, es war schon Abend, ließen sie ihn los, und er kehrte Hals über Kopf nach Hause zurück.

Man soll nicht leichtsinnig anderen etwas nachmachen. Kopposu.

Der Wildgänsefänger

Es war ein fleißiger Alter, der hatte einen neidischen Nachbar. Einmal setzte der fleißige Alte seine Fischreuse aus, da tat es ihm der neidische Nachbar sogleich nach und setzte seine Fischreuse ein Stück flußaufwärts aus. Der fleißige Alte hatte bald viele kleine Fische in seiner Reuse, während die Reuse des neidischen Nachbarn entzweiging, statt der Fische fand er nur einen kleinen weißen Hund vor. Woher er gekommen war oder wem er gehörte, wußte er nicht.

»Was soll ich mit ihm anfangen, einen Hund kann ich nicht gebrauchen!« Mit diesen Worten warf der neidische Nachbar den kleinen weißen Hund wieder ins Wasser. Darauf gelangte der kleine weiße Hund in die Fischreuse des fleißigen Alten. Der nahm den Hund zu sich und zog ihn auf.

Der Hund wuchs schnell heran, und es dauerte nicht lange, da war er so groß wie ein Pferd. Eines Tages sagte der Hund zu dem Alten und bellte: »Lieber Alter, leg mir einen Sattel auf, wauwauwau!«

Der Alte fragte: »Wofür brauchst du denn einen Sattel?« Aber der Hund wiederholte: »Tu doch, was ich dir sage, wauwauwau!«

Als der Alte den Hund gesattelt hatte, bellte dieser wieder: »Lieber Alter, leg deine Kiepe auf mich, wauwauwau!«

Da fragte der Alte wieder: »Wofür brauchst du denn meine Kiepe?« Der Hund wieder: »Tu doch, was ich dir sage, wauwauwau!«

Als der Alte ihm seine Kiepe aufgestellt hatte, bellte der Hund wieder: »Steig auf mich, lieber Alter.«

Als der Alte ihn fragte: »Warum soll ich dich besteigen?« antwortete der Hund noch einmal: »Tu doch, was ich dir sage!«

Kaum daß der Alte ihn bestiegen hatte, bellte der Hund: »Deine Frau soll mich auch besteigen, wauwauwau!«

Die alte Frau fragte, warum sie ihn besteigen solle. Da bellte der Hund: »Tu, was ich dir sage und besteig mich schnell!«

Nun war der Hund gesattelt, der Alte saß mit der Kiepe darauf und auch seine Frau. »Wohin willst du uns bringen?« fragten die alten Leute verwundert.
Der Hund lief auf der Wiese immer geradeaus, bis er an einen kleinen Hügel kam. Da bellte er: »Grabt hier in der Erde!«
Als die beiden gruben, kamen viele Münzen zum Vorschein. Die beiden freuten sich unsäglich und füllten sie in die Kiepe. Sodann nahmen sie die Kiepe auf und ritten mit dem Hund nach Hause. Als sie die Münzen ausschütteten, kam die Frau des neidischen Nachbarn und fragte neugierig: »Woher habt ihr das viele Geld?«
Die beiden erzählten ihr: »Wir haben damals den Hund gerettet, den dein Mann ins Wasser geworfen hatte. Nachdem er groß geworden war, bellte er auf einmal: ›Setzt mir einen Sattel auf, wauwauwau!‹ So setzten wir ihm den Sattel auf. Da bellte er wieder: ›Stellt die Kiepe darauf, wauwauwau!‹ So stellten wir die Kiepe darauf. Dann bellte er wieder: ›Besteigt mich, lieber Alter und liebe Alte, wauwauwau!‹ So bestiegen wir ihn. Da lief er auf der Wiese immer geradeaus bis zu einem kleinen Hügel. Dort bellte er: ›Grabt hier, wauwauwau!‹ Da fanden wir viele Münzen.«
Kaum hatte die habgierige Nachbarin das erfahren, verlangte sie, ihr den Hund zu leihen. »Nein, das wollen wir nicht, das ist unser lieber Hund«, antworteten die beiden Alten.
Trotzdem zerrte die habgierige Nachbarin den widerstrebenden Hund mit sich nach Hause. Dort setzte sie dem Hund sogleich unaufgefordert einen Sattel und eine Kiepe auf. Dann bestiegen ihn der neidische Nachbar und seine gierige Frau, ohne daß der Hund etwas gesagt hätte. Als sie zu dem Hügel auf der Wiese kamen, begannen die beiden ohne Aufforderung in der Erde zu graben. Da tauchten Schlangen aus dem Loch auf und bissen die beiden; darauf kamen Bienen hervor und stachen sie. »Du verdammtes Biest!« riefen die Nachbarn und schlugen den Hund tot. Sie vergruben ihn und pflanzten eine Kiefer an die Stelle.

Da der Hund nicht zurückkam, ging der fleißige Alte zu dem neidischen Nachbarn, um den Hund zu holen.
»Das verdammte Biest haben wir erschlagen und vergraben, und eine junge Kiefer dort gepflanzt.«
Klagend ging der fleißige Alte auf die Wiese und fand die Kiefer; doch die war schon groß. Der fleißige Alte fällte den Baum und machte daraus einen Mörser. Als sie dann Reis in dem Mörser stampften, quollen lauter Goldmünzen hervor. Als der fleißige Alte und seine Frau fröhlich die Goldmünzen vor sich ausbreiteten, kam wieder die habgierige Nachbarin vorbei und fragte neidisch: »Woher habt ihr das viele Gold?«
Die Alten berichteten: »Ihr habt unseren Hund begraben und eine junge Kiefer an dieser Stelle gepflanzt. Wir haben den schon groß gewordenen Baum gefällt und einen Mörser daraus angefertigt. Und daraus quoll das viele Gold.«
Als die habgierige Nachbarin das erfuhr, wollte sie den Mörser sogleich ausleihen. »Nein, den geben wir nicht her, das ist unser lieber Mörser.«
»Ich will ihn aber!« Damit riß sie ihn an sich.
Als die beiden den Mörser bewegten, quoll dem neidischen Nachbarn Kuhmist und seiner gierigen Frau Krähenmist entgegen.
»Was für ein unnützes Ding«, erbosten sie sich, zerschlugen und verbrannten den Mörser.
Da sie den Mörser nicht zurückbekamen, ging der fleißige Alte danach fragen. »Den unnützen Mörser haben wir zerschlagen und verbrannt«, erhielt er zur Antwort.
Der fleißige Alte jammerte und sagte: »Warum das? Warum ... Aber wenn es so ist, möchte ich wenigstens die Asche haben.«
Als er mit der Asche nach Hause wollte, sah er Wildgänse auffliegen. Da es so viele waren, warf er Asche nach ihnen mit den Worten: »Die Asche den Wildgänsen in die Augen! Die Asche den Wildgänsen in die Augen!« Da bekamen die Wildgänse tatsächlich Asche in die Augen, und viele fielen herunter.

Die habgierige Nachbarin sagte darauf: »Das ist beneidenswert. Ich will auch Asche nach den Wildgänsen werfen!« Und sie warf eine Menge Asche mit den Worten: »Die Asche den Wildgänsen in die Augen! Die Asche den Wildgänsen in die Augen!« Die Asche fiel aber nicht den Wildgänsen, sondern der habgierigen Nachbarin in die Augen. So wurde sie blind.
Eine Weihe fliegt schnell davon. Sauerampfer bleibt nur einen Augenblick frisch. So geht auch meine Geschichte rasch zu Ende.

Wie der Alte einen Sonderwind ließ

Es lebten vor langer Zeit ein alter Mann und seine Frau friedlich miteinander. Eines Tages ging der Alte wie üblich in den Wald, um Holz zu hacken. Da kam ein Vogel geflogen, setzte sich auf einen Ast und sang: »Raschelnder Damast, raschelnder Brokat. Mit Schätzen beladen gehen wir zum Fürsten. Tsutsun pon parariko pe e e!«
Der Alte hatte noch nie einen solchen Vogel gesehen, und so sagte er zu ihm: »Wie schön du singst, du hübsches Vögelchen. Bitte sing doch noch einmal für mich und komm etwas näher.«
Der Vogel hüpfte auf einen Ast weiter unten und sang noch einmal: »Raschelnder Damast, raschelnder Brokat. Mit Schätzen beladen gehen wir zum Fürsten. Tsutsun pon parariko pe e e!«
Das gefiel dem Alten sehr, und er bat den Vogel, noch näher zu kommen und den Gesang noch einmal zu wiederholen.
Da setzte sich der Vogel ganz dicht vor den Alten auf einen Ast und sang zum dritten Mal. Das klang so unvergleichlich schön, daß der Alte unwillkürlich den Mund aufsperrte und tief Atem holte. Im selben Augenblick hatte er den Vogel verschluckt. Darüber erschrak der Alte sehr und strich sich unwillkürlich über den Bauch. Da war der Vogel wieder zu hören: »Raschelnder Damast, raschelnder Brokat. Mit Schät-

zen beladen gehen wir zum Fürsten. Tsutsun pon parariko pe e e!«

Der Alte wußte nicht, was er tun sollte und beschloß, seine Frau zu fragen. So eilte er heim und rief schon von weitem: »Frau, mir ist etwas Merkwürdiges passiert, hilf mir!«

Dann erzählte er ihr alles. Und er strich mit der Hand im Kreis über seinen Bauch. Da war der schöne Gesang wieder zu hören: »Raschelnder Damast, raschelnder Brokat. Mit Schätzen beladen gehen wir zum Fürsten. Tsutsun pon parariko pe e e!«

»Was für eine schöne Stimme«, sagte die Alte. Da hatte sie eine gute Idee: »Lieber Mann, ich weiß, daß sich unser Fürst immer für Neues und Ungewöhnliches interessiert. Geh doch mal zu ihm ins Schloß. Du darfst aber nicht sagen, daß du einen Vogel verschluckt hast, sondern daß du einen Sonderwind lassen kannst.«

»Ja, das ist gut.« Der Alte machte sich gleich auf den Weg. Vor dem Schloß rief er laut: »Ich kann einen Sonderwind lassen. Vielleicht interessiert das den Fürsten. Es ist ein einmaliger Sonderwind.«

Da öffnete sich das schwere Tor. Diener führten den Alten durch einen großen Garten in den Innenhof, der mit Kies bestreut war. Dort mußte er lange warten.

Dann trat der Fürst heraus und sagte von weitem: »Du kannst einen Sonderwind lassen, wie ich gehört habe. Dann zeig mir deine Kunst und amüsier mich!«

»Gern!« Der Alte machte vor dem Fürsten eine Verbeugung, hob sein Gewand hoch und streichelte im Kreis seinen Bauch. Da zwitscherte sein Vogel: »Raschelnder Damast, raschelnder Brokat. Mit Schätzen beladen gehen wir zum Fürsten. Tsutsun pon parariko pe e e!«

Der Fürst freute sich sehr über diesen ungewöhnlichen Wind und wollte ihn immer wieder hören. Schließlich sagte er zu dem Alten: »Du hast mich wirklich mit deinem Wind amüsiert. Ich will dich reichlich belohnen.« Er gab ihm viele Geschenke, und der Alte kehrte glücklich nach Hause.

Als er mit seiner Frau die Geschenke auspackte, kam eine neugierige Nachbarin. »Was für schöne Sachen sind das, woher habt ihr sie?« fragte sie.
So erzählte der Alte der Nachbarin, wie er im Wald einen schönen Singvogel verschluckt und dem Fürsten seinen Sonderwind hören ließ.
Kaum daß die Alte alles erfahren hatte, eilte sie nach Hause. Unterwegs sagte sie zu sich: ›Ich werde meinen Mann auch in den Wald schicken, damit er einen Vogel verschluckt.‹
Ihr Mann wollte zwar gar nicht in den Wald gehen, aber er bekam ein Beil und wurde losgeschickt. Da der Alte keine Lust zum Arbeiten hatte, schlug er nur wahllos an einen Baum und an den nächsten. Da kam wieder ein Vogel geflogen, setzte sich auf einen Ast und sang wunderschön. Der Alte wollte ihn nicht einmal loben, sondern verlangte nur, daß er herunterkomme. Der Vogel verstand ihn, flog herab und setzte sich direkt vor den Augen des Alten auf einen Ast. Prompt faßte der Alte nach dem Vogel und verschluckte ihn in einem Zug. Darauf ging er gleich nach Hause.
Seine Frau hatte unterdessen eine Menge Kräutersalat bereitet. »Dieser Salat wird dir zu einem guten Sonderwind verhelfen«, sagte sie. Der Alte mußte alles essen und wurde gleich darauf ins Schloß geschickt. Er meldete sich dort als der Alte mit dem Sonderwind. Und wieder öffnete sich das Tor. Man empfing den Alten mit den Worten: »Du bist aber nicht der Vorige.«
Er wurde durch den großen Garten in den kiesbestreuten Innenhof geführt, wo er ebenfalls lange warten mußte. Endlich trat der Fürst heraus und sagte von weitem: »Oh, es scheint einige mit dem gleichen Talent zu geben. Na, zeig mal, was du kannst!«
»Jawohl!« Der Alte hob sein Gewand und streichelte seinen Bauch im Kreis. Da hörte man: »Raschelnder Damast, raschelnder Brokat. Mit Schätzen beladen wollen wir zum Fürsten gehen. Tsutsun pon parariko, bebebebebebeh ...« Nun folgte ein schrecklich stinkender Wind.

Der Fürst runzelte die Stirn. »Einmal konnte es mißlingen, ich gebe dir noch eine Chance.«
Der Alte wollte nicht auf die schönen Geschenke vom Fürsten verzichten. Deshalb hob er noch einmal sein Gewand und streichelte kräftig seinen Bauch. Wieder hörte man: »Raschelnder Damast, raschelnder Brokat. Mit Schätzen beladen gehen wir zum Fürsten. Tsutsun pon parariko, bebebebebeh ...«
Und wieder folgte ein schrecklich stinkender Wind, so daß sogar die Luft ganz gelb wurde. Der Fürst fiel beinahe in Ohnmacht, und die Diener bekamen kaum Luft. Zornig schlugen sie auf den Alten ein, so daß er überall am Körper blaue Flecken und Beulen bekam. Laut heulend lief er nach Hause.
Seine Frau wartete auf dem Strohdach auf ihn und glaubte, daß er ein neues buntes Kleid anhabe und vor Freude laut singe. Da begann sie auf dem Dach zu tanzen.
Eine Weihe fliegt schnell davon. Sauerampfer bleibt nur einen Augenblick frisch. So geht auch meine Geschichte rasch zu Ende.

Die Geschichte von dem weißen Hündchen

Es waren ein guter alter Mann und seine Frau, die friedlich miteinander lebten. Eines Tages, als der Mann im Wald Reisig sammelte, wusch die Frau im Fluß Wäsche und sah ein Kästchen den Fluß herabschwimmen. Da rief die Frau: »Kästchen, wenn du leer bist, schwimm weiter, wenn du gefüllt bist, komm heran!«
Tatsächlich kam das Kästchen ans Ufer geschwommen, und die Frau holte es heraus. Es war recht schwer. Sie wollte es zunächst ihrem Mann zeigen und stellte es zu Hause vor den Hausaltar. Als der Mann heimkam, sagte sie: »Schau, ich habe ein Räucherwerkkästchen aus dem Fluß gefischt. Öffne es, bitte!«

Als er den Deckel hob, kam ein rundes, schneeweißes Hündchen heraus. Da die beiden Alten keine Kinder hatten, betrachteten sie es fortan als ihr Kind. Sie nannten es Weißchen und zogen es liebevoll auf. Weißchen fraß viel und wuchs rasch. Wenn der Alte im Wald Reisig sammelte, begleitete es ihn. Wenn seine Frau am Fluß Wäsche wusch, war es dabei.

Eines Tages zupfte Weißchen den Alten am Saum seines Gewandes und bellte.

»Was willst du? Soll ich mitkommen?« Der Alte folgte Weißchen zum Feld hinter dem Hof. In einer Ecke des Feldes scharrte Weißchen eifrig in der Erde.

»Soll ich hier graben?« Der Alte holte eine Hacke und grub. Plötzlich klirrte es, und eine Menge Goldmünzen kamen zum Vorschein. Die beiden Alten waren zuerst ganz erschrocken, aber dann freuten sie sich sehr.

Neben ihnen wohnte ein habgieriger Mann mit seiner Frau. Als sie von dem Glück der beiden Alten erfuhren, wollten sie sich Weißchen unbedingt leihen. Der gierige Nachbar zog das widerstrebende Tier einfach mit sich auf das Feld hinter seinem Hof. Dort schlug er Weißchen und begann an einer Stelle zu graben, wo er jedoch nur Scherben und zerbrochene Ziegelsteine fand. Darauf schlug er Weißchen vor Ärger mit einer Stange tot. Dem guten Alten sagte er: »Dein Hund ist bösartig. Deshalb habe ich ihn erschlagen.«

Die beiden Alten trauerten um ihren toten Liebling, begruben ihn und pflanzten ein Kiefernbäumchen auf das Grab. Das Bäumchen wuchs schnell zu einem großen Baum heran. Aus seinem Holz fertigten die Alten einen Mörser. Als sie darin Reis stampften, fielen lauter Goldmünzen heraus. Die beiden Alten waren überrascht, und dann freuten sie sich sehr.

Da erschienen wieder die gierigen Nachbarn. Als die Alten ihnen alles erzählten, wollten die Nachbarn den Mörser sofort leihen. Aber als sie Reis darin stampften, fielen keine Münzen heraus, sondern Scherben und zerbrochene Ziegelsteine.. Vor Zorn zerschlugen die Nachbarn den Mörser und verbrannten

ihn. Den guten Alten erklärten sie: »Der alberne Mörser hat uns nur Unrat beschert. Da haben wir ihn vor Zorn zerschlagen und verbrannt.«
Die guten Alten waren darüber sehr betrübt. Aber da nichts anderes davon übrig war, taten sie die Asche von dem Mörser in einen Korb und stellten ihn unter den Dachvorsprung. Plötzlich kam ein starker Wind auf und blies die Asche in die Luft. Als sich der Wind legte, sahen die Alten überall auf den trockenen Ästen wunderschöne Kirschblüten. Der gute Alte sammelte die restliche Asche in den Korb und rief: »Ich kann Blüten zaubern. Ich kann auf den trocknen Ästen Kirschblüten blühen lassen.«
Nun kam gerade der Fürst mit seinem Gefolge vorbei und rief den Alten zu sich: »Das wäre ein Wunder. Zeig mir, wie du Kirschbäume blühen läßt!«
»Zu Befehl!« sagte der Alte und stieg auf den Kirschbaum. Er warf eine Handvoll Asche in die Luft, und im Nu waren alle Äste voller Kirschblüten. Der Fürst freute sich sehr darüber und beschenkte den Alten reichlich.
Als die gierigen Nachbarn davon erfuhren, sammelten sie die restliche Asche auf und warteten auf die Rückkehr des Fürsten. Nun rief der gierige Alte: »Ich kann Blüten zaubern. Ich kann die trockenen Äste erblühen lassen!«
Als der Fürst mit seinem Gefolge wieder vorbeikam, wollte er die Kirschblüten sehen. »Zu Befehl!« rief der gierige Alte, stieg auf einen Baum und warf eine große Handvoll Asche in die Luft. Nun aber fiel die Asche auf den Fürsten und sein Gefolge herab. Der Fürst wurde sehr zornig. Er ließ den Alten sofort von dem Baum herunterholen und ins Gefängnis werfen.

Der Spatz mit der abgeschnittenen Zunge

Es waren ein alter Mann und seine Frau. Eines Tages hackte der Alte im Gebirge Holz. Unterdessen pickte ein Spatz dessen Mittagbrot auf. Als der Alte den Spatz erblickte, sagte er: »Liebes Spätzchen, willst du nicht mein Töchterchen werden?«

»Ja, gern«, antwortete der Spatz, kam mit nach Hause und war seitdem das Töchterchen der alten Leute.

Eines Tages wollte die Alte Wäsche waschen. Die Spatzentochter sollte ihr helfen und die Wäschestärke kochen. Dabei leckte sie ein bißchen davon, und weil es ihr sehr gut schmeckte, leckte sie bald alles auf. Als die Alte später nach der Wäschestärke fragte, antwortete die Spatzentochter: »Sie ist in der Küche.« In der Küche fand die Alte keine Stärke und fragte wieder. »Sie ist im Garten«, sagte die Spatzentochter diesmal. Und beim dritten Mal: »Sie ist im Schlafzimmer.« Als die Alte auch dort nichts fand, wurde sie ärgerlich, haschte nach dem Spatz, schnitt ihm mit einer Schere die Zunge ab und stieß ihn fort.

Bald darauf kam der Alte aus den Bergen zurück und rief überall nach der Spatzentochter. Aber sein Spätzchen kam nicht. Er wunderte sich und fragte seine Frau: »Weißt du, wo unser Töchterchen steckt?«

Die Alte erwiderte: »Dein böser Spatz hat alle meine Stärke aufgeleckt, deshalb habe ich ihm die Zunge abgeschnitten und ihn fortgejagt.«

Der Alte war entsetzt und verließ das Haus, um nach dem Spatz zu suchen. »Wo liegt wohl das Haus meines Spatzen mit der abgeschnittenen Zunge? Wer kann mir wohl das Haus meines lieben Töchterchens zeigen?« So singend, wanderte er umher. Da traf er an einem Bach einen Pferdehirten, der gerade sein Pferd wusch. Der Alte fragte ihn: »Lieber Hirt, ist mein Spatz mit der abgeschnittenen Zunge hier vorbeigekommen?«

Der Pferdehirt antwortete: »Ja, ich habe ihn gesehen.«

Der Alte freute sich: »Sag mir bitte, wohin er geflogen ist.«

Da stellte ihm der Pferdehirt folgende Aufgabe: »Wenn du drei Bottiche voll Pferdespülicht austrinkst, dann sage ich es dir.«

So trank der Alte auf einen Zug drei Bottiche voll Pferdespülicht aus.

»Das hast du ja geschafft«, sagte der Pferdehirt. »Jetzt geh den Weg immer geradeaus, bis du einen Kuhhirten triffst. Der wird dir das Weitere sagen.«

Der Alte wanderte singend den Weg geradeaus: »Wo liegt wohl das Haus meines Spatzen mit der abgeschnittenen Zunge? Wer kann mir wohl das Haus meines lieben Töchterchens zeigen?«

Am Ende des Weges sah er einen Kuhhirten und fragte ihn: »Lieber Hirt, hast du vielleicht meinen Spatzen mit der abgeschnittenen Zunge gesehen?«

Der Kuhhirt antwortete ihm: »Ja, er ist hier vorbeigekommen.«

»Wirklich? Und wohin ist er geflogen? Sicher zum Spatzenhaus. Bitte sag mir, wo es liegt.«

»Erst mußt du drei Bottiche voll Spülicht der Kuh austrinken, dann will ich es dir sagen.«

Der Alte trank noch einmal drei Bottiche voll Spülicht auf einen Zug aus. Da erklärte ihm der Kuhhirt: »Wenn du auf die andere Seite dieses Berges kommst, findest du einen Bambushain. Dort liegt das Spatzenhaus.«

Der Alte bedankte sich und wanderte singend weiter. Endlich erreichte er die andere Seite des Berges. Dort war wirklich ein großer Bambushain und zwischen den Bäumen hörte der Alte das Geräusch des Webens und ein fröhliches Singen. »Ist hier das Haus des Spatzen mit der abgeschnittenen Zunge? Wohnt hier vielleicht mein liebes Töchterlein?«

Kaum hatte der Alte das gefragt, hörte das Weben auf, und der Spatz mit der abgeschnittenen Zunge erschien. Der Alte und der Spatz freuten sich unsäglich, als sie sich wiedersahen. Der Spatz sagte: »Herzlich willkommen, lieber Vater. Ich bin sehr glücklich, daß du gekommen bist. Tritt doch herein. Möchtest du dir die Füße vorher lieber in einem eisernen oder in einem hölzernen Gefäß waschen?«

Der Alte antwortete: »Lieber in einem hölzernen.«

So wusch er sich die Füße in einem Bottich, trat ein und wurde reich bewirtet. Danach bedankte er sich herzlich und wollte sich verabschieden. Da sagte der Spatz: »Als Geschenk sollst du einen Bambuskorb von uns bekommen, lieber Vater. Welchen Korb möchtest du, den großen oder den kleinen?«

Vor den Alten wurden zwei Bambuskörbe gestellt, ein großer und ein kleiner. Der Alte wählte den kleinen und trug ihn auf dem Rücken nach Hause. Als er mit seiner Frau den Korb öffnete, erschraken sie beide: Der Korb war gefüllt mit Gold und Silber, mit Brokatstoff und anderen Schätzen. Da wurde die Frau neidisch. »Ich gehe auch, ich will den Spatz auch besuchen und etwas geschenkt bekommen«, rief sie und verließ das Haus.

Sie wanderte umher und sang dabei laut: »Wo liegt das Haus meines Spatzen mit der abgeschnittenen Zunge? Wer kann mir wohl das Haus meines lieben Töchterchens zeigen?« Nachdem sie eine Weile so gesungen hatte, traf sie den Pferdehirten. Sie fragte ihn: »Lieber Hirt, ist der Spatz mit der abgeschnittenen Zunge hier vorbeigekommen? Bitte sag mir, wohin er geflogen ist.«

Der Pferdehirt antwortete: »Zuerst mußt du drei Bottiche voll Pferdespülicht austrinken, dann sage ich es dir.«

Die Alte trank auf einen Zug drei Bottiche voll Pferdespülicht aus. Darauf sagte der Pferdehirt: »Geh den Weg immer geradeaus. Dann triffst du einen Kuhhirten. Der wird dir das Weitere sagen.«

Die Alte eilte davon und sang laut: »Wo liegt wohl das Haus meines Spatzen mit der abgeschnittenen Zunge? Wer kann mir wohl das Haus meines lieben Töchterchens zeigen?« Schließlich traf sie den Kuhhirten und fragte ihn gleich: »Du mußt wissen, wo das Spatzenhaus liegt. Sag es schon!«

Der Kuhhirt entgegnete: »Trink drei Bottiche voll Spülicht der Kuh aus, dann wirst du es erfahren.«
Die Alte trank nochmals drei Bottiche aus. Und jetzt belehrte sie der Kuhhirt: »Geh auf die andere Seite des Berges. Dort liegt ein Bambushain, und darin ist das Spatzenhaus.«
So fand die Alte schließlich das Spatzenhaus, und der Spatz mit der abgeschnittenen Zunge kam ihr schon entgegen. »Was willst du denn von mir?« fragte er.
»Ich wollte dich unbedingt noch einmal sehen«, antwortete die Alte. »Du wirst doch sicher nicht vergessen haben, wie gut ich immer zu dir war.«
Der Spatz lud sie ein hereinzukommen. Auch die Alte wurde reichlich bewirtet. Danach sagte der Spatz: »Hier sind zwei Bambuskörbe, ein großer und ein kleiner. Nimm dir einen davon.«
Die Alte antwortete hastig: »Ach, ich nehme den großen, ich bin noch kräftig genug, ihn zu tragen.« Sie nahm den großen Korb auf den Rücken und taumelte damit davon. Er war zwar recht schwer, aber das machte ihr nichts.
›Es müssen noch mehr Schätze darin sein‹, dachte die Alte. ›Was wird es wohl sein?‹ Vor Neugier setzte sie den großen Korb schließlich auf einer Wiese ab und öffnete ihn. Aber was erblickte sie da? Schlangen, Tausendfüßler, Ungeziefer ohne Augen und anderes scheußliches Getier. Die Alte war so erschrocken, daß sie den Korb stehenließ und davoneilte.

Die beiden Alten mit der Beule im Gesicht

Vor langer, langer Zeit lebte einmal ein alter Mann, der im Gesicht eine häßliche Beule hatte. Eines Tages sammelte er Reisig und ging dabei immer tiefer in den Wald hinein. Als es dunkel wurde, nahm er das Reisig auf den Rücken und wollte nach Hause gehen. Plötzlich hörte er Stimmen hinter sich. Er wandte sich um und sah, daß ihm viele Dämonen, blaue und rote, folgten. Vor Schreck lief er schneller, aber die Stimmen kamen immer näher. Schließlich wollte er sich hinter einem großen Baum verstecken. Da entdeckte er eine Höhle im Stamm und kroch hinein.

Gleich darauf kamen die Dämonen. Sie bildeten einen Kreis um den Baum und begannen, lustig zu singen und zu tanzen. Der Gesang wurde immer ausgelassener. Der Alte konnte sich kaum mehr beherrschen. Er trat aus seinem Versteck in die Mitte des Kreises und begann, mitzutanzen. Die Dämonen waren von dem Tanz des Alten ganz begeistert und applaudierten ihm. »Wie gut er tanzt! Wie schön er singt!« riefen sie. »Tanz, tanz weiter. Dann wollen wir dich reichlich belohnen.«

Am Ende wurde der Alte großzügig bewirtet und erhielt viele Geschenke. Beim Abschied baten die Dämonen den Alten, am nächsten Abend wiederzukommen. Der Alte versprach es, und als Pfand nahmen sie ihm die Beule ab.

Als der Alte glücklich wieder zu Hause war und zu Abend aß, erzählte er seiner Frau von seinen seltsamen Erlebnissen im Wald. Dies hörte ein böser Nachbar, der ebenfalls eine Beule im Gesicht hatte. Auch er wollte gern solche Geschenke bekommen und dafür seine Beule loswerden. Deshalb ging er am nächsten Abend zu dem gleichen Baum im Wald und versteckte sich in der Höhle.

Kaum war er da, als sich die Dämonen wieder um den Baum versammelten und fröhlich sangen und tanzten. Der Alte sang sogleich mit schriller Stimme mit und trat tanzend in ihre Mitte. Der Gesang des Alten und sein ungeschickter Tanz störten aber die Dämonen sehr, so daß ihre gute Laune verdorben war und sie böse auf ihn wurden. »Ist das wirklich der gleiche Alte wie gestern?« fragten sie sich. »Den wollen wir hier nicht mehr sehen. Geben wir ihm doch die Beule zurück.«

Sie packten den Alten und setzten ihm die Beule auf die andere Backe. Jetzt hatte er also zwei Beulen, und so kehrte er laut jammernd nach Hause zurück.

Der Jizō der Affen

Es lebten einmal ein alter Mann und seine Frau. Der Alte sammelte im Wald Reisig. Seine Frau hatte ihm klebrige Reisklößchen als Proviant mitgegeben. Der Alte wußte, daß in der Gegend viele Affen hausten und wollte sie ein bißchen ärgern. Er zog einen Reiskloß wie ein Gummiband in die Länge und klebte ihn sich ins Gesicht. Würdevoll setzte er sich so auf einen Baumstumpf.

Da erschienen viele Affen und entdeckten ihn. Sie sagten zueinander: »Das ist wirklich ein schöner Jizō. Wollen wir ihn nicht als Schutzgott zu uns nehmen?«

Die großen Affen holten einen Tragkorb, setzten den Alten hinein und machten sich mit ihm auf den Weg. Bald kamen sie zu einem Fluß, und während sie ihn durchwateten, sangen sie: »Wenn wir Affen auch nasse Hoden bekommen, unser Jizō soll nicht naß werden.« Dann stiegen sie einen Abhang hinauf und stellten den Alten dort hin. Sie legten auf einer Rinde Pilze und Früchte als Opfergaben vor ihn hin und beteten vor ihm.

Als es dämmerte, verschwanden die Affen. Der Alte nahm die Opfergaben und eilte nach Hause. Mit seiner Frau genoß er die Köstlichkeiten.

Da kam eine habgierige Nachbarin vorbei und staunte über die schönen Dinge.

Darauf erzählte ihr die Alte: »Als mein Mann heute im Wald Reisig sammelte, kamen viele Affen, die ihn für einen Jizō hielten. Sie trugen ihn in die Berge hinauf, beteten vor ihm und brachten ihm all die Früchte als Opfergaben. Probier doch mal davon!«

Die Nachbarin wurde neidisch, lief gleich nach Hause und schickte ihren Mann in den Wald. Auch er suchte Reisig und ruhte sich dann auf einem Baumstumpf aus. Da kamen die Affen wieder und sagten: »Ach, da ist ja wieder der Jizō. Tragen wir ihn noch einmal zu uns!«

So trugen sie den Nachbarn auch durch den Fluß und sangen

dabei: »Wenn wir Affen auch nasse Hoden bekommen, unser Jizō soll nicht naß werden. Hoi, hoi, hoi, yankora. Hoi, yankora, hoi.«
Der Nachbar versuchte, sich zu beherrschen, damit er nicht lachte. Aber schließlich brach er doch los: »Hahaha, hahaha!«
Da merkten die Affen, daß er kein Jizō, sondern nur ein Mensch war, und warfen ihn ins Wasser.
Der gierige Nachbar schlug gegen Felsbrocken. Klatschnaß und blutend lief er nach Hause. Seine Frau sah ihn von weitem und glaubte, daß er in einer neuen roten Tracht singend heimkehre.
»Die alten Gewänder brauchen wir nicht mehr!« Damit verbrannte sie alle seine Sachen.
Als er das Haus erreichte, sah sie, daß er naß und zerschunden war. Da lief sie zu der alten Nachbarin und bat sie um das erstbeste Gewand. Damit kam sie zurück und zog es ihm an.
Toppin Pare!

Das Nachtigallenhaus

Einmal zog ein junger Hausierer handelnd durch die Städte und Dörfer. An jenem Tag rief er wie immer in jeder Straße und Gasse: »Teee! Ööööl! Wer möchte Nadeln und Zwirn? Wer möchte weißen und roten Puder oder Haarnadeln?«
Aber keiner kaufte ihm etwas ab. Als es dämmerte, befand er sich allein auf einem einsamen Pfad und hatte sich verirrt. Ein kalter Wind wehte, und es rauschte im Bambushain. Dem jungen Mann schauderte ein wenig, als er in dem Hain ein unbekanntes Haus mit einem schwarzen Tor entdeckte, aber unwillkürlich rief er wie gewohnt: »Teee! Ööööl! Wer möchte Nadeln und Zwirn? Wer möchte weißen und roten Puder oder Haarnadeln?«
Zu seinem großen Erstaunen antwortete ihm eine klare Frauenstimme aus diesem Haus: »Hier möchte man roten Puder und Haarnadeln.«

Der Hausierer trat mit all seinen Waren durch das Tor. Da hörte er wieder jene klare Frauenstimme: »Zieh dir die Sandalen aus und komm herein!«

»Wie Sie befehlen!« antwortete der junge Mann. An der Schwelle stand ein Eimer mit warmem Wasser. Darin wusch er sich die Füße und betrat das Haus. Da hörte er viele Mädchenstimmen, und plötzlich stand eine schöne junge Frau mit ihren Dienerinnen vor ihm. »Ich möchte Puder und Öl dazu. Nimm dafür von dem Geld, soviel du willst.« Sie reichte ihm eine Handvoll Goldmünzen hin. Dann lud sie ihn ein, in dem Haus zu übernachten.

Am Morgen weckte ihn ein Nachtigallenruf. Er stand auf und öffnete das Fenster. Im Garten blühten Pflaumenbäume. Die junge Frau kam herein und sprach ihn mit einer bezaubernden Stimme an, die wie eine Nachtigall klang. Sie hatte ein Festmahl vorbereitet, und sie feierten zusammen. Dem jungen Hausierer gefiel es so gut, daß er nie wieder wegwollte. Die junge Frau schaute ihn an und sagte: »Bleibe hier, solange du willst. Ich werde glücklich sein, wenn du bei mir bist. Dieses Haus mit allen Schätzen und ich gehören dir, wenn du mein Bräutigam wirst.«

So geschah es. Ihm erschien jeder Tag wie ein schöner Traum.

So vergingen Frühling, Sommer, Herbst und Winter. Als es wieder Frühling wurde, sagte die junge Frau zu ihm: »Ich will mit meinen Mädchen hinausgehen, um die Kirschblüten zu sehen. Während meiner Abwesenheit kannst du dich im Haus umsehen. Hier gibt es zwölf Vorratsräume. In elf von diesen kannst du ruhig schauen, aber den zwölften darfst du nicht öffnen. Das mußt du mir versprechen.«

Die junge Frau wiederholte das mehrmals. Dann ging sie mit ihren Dienerinnen weg. Der junge Mann war nun ganz allein in dem großen Haus. Gelangweilt öffnete er den ersten Raum. Er war gefüllt mit Reis. Er ging zum zweiten. Dort sah er viele Töpfe mit Bohnenpaste, im dritten Zucker, im vierten Baum-

wolle, im fünften Salz. Zwischen dem fünften und dem sechsten Raum erblickte er einen Bach mit vielen Fischen.
Neugierig öffnete er einen Raum nach dem anderen bis zum elften. Dann ging er einen langen Korridor entlang und stand vor dem zwölften Raum. »Tritt nie ein!« hörte er seine Frau sagen. Schließlich fand er unter den Schlüsseln, die er in der Hand hielt, einen, der für diese Tür paßte und öffnete sie. Zunächst war es dunkel, aber er bemerkte ein Fenster, und als er es öffnete, erblickte er Pflaumenbäume, auf denen viele Nachtigallen saßen und sangen. Während er sie ansah, schienen sich die Nachtigallen zu fürchten und flogen davon. Geistesabwesend schloß er den Raum wieder.
Als die Frauen am Abend zurückkehrten, sagte er nichts. Am nächsten Morgen rief ihn seine Frau zu sich. »Nun hast du es doch gesehen, deshalb müssen wir uns leider trennen.« Sie wandte sich um und ging davon.
»Warte doch!« rief der junge Mann und wollte sie festhalten. Aber sie ging immer weiter. Plötzlich verwandelte sie sich in eine Nachtigall und flog davon. Nach einer Weile fand sich der junge Mann in jenem Bambushain wieder. Von dem Haus war nichts mehr zu sehen. Neben ihm lagen seine Waren, und er war wieder der arme Hausierer. Tochibare!

In der Mückenwelt vergehen drei Jahre wie ein Augenblick

Vor langer, langer Zeit lebten in einem Ort zwei Holzfäller. Der eine war schon verheiratet, der andere war noch jung und ledig. Sie verstanden sich gut und arbeiteten fast immer zusammen.
Es war ein heißer Sommertag. Die beiden waren wie üblich im Wald und zersägten gemeinsam einen Stamm. Der Ältere verspürte plötzlich Durst und sagte zu dem Jüngeren: »Ich bin sehr durstig und möchte am Bach Wasser trinken. Warte einen Augenblick, ich bin gleich zurück.«

Er ging zu dem Bach, machte aus einem Huflattichblatt einen Schöpflöffel und trank. Auf einmal sah er, daß eine Schüssel und ein Paar Eßstäbchen, beide rot lackiert, auf dem Wasser trieben. ›Seltsam, ich hätte nicht gedacht, daß außer uns noch jemand so tief im Wald lebt‹, dachte er. Er angelte die Schüssel und die Stäbchen heraus und ging den Bach stromauf. Nach einer Weile kam er zu einem großen Haus. Während er sich noch wunderte, trat eine hübsche junge Frau heraus.

»Vielleicht gehören dir die Schüssel und die Stäbchen?« fragte er. Sie antwortete: »Ja, das stimmt. Als ich mein Geschirr am Bach spülte, fielen sie mir ins Wasser. Es ist nett von dir, daß du sie mir gebracht hast. Komm doch herein! Vielleicht möchtest du einen Tee und etwas zu essen?«

Der Mann zog seine Sandalen und Strümpfe aus und betrat das Haus. Er wurde in einen prächtigen Salon geführt und bekam Tee serviert. Mit staunenden Augen saß er da. Die junge Frau sagte lächelnd: »Ich freue mich, daß es dir hier gefällt. Gern möchte ich dir noch etwas Schönes zeigen, nämlich die Räume der vier Jahreszeiten. Möchtest du?«

»Warum nicht? Ich habe bisher noch nie von solchen Räumen gehört. Bitte, zeig sie mir!«

Die junge Frau stand auf und öffnete die Tür zum Nebenzimmer. Vor ihr wogte ein Meer von Kirschblüten. Der Boden war voller Blumen, und Schmetterlinge flatterten durch den Raum. Der Holzfäller war sprachlos vor Staunen.

»Nun der Sommer«, sagte sie und öffnete den zweiten Raum. Hier stand eine über und über rot blühende Robinie. Den Boden bedeckten Glockenblumen, Lilien und andere Blumen. Dazu ertönte das Zirpen von Zikaden.

»Der Herbst«, sagte sie und öffnete die nächste Tür. Drinnen stand ein Brokatbaum mit leuchtend roten Blättern. An seinen Ästen funkelten Früchte wie kleine Feuerwerke. Darunter wiegten sich blaue Blumen im Wind. Rote Libellen flogen hin und her.

Der Holzfäller rieb sich die Augen und war fassungslos. Die

junge Frau öffnete lächelnd den letzten Raum. Dort war die Natur von einer dicken Schneedecke bedeckt. Nur ein hoher Tannenbaum ragte in der Mitte auf. Ein Specht pickte eifrig in den Baumstamm. »Das ist wunderbar, ich könnte dich darum beneiden«, sagte der Holzfäller schließlich. Die junge Frau lächelte nur.
Dann lud sie ihn zum Essen ein: »Bleib noch ein bißchen, ich bereite dir ein gutes Essen.« Nach einer Weile standen die wohlschmeckendsten Speisen auf dem Tisch. Während des Essens dachte er bei sich: ›Ich muß immer Bäume fällen, könnte ich doch nur einen Tag in diesem Hause bleiben.‹
Da lächelte die junge Frau wieder und fragte: »Möchtest du nicht einen Tag hierbleiben? Ich würde mich freuen.« Er antwortete ohne Zögern: »Wirklich? Dann bleibe ich gern.«
Nach dem ersten schönen Tag folgten ein zweiter, ein dritter und viele weitere. Der Holzfäller vergaß völlig seine Familie. Schließlich fragte ihn die junge Frau: »Möchtest du nicht mein Bräutigam werden? Dann könnten wir für immer hier zusammen leben.«
Der Holzfäller war sofort damit einverstanden. Ein noch glücklicheres Leben begann, und die Zeit verging wie im Flug. Plötzlich, genau nach drei Jahren, starb die junge Frau. Der Holzfäller weinte sehr und betete lange für sie. Allmählich begann er, sich wieder an seine erste Frau und an sein Kind zu erinnern. ›Die Arme, wie böse muß sie auf mich sein, daß ich sie allein gelassen habe. Wie groß das Kind wohl inzwischen sein mag? Ehe ich das Erbe meiner zweiten Frau antrete, muß ich meine erste Frau besuchen und mich bei ihr entschuldigen.‹ So sagte er zu sich und verließ das große Haus.
Als er den Berg herabstieg, entdeckte er an dem Bach seine Sandalen und Strümpfe. Er konnte zwar nicht begreifen, daß die Sachen immer noch dort lagen, aber er hob sie auf und ging weiter. Da kam er an dem Platz vorbei, wo er vor drei Jahren mit seinem jungen Freund gearbeitet hatte. Der saß noch auf demselben Baumstumpf.

»Was, du arbeitest immer noch hier?« rief er ihm zu.
»Wie meinst du das? Du bist doch eben erst weggegangen, und schon kommst du zurück.«
»Gerade erst? Nein, vor drei Jahren. Vor drei Jahren ging ich an den Bach, um Wasser zu trinken.«
»Wie kannst du so übertreiben? Du warst doch kaum einen Augenblick weg. Bist du denn verrückt geworden?« So erwiderte ihm der junge Holzfäller.
Der Ältere versuchte nun, alles der Reihe nach zu erzählen. Aber der junge Mann lachte ihn aus: »Ha, ha, ha – soviel Glück hätte ich als Junggeselle haben sollen und nicht du, der du schon eine Frau hast. Es heißt ja oft, in der Mückenwelt vergehen drei Jahre wie ein Augenblick. Du hast dich täuschen lassen.«
Der Ältere konnte das trotz alledem nicht glauben und bat seinen Freund, mit ihm zu dem Haus zu gehen. So stiegen sie gemeinsam an dem Bach bergauf. Aber nirgends war das große Haus zu finden. Als der Ältere aber genauer hinsah, entdeckte er zwischen den Berglilien ein Spinnennest, in dem eine tote Mücke hing.
Eine Weihe fliegt schnell davon. Sauerampfer bleibt nur einen Augenblick frisch. So geht auch meine Geschichte rasch zu Ende.

Schnee bedeckte die Fußabdrücke

Der heilige Mönch Kobō pflegte gern unerkannt umherzuwandern, um die Leute auf dem Lande und ihr Leben kennenzulernen. Eines Tages sah er eine Frau an einem Bach Kartoffeln waschen. Als er sie bat, ihr eine zu geben, lehnte sie das mit der Bemerkung ab: »Das sind keine Kartoffeln, sondern Steine.« Als sie zu Hause die Kartoffeln schälen wollte, waren es tatsächlich Steine.
An einem anderen Tag kam Kobō zu einem armseligen Haus

und bat um ein Quartier. Ihm wurde geantwortet, er sei herzlich willkommen, aber im Haus gäbe es nichts zu essen. Kobō erwiderte, das sei kein Problem. Auf dem Weg, den er eben gekommen sei, stehe ein Ständer mit Reisstroh. Man solle nur etwas Stroh davon holen und ihm das weitere überlassen. Der Mann des Hauses sagte, wie Kobō ja sehe, habe er einen künstlichen Fuß, und man werde an seinem Fußabdruck erkennen, daß er das Stroh genommen habe. Da Kobō ihm mehrmals sagte, er solle sich darum nicht sorgen, holte der Mann das Reisstroh. Kobō klopfte mit einem Stein Reis daraus, und man kochte einen wohlschmeckenden Brei.

Als es tagte, schneite es tüchtig, und die Fußabdrücke des Mannes waren dick mit Schnee bedeckt.

Noch heute gibt es in dieser Gegend im Dezember am Tag des heiligen Kobō viel Schnee. Und manche Familien stellen auf ihren Hausaltar gekochte Kartoffeln und ein Stück Holz, das einen künstlichen Fuß symbolisieren soll.

Der Gott der Armut und der Gott des Reichtums

Das ist eine Episode aus der Zeit, als der heilige Kobō durchs Land wanderte. Er kam in ein Haus, wo die Hausfrau dabei war, Reis im Mörser zu stampfen. Merkwürdigerweise war da ein Zwerg, der alle danebengefallenen Reiskörner aufsammelte und zurück in den Mörser warf. Als die Frau aufhörte, verschwand der Zwerg in einer Kürbisflasche. Kobō nahm die Kürbisflasche heimlich an sich, band sie sich um die Hüften und verließ das Haus.

In einem anderen Haus traf er ebenfalls die Hausfrau an, wie sie Reis im Mörser stampfte. Als Kobō die Kürbisflasche heimlich in eine Ecke hing, kam der Zwerg heraus und nahm alle Reiskörner, die aus dem Mörser fielen, weg.

Im ersten Haus war der Zwerg der Gott des Reichtums, im zweiten Haus war er der Gott der Armut. Der Gott des Reichtums und der Armut ist der gleiche. Es kommt nur darauf an, wie man die Sache betrachtet.

Silvesterfeuer

Es war ein Dorfschulze, der viele Knechte und Mägde hatte. Es war Silvester. Früher war es üblich, das Silvesterfeuer bis zum Neujahrstag brennen zu lassen. Die Frau des Dorfschulzen befolgte gern die alten Sitten. Deshalb befahl sie einer Magd, das Feuer im Ofen die ganze Nacht über zu bewachen. Die Magd versprach es. Als sie aber für eine kurze Weile einnickte, erlosch das Feuer im Ofen. Die Magd war ganz ratlos. Alles im Haus schlief.

Damals gab es noch keine Streichhölzer. Um Feuer zu bekommen, mußte man zwei Steine aneinanderschlagen. Das wagte die Magd nicht, denn damit hätte sie die anderen geweckt. Sie ging hinaus und suchte vergebens nach Feuer. Auf einmal entdeckte sie in der Ferne einen Fackelzug, der langsam näher kam. Schließlich sah sie, daß es ein Leichenzug war. Sie hatte aber keine andere Wahl, und so bat sie die Leute um Feuer. Diese antworteten, daß sie ihr gern Feuer geben würden, wenn sie für eine Weile den Sarg aufbewahren würde. Notgedrungen nahm sie mit dem Feuer den Sarg. Nun konnte sie wieder Feuer im Ofen anzünden.

Den Sarg stellte sie in ihre Kammer und legte einige Kleider darauf. Tage vergingen, und niemand meldete sich bei der Magd wegen des Sarges. Den Sarg aufzubewahren, bereitete ihr zunehmend Mühe, denn aus dem Sarg begann es zu strahlen. Einige Knechte bemerkten das Licht in der Kammer der Magd und gingen heimlich hinein, um zu sehen, woher es käme. In einer Ecke entdeckten sie unter den Kleidern den Sarg, aus dem das Wunderlicht kam. Als sie den Sarg öffneten,

fanden sie viele Münzen darin. Alle waren sehr überrascht. Die Magd wurde sogleich gerufen und ausgefragt. Als sie alles erklärt hatte, war der Dorfschulze sehr zufrieden, daß sie aus Gehorsam gegenüber dem Befehl seiner Frau sogar den Sarg in Kauf genommen hatte.
Die Münzen sollten wohl ein Geschenk des Gottes für sie sein. Die Magd war nun reich und heiratete später in eine gute Familie.

Der Dank der Jizōs

Es lebte einmal in einem Ort ein guter ehrlicher Alter mit seiner Frau. Der Alte beschäftigte sich damit, Hüte aus Schilfgras zu fertigen und zu verkaufen. Diese Schilfgrashüte wurden früher einmal Schatzschalen genannt.
An einem Jahresende kam er mit vielen Schatzschalen in ein Dorf. Er wollte sie dort verkaufen, um für das Neujahrsfest Reis zu besorgen. Es war ein kalter Tag, und es schneite sogar. Gerade an diesem Tag wollte ihm niemand seine Ware abkaufen. So mußte er ohne Reis zurückkehren. Es schneite heftiger, als er auf dem Heimweg an sechs Jizōs vorbeikam, die in einer Reihe nebeneinander standen. Ihre Köpfe waren schon mit Schnee bedeckt. »Liebe Jizōs, ihr werdet sicher frieren, ich schenke euch diese Schilfgrashüte«, sagte der Alte und setzte jedem einen Hut auf. Dann kehrte er mit leeren Händen heim. Seiner Frau erklärte er: »Heute hatte ich kein Glück mit dem Verkauf. Ich wollte die Schilfgrashüte wieder zurückbringen, aber auf dem Heimweg sah ich eine Reihe von Jizōs und setzte ihnen meine Hüte auf.«
Seine Frau antwortete: »Das hast du recht getan. Heute hattest du kein Glück, aber es wird schon wieder ein besserer Tag kommen.«
Die beiden gingen schlafen. Um Mitternacht hörten sie von draußen ein Geräusch. »Was mag das sein?« fragten sie sich und gingen hinaus. Merkwürdigerweise stand vor der Tür eine

Gruppe kleiner Männchen und daneben ein Berg von Reis. In diesem Augenblick verschwanden die Männchen. Die alten Leute bedankten sich sehr bei den Jizōs für das Geschenk und feierten ein glückliches Neujahrsfest. So endet meine Geschichte. Sode kopposhi.

Mondchen und Sternchen

Es waren einmal zwei Schwestern. Mondchen, die ältere, war die Tochter der ersten Frau des Vaters, Sternchen, die jüngere, war die Tochter der zweiten Frau. Mondchen hatte weiße Haut, Sternchen hingegen hatte dunkle. Die Stiefmutter mochte Mondchen nicht. Deshalb kratzte sie den Ruß von den Topfböden und beschmierte Mondchen damit. Sternchen hatte Mitleid mit der Schwester und fragte die Mutter, warum sie so böse auf Mondchen sei. Die Stiefmutter antwortete darauf: »Ich kann sie einfach nicht leiden.«

Wenn die Mutter ausging, wusch Sternchen ihre Schwester. Die Mutter pflegte den beiden ihre Essensportionen immer extra zu geben und wünschte besonders Mondchen guten Appetit. Sternchen machte das mißtrauisch, deshalb vertauschte sie heimlich die Gefäße. Eines Tages hatte die Mutter Gift in den Reis und in die Suppe von Mondchen getan. Sternchen wurde es, nachdem sie das Essen probiert hatte, sehr übel. Sie schüttete das ganze Essen weg, das auf einmal rot wie Blut aussah. Die beiden Mädchen hatten den ganzen Tag keinen Appetit mehr. Darauf beschloß die Stiefmutter, Mondchen mit einem Bohrer umzubringen und sagte am Abend zu Sternchen: »Du sollst heute nicht mit Mondchen zusammen schlafen, sondern an einem anderen Platz.«

Darauf sagte Sternchen zu der Schwester: »Die Mutter will dich heute Nacht umbringen. Nimm mein Tigerfell und schlaf auf meiner Matte. Ich will auf deiner Matte schlafen.«

So schlief Mondchen mit dem Tigerfell auf der Schlafmatte von

Sternchen, während Sternchen unter einer dünnen Decke auf Mondchens Matte schlief. Um Mitternacht schlich sich die Stiefmutter an das vermeintliche Schlaflager von Mondchen und stach mit dem Bohrer kräftig zu.
»Au, Mutter, was machst du da?« Sternchen sprang sofort auf. Die Mutter war sehr erschrocken. »Bist du es, Sternchen? Oh, ich habe mich geirrt.« So war auch dieser böse Versuch der Mutter gescheitert.
Nicht lange danach sagte die Mutter zu Sternchen: »Ich will Mondchen zum Sankaberg bringen und sie dort lebendig begraben. Du darfst ihr aber nichts sagen.«
Sternchen jedoch teilte es sofort der Schwester heimlich mit: »Schwesterchen, die Mutter will dich auf dem Sankaberg lebendig begraben. Mach dir aber keine Sorge, ich komme hin und grabe dich wieder aus.«
Mondchen glaubte der Schwester. Die Stiefmutter wickelte sie in eine Grasmatte, nahm sie auf den Rücken und machte sich mit einer Hacke in der Hand auf den Weg zum Sankaberg. Mondchen hatte von Sternchen ein Säckchen voll Mohnkörner erhalten, die sie heimlich auf den Weg streute. Am Abend erreichte die Mutter schließlich den Sankaberg. Es wurde schon dunkel, und sie hatte Angst. Eilig hackte sie in der Erde ein Loch, begrub Mondchen darin und eilte nach Hause. Als sie heimkam, war Sternchen allein im dunklen Haus. Es hatte kein Licht gemacht und weinte sehr.
Nach ein paar Tagen kam der Vater von einer langen Reise zurück. Er brachte für Mondchen und Sternchen einen schönen Kimono und Sandalen mit. Als er nach Mondchen fragte, antwortete Sternchen: »Das Schwesterchen ist verschwunden, ich habe sie in den letzten Tagen nicht gesehen.« Darauf bat er sie, Mondchen zu suchen.
Die Eltern gingen auf das Reisfeld arbeiten. Sternchen aber bereitete aus gekochtem Reis und roten Bohnen Reisbrötchen, nahm den schönen Kimono für Mondchen und machte sich auf den Weg, um die Schwester zu suchen. Sie folgte den Mohnblu-

men, die auf dem Weg erblüht waren und erreichte so den Sankaberg. Dort grub sie mit einem Zweig in der Erde und rief dabei laut: »Schwesterchen, wo bist du? Schwesterchen, ich bin es.« Als sie schon tief in der Erde gegraben hatte, stieß sie schließlich auf etwas Festes: »Schwesterchen! Mondchen! Wo bist du?« rief Sternchen laut.
Da antwortete von unten eine schwache Stimme. Sternchen faßte neuen Mut. ›Sie lebt, sie lebt noch‹, sagte sie sich. So grub sie fleißig weiter, bis sie den halben Körper ihrer Schwester herausziehen konnte. Das Gesicht von Mondchen war ganz blaß, und sie atmete kaum.
»Mein armes Schwesterchen, hier in der Kürbisflasche habe ich Wasser. Trink es!« sagte Sternchen, hielt den Kopf ihrer Schwester in den Armen und gab ihr zu trinken. Darauf belebte sich Mondchen etwas, und Sternchen zog sie völlig aus der Erde und wusch sie ab. Dann gab sie ihr die Brötchen aus Reis und Bohnen. »Du darfst immer nur etwas davon essen, damit du allmählich kräftiger wirst«, sagte sie.
So aß Mondchen immer wieder von den Reisbrötchen, und die beiden blieben zwei Tage und zwei Nächte in den Sankabergen. Dann sagte Sternchen: »Wir wollen nie mehr nach Hause zurück. Sonst wird dir die Mutter noch Ärgeres antun. Wir wollen lieber in die weite Welt gehen und arbeiten.« Damit gab sie Mondchen den hübschen Kimono zum Anziehen. Den alten schmutzigen Kittel wickelte sie ein und trug ihn auf dem Rücken. Nun wanderten die beiden Hand in Hand auf unbekannten Wegen durch die Sankaberge, bis sie zu einem großen Haus kamen. Hier fragten sie, ob man Küchenmägde brauchen könne. Die Hausfrau stellte ihnen verschiedene Fragen nach ihren Eltern und nach ihrem Zuhause. Die beiden wollten aber weder von den Eltern noch vom Elternhaus sprechen. Sie sagten nur, daß sie Stiefschwestern seien und verschiedene Mütter hätten. Da fühlte die Frau Mitleid mit ihnen und sagte weinend: »Wir haben keine Kinder. Ihr könnt bei uns als Mägde arbeiten. Du weißes Mondchen sollst die Zimmer aufräumen

und die Korridore wischen, und du dunkles Sternchen sollst in der Küche das Geschirr spülen.« So blieben Mondchen und Sternchen in diesem Haus.

Unterdessen waren ihre Eltern vom Reisfeld nach Hause zurückgekehrt und fanden Sternchen nirgends. Sie suchten überall vergebens. Schließlich verkauften sie ihr Reisfeld und wurden Pilger. Seitdem wanderten sie Tag für Tag umher und suchten nach den Töchtern.

Eines Tages erblindete die Mutter und mußte von nun an von dem Vater geführt werden. Der Vater schwang dabei eine Glocke, und sie sangen: »Wären Mondchen und Sternchen noch bei uns, brauchten wir nicht mit der Glocke umherzuwandern. Pinkara kan. Pinkara kan.« Selbst im Regen wanderten sie singend weiter, dabei trugen sie Regenschirme und Strohmäntel.

Viele Tage vergingen, bis die Eltern auch zu diesem großen Haus kamen. Sternchen wusch gerade in einem Teich vor dem Haus Töpfe ab und hörte den Gesang: »Wären Mondchen und Sternchen noch bei uns, brauchten wir nicht mit der Glocke umherzuwandern. Pinkara kan. Pinkara kan.«

Sternchen lief vor das Haus und sah, wie die Eltern die Glocke schwangen und bettelten. Sie blickte die blinde Mutter an und sagte: »Siehst du, das ist die Strafe für deine böse Tat an Mondchen.«

Und sie erzählte ihnen, wie sie beide hierher gekommen seien und führte sie zur Frau des Hauses. Die aber sagte: »Ich habe Mondchen und Sternchen sehr lieb. Da wir keine Kinder haben, möchte ich eine als meine Tochter hier behalten. Vielleicht laßt ihr Mondchen bei mir und nehmt Sternchen mit.«

Auch Mondchen wünschte das sehr, und so kehrte Sternchen allein mit den Eltern nach Hause zurück.

Sternchen sagte noch oft zu der Mutter: »Der Himmel hat dich dafür bestraft, daß du Mondchen so Böses angetan hast.«

Auch ihr sollt von meiner Geschichte lernen, daß man anderen nichts Böses tun darf.

Die Frau ohne Arme

Einst lebte in Ōsaka eine reiche Familie mit einer hübschen Tochter. Die Mutter des Mädchens war schon lange tot, und sie hatte eine böse Stiefmutter. Eines Tages begab sich der Vater im Dienst seines Herrn nach Edo. Die Stiefmutter wollte die Abwesenheit des Vaters nutzen, um die Tochter zu töten. Sie befahl den Knechten, das Mädchen in den Wald zu bringen und zu ermorden. Die Knechte folgten ihr scheinbar, wagten aber nicht, den Befehl auszuführen. Weinend erzählten sie dem Mädchen, was sie tun sollten. Dann schnitten sie ihm die Arme ab und brachten diese nach Hause zum Zeichen dafür, daß sie das Mädchen umgebracht hätten.

Das Mädchen ohne Arme ging weinend weiter, bis sie in die Stadt Kyoto kam. Als sie in einem Garten Orangenbäume erblickte, verspürte sie großen Durst. Da sie aber keine Arme mehr hatte, pflückte sie eine Orange mit dem Mund. Im Weitergehen las sie über dem Hauseingang den Namen der Familie. Unwillkürlich sagte sie vor sich hin: »Hier wohnt die Familie Hinoya. Mit dem Sohn wurde ich einmal verlobt. Aber jetzt sollte ich das Versprechen lieber zurücknehmen.«

Ein junger Diener hörte die Worte und berichtete sie sogleich seinem Herrn.

Dieser erwiderte: »Ja, sie ist meine Verlobte, mit oder ohne Armen. Rufe sie sogleich herein.«

Der Diener führte das Mädchen zu dem Herrn, und sie erzählte ihm alles. Da hatte er Mitleid mit ihr und machte sie gleich zu seiner Frau.

Es kam die Zeit, daß der junge Herr nach Kobe reisen mußte. Während seiner Abwesenheit wurde ein gesunder, hübscher Junge geboren. Die Eltern des jungen Mannes freuten sich darüber und schrieben einen Brief an ihren Sohn, in dem es hieß: ›Während Deiner Abwesenheit ist ein hübscher Junge geboren worden. Deine Frau und wir warten sehr auf Deine glückliche Heimkehr.‹

Der junge Diener sollte den Brief überbringen. Unterwegs hatte er die Idee, bei den Eltern der jungen Frau in Ōsaka vorbeizugehen und ihnen von der Geburt des Jungen zu berichten. Als die Stiefmutter davon hörte, wurde sie eifersüchtig. Sie bewirtete den Diener mit Schnaps, bis er völlig betrunken war. Dann nahm sie aus seiner Tasche den Brief. Als sie die freundlichen Zeilen las, wurde sie noch einmal rot vor Neid. Sie schrieb einen anderen Brief und vertauschte ihn heimlich mit dem echten. In dem gefälschten Brief stand: »Deine Frau hat ein schreckliches Kind geboren, das einem Affen oder einem Teufel gleicht. Sollen wir sie fortjagen?«
Der Bote reichte dem jungen Herrn den Brief. Dieser schrieb darauf folgende Antwort: ›Mag es auch ein Affe oder ein Teufel sein, so ist es doch mein Kind. Pflegt und ernährt es liebevoll, bis ich nach Hause komme.‹
Auf der Rückkehr kam der Bote wieder bei der Stiefmutter vorbei und wurde wieder reichlich bewirtet. Auch dieses Mal tauschte die Stiefmutter den Brief gegen einen anderen aus, in dem geschrieben stand: ›Ein Kind, das einem Affen oder einem Teufel gleicht, möchte ich nicht haben. Jagt die Mutter mit dem Kind einfach fort!‹
Als die Eltern des jungen Mannes den Brief lasen, waren sie sehr traurig. Aber schließlich folgten sie dem vermeintlichen Wunsch des Sohnes und schickten Mutter und Kind weg.
Die Frau ohne Arme nahm ihr Kind auf den Rücken und ging weinend davon, bis sie zu einem kleinen Tempel kam. Dort betete sie zu dem Schutzgott des Tempels, er möge ihr die Arme zurückgeben. Dann ging sie weiter und begegnete einem pilgernden Mönch. Dieser sagte zu ihr: »Geh nur immer geradeaus. Du wirst ein Wunder erleben und deine Arme zurückerhalten.«
Die Frau freute sich sehr und ging ermutigt weiter. Zu beiden Seiten des Weges ragten schroffe Felsen auf, dazwischen floß ein schmales Bächlein. Die Frau bekam Durst und beugte sich über das Bächlein, um Wasser zu trinken. In diesem Augen-

blick rutschte das Kind von ihrem Rücken und wäre beinahe ins Wasser gefallen. Vor Schreck wollte die Frau das fallende Kind festhalten und vergaß, daß sie keine Arme mehr hatte. Da waren ihr plötzlich die Arme wieder gewachsen. Die Frau dankte Gott und machte sich wieder auf den Weg.
Kurz darauf begegnete ihr der Mönch erneut. Dieses Mal gab er ihr folgenden Rat: »Geh ein Stück weiter, bis du zu einem anderen Tempel kommst. Der Priester dieses Tempels wird euch aufnehmen und solange bei sich beherbergen, wie ihr wollt.« Die Worte des Mönchs gingen in Erfüllung. Mutter und Kind lebten fortan ohne Sorgen im Schutze des Priesters.
Die Zeit verging. Das Kind wurde schon vier Jahre alt. Inzwischen war der junge Herr nach Hause zurückgekehrt. Er hatte sich auf seine Frau und das Kind gefreut. Als er von seinen betrübten Eltern erfuhr, daß man Mutter und Kind fortgejagt hatte, war er entsetzt. Der junge Diener wurde sogleich befragt. Jetzt wurde ihnen klar, was die Stiefmutter getan hatte. Der junge Herr machte sich darauf sofort auf den Weg, um Frau und Kind zu suchen.
Lange wanderte er vergebens umher. Eines Tages begegnete er einem pilgernden Mönch, der ihm empfahl, einen nahen Tempel zu besuchen. Als der junge Herr zu dem Tempel kam, sah er im Hof einen Jungen von etwa vier Jahren spielen. Sein Gesicht erinnerte den jungen Herrn sehr an seine Frau. Als er an das Kind herantrat, lief es sofort in den Tempel zu seiner Mutter und rief: »Mutter, Mutter, der Vater ist gekommen!«
Die Mutter aber erwiderte: »Nicht doch, mein Sohn, dein Vater wird nie zu uns kommen. Er mochte dich und mich nicht und hat uns verstoßen.«
Das Kind wollte den Worten der Mutter jedoch nicht glauben. Es lief hinaus zu seinem Vater und umarmte ihn fest. Der junge Herr erfuhr nun von dem Priester, wie alles geschehen war. Das Wiedersehen der drei wurde von dem Priester, den Eltern des jungen Herrn und deren Nachbarn lange gefeiert. Die Familie

Hinoya lebte fortan glücklich und wurde immer reicher. Die böse Stiefmutter aber erblindete zur Strafe für ihre schlechten Taten.
Man soll anderen nichts Böses tun. Das ist es, was ich euch erzählen wollte.

Das Schalenmädchen

In einem Dorf lebte einmal ein reiches Ehepaar glücklich miteinander, das eine Tochter hatte. Als das Mädchen etwa vierzehn Jahre alt war, erkrankte die Mutter plötzlich schwer. Sie rief die Tochter zu sich und sagte: »Ich muß diese Erde bald verlassen und will dir diese Schale auf den Kopf legen. Sie wird dir vom Kopf fallen, wenn es an der Zeit ist.«
Daraufhin bekam die Tochter eine große Schale auf den Kopf, die dort wie angewachsen saß.
Nach dem Tod der Mutter heiratete der Vater wieder, und bald wurde ihm eine zweite Tochter geboren. Seitdem sagte die Stiefmutter oft, sie könne das verunstaltete Mädchen nicht mehr sehen. Schließlich blieb dem Vater nichts anderes übrig, als die eigene Tochter aus dem Haus zu jagen.
Das Schalenmädchen wanderte nun umher. Eines Tages war es seines Lebens so überdrüssig, daß sie in einen Fluß sprang. Aber die Schale hinderte sie daran unterzugehen. So wurde sie stromabwärts getrieben und schließlich von einem Fischer aus dem Wasser gezogen. Der bekam aber beim Anblick dieses merkwürdigen Lebewesens mit einer Schale auf dem Kopf einen solchen Schreck, daß er sie wieder in den Fluß warf. So wurde sie weiter den Strom hinabgetrieben, bis sie ein anderer Fischer rettete und mit nach Hause nahm. Die Frau des Fischers aber wollte das mißgebildete Mädchen nicht behalten, und so mußte es weiterwandern.
Eines Tages traf der Fürst zufällig auf die in Lumpen gehüllte Unbekannte. Er hatte Mitleid mit ihr und nahm sie mit in seinen Palast. Dort sollte sie als Küchenmädchen dienen. Die

Leute versuchten vergeblich, ihr die Schale vom Kopf zu nehmen und quälten sie oft. Sie erduldete alles und arbeitete fleißig.

Der Fürst hatte drei Söhne. Zwei von ihnen waren schon verheiratet, nur der jüngste hatte noch keine Braut. Das arme Schalenmädchen gefiel dem gutherzigen Sohn, und er behandelte es stets freundlich und half und unterstützte es, wo er konnte. Die Knechte des Fürsten bemerkten das und teilten es dem Herrn mit. Daraufhin beschloß der Fürst, das Mädchen wieder davonzujagen. Aber der jüngste Sohn wollte es dabehalten und heiraten. Daraufhin ließ der Fürst die Frauen seiner beiden Söhne zu sich kommen. Sie waren prächtig gekleidet und wurden in einen schönen Saal geführt. Währenddessen saß das Schalenmädchen in Lumpen gehüllt in einem kleinen dunklen Raum.

Der Fürst und seine Frau gingen zu dem Schalenmädchen, und es verbeugte sich zur Begrüßung. In diesem Augenblick fiel die Schale vom Kopf, und es kamen Gold und Silber, eine Brauttracht, ein goldener Paravant für den Fürsten und drei Rollen Brokat für die Fürstin zum Vorschein. Das Gesicht des Mädchens war plötzlich so schön wie die strahlende Morgensonne. Der Fürst war sehr überrascht und führte das schöne Mädchen sogleich in den prächtigen Saal. Die Frauen der beiden älteren Söhne wurden ganz neidisch und versuchten, es zu blamieren. Sie tanzten, dichteten und spielten Harfe miteinander um die Wette, aber keine von ihnen vermochte es so gut wie das junge Mädchen. Es wurde nun die Braut des jüngsten Sohnes, und man nannte es die schaletragende Prinzessin.

Später gebar sie ihrem Mann einen Sohn und wollte mit ihm zum Hasetempel gehen, um für das Glück ihres Kindes zu beten. Vor dem Tempel erblickte sie einen müden Bettler und sprach ihn unwillkürlich an. Nach einigen Worten stellte sich heraus, daß der Bettler ihr Vater war. Die gutherzige Tochter nahm ihn mit in ihren Palast, und sie lebten alle sehr glücklich miteinander.

Der Feuerknecht

Es stand einmal tief im Wald ein kleiner Tempel, in dem ein Bonze mit seinen Gehilfen wohnte. Der Gehilfe war klug und schweigsam. Da der Bonze jeden Tag in die Stadt ging, war er meist allein im Tempel. Und er nutzte die Zeit, um fleißig zu lernen. Eines Abends saß er wie immer allein und lernte. Da hörte er von hinten Schritte näherkommen und eine fremde Stimme: »Gehilfe, steh auf!«

Als er sich erhob, tauchte vor ihm eine alte Frau auf, die aus einer großen Lade in der Ecke eine Menge Reisklöße und Aburage nahm. Dabei sagte sie: »Wenn der Bonze dich morgen verjagt, folge meinen Fußabdrücken und komm zu mir.«

Währenddessen kam der Bonze zurück und hörte alles. Als die Alte weg war, trat er ein. Der Gehilfe sagte ihm aber weder etwas von der Alten noch von dem mitgenommenen Essen. Deshalb wurde der Bonze böse und jagte ihn aus dem Tempel. Der Gehilfe erinnerte sich an die Worte der Alten. Hinter dem Tempel entdeckte er einige Fußabdrücke. Er folgte ihnen und gelangte zu einem schönen Haus, in dem er die Alte wiedertraf. Sie war gerade dabei, die Reisklöße und die Aburage zu rösten. Als sie ihn sah, sagte sie: »Herzlich willkommen. Ich warte schon auf dich. Du sollst mir von nun an drei Jahre als Gehilfe dienen.«

Der junge Mann antwortete: »Wenn es so ist, gut.«

In dieser Zeit lernte er viel bei der Alten. Als die drei Jahre um waren, sagte sie zu ihm: »Jetzt hast du alles von mir gelernt und darfst mich verlassen.« Damit schenkte sie ihm eine Hose und eine Jacke aus prächtiger Seide, die sie selbst gewebt hatte. Dazu gab sie ihm noch ein schönes Pferd und eine Flöte. Das Pferd konnte man ganz klein zerlegen, wenn man es nicht brauchte. Die Flöte war sieben Meilen weit zu hören. »Geh hinunter in die Stadt«, sagte die Alte. »Am Rande siehst du ein großes Haus. Dort frage, ob man dich als Feuerknecht brauchen kann. Dann beschmier dir das Gesicht mit Ruß, zieh

Lumpen an und arbeite tagsüber fleißig. Abends kannst du weiter lernen.«

Der Gehilfe verabschiedete sich von der Alten, nahm einen Sack mit den Geschenken auf den Rücken und ging hinunter in die Stadt, bis er zu dem großen Haus kam. Dort wurde er sogleich als Feuerknecht eingestellt.

Ein paar Jahre vergingen. Einmal spät in der Nacht sah die Tochter des Hauses zufällig den Feuerknecht ganz allein sitzen und lernen. Er sah aus wie ein Adliger und gefiel ihr sehr. Seitdem beobachtete sie ihn heimlich fast jeden Abend. Dann kam der Tag eines großen Festes, zu dem sich neunhundertneunzigtausend Menschen versammelten. Auch alle Leute des großen Hauses gingen zum Fest, nur der Feuerknecht sollte zu Hause bleiben. Doch er wollte ebenfalls gern auf das Fest. So löschte er das Feuer, badete sich, zog den prächtigen Seidenanzug an, setzte das schöne Pferd zusammen und ritt zum Fest, wobei er liebliche Melodien auf der Flöte spielte. Als strahlender schöner junger Mann, dem Shirai Gonpachi gleich, erschien er auf dem Fest. Die neunhundertneunzigtausend Besucher hatten nur noch Augen für ihn. Die Tochter des Hauses, die sich unter ihnen befand, war bei seinem Anblick völlig überrascht.

Der junge Mann kehrte aber vorzeitig vom Fest heim, wechselte wieder die Kleider, beschmierte sich das Gesicht und ging an seine Arbeit. Unterdessen kamen die Leute zurück und sprachen nur noch von dem schönen Fremden auf dem Fest.

Die Tochter des Hauses sehnte sich seitdem so sehr nach dem jungen Mann, daß sie krank wurde. Sie lag auf ihrer Matte und wollte weder einen Arzt noch Medikamente. Man fragte einen Wahrsager um Rat. Der erklärte: »Laßt ihr von allen Dienern und Knechten des Hauses der Reihe nach Wasser bringen. Derjenige, von dem sie das Wasser trinkt, soll ihr Mann werden.«

In dem großen Haus gab es viele Diener, die sich alle schön kleideten und einer nach dem anderen zu ihr gingen, um ihr

Wasser zu bringen. Es war aber vergebens, sie wollte von keinem einen Schluck Wasser. Da wurde der Wahrsager noch einmal befragt. Man sagte ihm: »Bei uns gibt es nur noch den schmutzigen Feuerknecht, aber der kommt bestimmt nicht in Frage.«
Aber der Wahrsager entgegnete: »Es muß doch noch einen Mann bei euch geben.«
Darauf gingen dic Leute zu dem Feuerknecht und baten ihn, sein Glück zu versuchen. Schließlich ließ er sich überreden, badete sich und zog seinen prächtigen Seidenanzug an. Als unbekannter schöner junger Mann betrat er so den Saal. Den Leuten verschlug es vor Staunen die Sprache. Der junge Mann trat zu der Tochter und reichte ihr einen Becher Wasser. Da trank sie es aus und wollte noch einen Schluck. Nun wollte sie sogar noch etwas essen, und dann stand sie auf.
Nach ein paar Tagen war die Tochter wieder vollkommen gesund. Dann wurde ihre Hochzeit mit dem Feuerknecht tüchtig gefeiert. Das Ehepaar lebte lange und glücklich und wurde immer reicher. Die Leute bewunderten noch lange die Klugheit der Tochter. Tochin. Parari no pu!

Ofuji, die Stieftochter

Es waren zwei Schwestern, Ofuji hieß die ältere und Otama die jüngere. Eines Tages gab die Mutter jeder der beiden Schwestern ein Säckchen und schickte sie in den Wald, Haselnüsse zu sammeln. Dazu sagte sie zu Ofuji, der älteren, sie solle immer hinter Otama gehen. Dafür hatte sie einen guten Grund. Otama war ihre eigene Tochter, Ofuji hingegen ihre Stieftochter, und sie bevorzugte bei jeder nur möglichen Gelegenheit Otama. Als die beiden Schwestern zurückkamen, brachte Otama viele Nüsse mit, während Ofuji nur wenige hatte. Am nächsten Tag war es genauso. Ofuji wurde deshalb von der Stiefmutter gescholten.

Eines Tages war Ofuji wieder im Wald und weinte, weil sie nur wenig Nüsse gesammelt hatte. Da begegnete sie einer Frau mit wirrem Haar, die ihr zuflüsterte: »Ofuji, Ofuji, komm doch mal her.«

Ängstlich näherte sie sich der Fremden.

»Dein Säckchen hat ein Loch«, sagte die Frau. »Dadurch verlierst du das meiste wieder, was du gesammelt hast.«

Dann bat sie Ofuji, ihr das wirre Haar zu kämmen, währenddessen stopfte sie ihr das Loch in dem Säckchen. Als das getan war, sagte die Frau noch freundlich: »Ofuji, in einer Ecke eures Schrankes sind noch ein hübscher Kimono und Holzsandalen für dich aufbewahrt.« Dann verschwand die Fremde, die in Wirklichkeit die verstorbene Mutter von Ofuji war.

Jahre vergingen. Eines Tages kehrte ein junger Fürst im Hause von Ofuji und Otama ein. Die Mutter kleidete Otama wunderschön und ließ sie dem Fürsten Tee servieren. Ihr Plan scheiterte aber, da sich Otama unschicklich benahm und den Tee stehend servierte. Der Fürst ärgerte sich darüber und wollte den Tee nicht entgegennehmen.

Nun rief die Stiefmutter widerwillig nach Ofuji.

Ofuji besaß aber keinen festlichen Kimono. Da fielen ihr plötzlich die Worte der unbekannten Frau im Wald ein. Als sie zweifelnd in den Schrank sah, entdeckte sie wirklich in einer Ecke einen schönen Kimono. Freudig zog sie ihn an und servierte dem Fürsten still und anmutig Tee, indem sie vor ihm kniete.

Dem Fürsten gefiel Ofuji sehr gut, und bald wurde sie zu ihm gerufen und lebte lange und glücklich bei ihm.

Fuji und Tama waren einst bescheidene Dorfmädchen, doch für ›Fuji, die Glyzinienblüte, kam nun die Zeit, sich zu entfalten‹. So singt man noch heute.

Onibaba spann Fäden

Es war ein schönes, herzensgutes Mädchen, das aus einer sehr armen Familie stammte. Deshalb mußte es hart arbeiten. Vom frühen Morgen bis zum späten Abend saß es am Spinnrad und spann Fäden. Damals wurde das Hanfgarn, aus dem man die Stoffe webte, noch am Spinnrad gesponnen. Eines Abends, als es wie gewöhnlich unter dem Licht der Papierlaterne das Spinnrad drehte, bekam es Besuch. »Schwesterchen, bist du zu Hause?« Es war eine Onibaba. Das Mädchen brachte vor Schreck kein Wort heraus.

»Gib mir das Hanfgarn!« Damit nahm die Onibaba das Garn und fraß es gleich auf.

Das Garn gehörte aber dem Mädchen nicht, es hatte es nur zum Spinnen bekommen. Nun war es ratlos, wie es es ersetzen sollte und begann zu weinen. Da zog die Onibaba einen Faden aus dem Arschloch. Es war ein guter, fester Zwirn. »Hör endlich auf zu weinen«, schalt sie dabei, »spule lieber den Zwirn auf.«

Das Mädchen vergaß ihre Furcht vor der Onibaba und griff ermutigt nach dem Zwirn. Die Arbeit ging schnell voran, und bald war sie getan. Die Onibaba ruhte ein wenig aus, dann wandte sie sich zum Gehen. »Wenn irgendwo ein Kind weint, laß es mich wissen, ich freß es auf.« Dann sang sie noch: »Unter dem Bambusgebüsch im tiefen Wald verläuft ein Pfad. Dort ist es Tag und Nacht dunkel. Dekura, bakura. Dekura, bakura!« Langsam entfernte sich ihre Stimme.

Am nächsten und noch am übernächsten Abend vernahm das Mädchen bei der Arbeit wieder diesen Gesang, der immer näher kam: »Unter dem Bambusgebüsch im tiefen Wald verläuft ein Pfad. Dort ist es Tag und Nacht dunkel. Dekura, bakura. Dekura, bakura!«

Mit den Worten »Schwesterchen, bist du da?« trat die Onibaba wieder bei ihr ein. Sie fraß das Garn auf und zog den Zwirn aus dem After. Beim Abschied sagte sie wieder: »Weint irgendwo

ein Kind, laß es mich wissen. Ich freß es auf.« Und ging davon mit dem gleichen Gesang: »Unter dem Bambusgebüsch im tiefen Wald verläuft ein Pfad. Dort ist es Tag und Nacht dunkel. Dekura, bakura. Dekura, bakura!«
Vielleicht hat die Onibaba an dem fleißigen Mädchen Gefallen gefunden und wollte ihr helfen. Auf jeden Fall mußte das Mädchen nun nicht mehr bis zum späten Abend spinnen. Tochibare.

Der rotzige Gott

Vor langer Zeit lebte ein armer junger Mann. Er verkaufte Blumen in der Stadt und lebte davon. Jeden Tag ging er mit seinen Blumen dorthin, und am Abend auf dem Heimweg pflegte er die restlichen Blumen der Wasserprinzessin zu schenken. Wenn er zum Fluß kam, sagte er laut: »Liebe Wasserprinzessin, ich möchte dir meine Blumen schenken, bitte nimm sie an.« Damit warf er die Blumen in den Fluß, und die schwammen auf den Wellen davon. Dann machte er sich auf den Heimweg.
Eines Tages rief ihn jemand von hinten an. Er drehte sich um und sah eine schöne junge Frau vor sich. Sie stellte sich als Botin der Wasserprinzessin vor und sagte ihm, die Wasserprinzessin wolle ihn zum Dank für seine Blumen in ihren Meerespalast einladen. Damit verwandelte sich die junge Frau in eine große Schildkröte. Der junge Mann setzte sich auf ihren Rükken, und sie führte ihn in den Meerespalast, wo er von der Wasserprinzessin reich bewirtet wurde. Zum Abschied schenkte sie ihm ein kleines, schmutziges Kind. Dem Kind lief ständig die Nase, und es sabberte sich voll. Die Wasserprinzessin sagte: »Das ist zwar ein schmutziges Kind, aber es soll dein Schutzgott sein. Wenn du es um etwas bittest, wird dein Wunsch in Erfüllung gehen.«
Der junge Mann bedankte sich und nahm das Kind mit nach Hause. Dort suchte er nach einem Platz für das Kind und fand ihn neben dem Hausaltar. Er schämte sich vor dem Gott seiner

bescheidenen Hütte wegen. Deshalb sagte er versuchsweise: »Lieber rotziger Gott, gib mir ein ordentliches Haus.«

Da machte der kleine rotzige Gott ein Geräusch, als ob er sich die Nase putze, und vor dem jungen Mann stand ein großes prachtvolles Haus. Er war vor Freude ganz außer sich. Schließlich faßte er sich und versuchte es noch einmal: »Lieber rotziger Gott, ich danke dir, aber ich kann doch nicht in meinen Lumpen in einem solch schönen Haus wohnen. Kannst du mir vielleicht noch schöne Kleider dazu geben?«

Nachdem der rotzige Gott abermals das Geräusch des Naseputzens gemacht hatte, ging auch dieser Wunsch in Erfüllung.

»Du hast mir schöne Kleider gegeben, wie ich sie früher nie gesehen habe. Aber um diese Kleider aufzubewahren, brauche ich eine Truhe. Gib mir noch eine Truhe dazu, eine große!« sagte der junge Mann. Darauf folgte wieder das Geräusch, und schon stand eine Riesentruhe da.

»Ehe ich es vergesse, lieber rotziger Gott, ich brauche unbedingt auch noch Geld!« Wieder war das Geräusch des Naseputzens zu hören, und ein Kasten mit tausend Münzen erschien.

Seitdem lebte der junge Mann wie ein Choja. Er nahm Knechte und Mägde in seinen Dienst und hatte auf einmal viele Freunde. Fast jeden Tag lud er jemanden ein oder wurde eingeladen. So war er viel beschäftigt. Aber der rotzige Gott mit seinem schmutzigen Gesicht rief immer nach dem jungen Mann und wollte ihn in seinem schmutzigen Kleid begleiten. Das paßte dem jungen Mann gar nicht. Mit der Zeit fiel ihm der rotzige Gott immer mehr zur Last. Eines Tages hatte er genug von ihm und sagte: »Lieber rotziger Gott. Du hast mir so viel gegeben, und ich lebe nun im Luxus. Ich glaube, ich habe schon alles und brauche nichts mehr von dir. Du kannst mich ruhig verlassen und zum Meerespalast zurückkehren.«

Der rotzige Gott machte ein trauriges Gesicht, doch er nickte und ging aus dem Haus. Vor der Tür zog er einmal die Nase hoch. Da verschwanden das große Haus, die Scheune, der Garten und alles andere. Der junge Mann hockte wieder allein in seiner alten Hütte.

Urashima Tarō

Einmal fingen Kinder eine Schildkröte und quälten sie. Da kam der junge Fischer Urashima Tarō vorbei und schalt die Kinder: »Laßt das arme Tier in Ruhe!« Dann fügte er hinzu: »Wollt ihr mir die Schildkröte geben? Ich gebe euch dafür etwas Geld.«

Die Kinder freuten sich darüber. Urashima Tarō bekam die Schildkröte, aber er wußte nichts mit ihr anzufangen. So ließ er sie wieder ins Meer gleiten und sagte dazu: »Du sollst für immer in den Meerestiefen bleiben. An der Küste sind die bösen Kinder, die dich quälen wollen.«

Drei Jahre vergingen. Als Urashima Tarō an der gleichen Stelle der Meeresküste weilte, kam dieselbe Schildkröte angeschwommen und sagte: »Ich will dich zu einem schönen Ort im Meer einladen. Bitte, setz dich auf meinen Rücken.«

So setzte sich Urashima Tarō auf den Rücken der Schildkröte. Sie tauchte ins Meer und brachte ihn zum Meerespalast, der auf dem tiefsten Grund stand. Eine schöne Prinzessin empfing ihn mit vielen Hofdamen. Sie bewirteten ihn reich und unterhielten ihn mit Tanz. Eine wunderschöne Zeit verging. Allmählich aber hatte Urashima Tarō genug von diesen glücklichen Tagen und sehnte sich nach seiner Heimat. So sagte er schließlich zu der Prinzessin, daß er sich verabschieden wolle, um nach Hause zurückzukehren.

»Schade«, antwortete die Prinzessin, »sicher werden wir dich vermissen. Wenn es aber so sein soll, dann wollen wir zum Abschied noch einmal tanzen und feiern.«

So geschah es, und zum Schluß schenkte die Prinzessin Ura-

shima Tarō ein Kästchen. »Du sollst es aber nie öffnen«, sagte sie dazu, »versprich es mir.«
Urashima Tarō setzte sich mit dem Kästchen wieder auf den Rücken der Schildkröte und kehrte zurück. Als er die heimatliche Küste erreichte, verabschiedete sich die Schildkröte und verschwand in den Wellen.
Als Urashima Tarō in sein Dorf kam, erblickte er dort nur Fremde. Er eilte zu seinem Haus, aber da stand nur eine verfallene, menschenleere Hütte. Ratlos fragte er nun die Dorfbewohner, ob jemand Urashima Tarō kenne. Aber keiner wußte von ihm.
Urashima Tarō war auf einmal ganz erschöpft und verstand überhaupt nichts mehr. Nun wollte er wissen, was das Kästchen der Prinzessin enthielt. Als er den Deckel hob, stieg weißer Rauch empor, und im gleichen Augenblick wurde sein Haar ganz weiß, und er war zum Greis geworden.
Urashima Tarō hatte geglaubt, daß er nur kurze Zeit im Meerespalast weilte. Doch es waren Jahrzehnte vergangen, und alle seine Familienmitglieder waren bereits verstorben.

Der Briefbote der Schlange

Einmal kam ein Mönch auf einer einsamen Wanderung zu einem Teich, der Yomegafuchi hieß. Da bemerkte er plötzlich in der Tiefe des Wassers einen Wirbel, und darin tauchte ein junger Mann auf. Er watete durch das Wasser auf den Mönch zu und sagte: »Ich habe eine Bitte an dich. Würdest du diesen Brief meinem Freund im Shakinanbuchiteich bringen?«
Der Mönch steckte den Brief in die Tasche und machte sich auf den Weg. Nach einer Weile wurde ihm bange zumute, und er öffnete den Brief, aber der enthielt nur ein leeres Blatt. Deshalb suchte er einen Priester im Tempel auf und fragte ihn um Rat.
Der Priester sah den Brief lange an. Dann legte er ihn in eine

Wasserschale. Nun war auf dem Brief ganz deutlich dieser Satz zu lesen: ›Du kannst den Mönch fressen, er wird sicher gut schmecken.‹
Darauf sagte der Priester: »Sieh her. Der Brief muß von der Schlange im Teich sein. Beinahe wärst du von der anderen Schlange gefressen worden.«
Der Mönch erschrak sehr und wollte sich nie mehr dem Shakunanbuchiteich nähern.
Schon früher schrieb man diesen beiden Teichen, dem Yomegafuchi und dem Shakunanbuchi eine dunkle magische Kraft zu.

Das Gebet der Katze

Es war einmal ein alter Mann, der hatte eine schöne dreifarbige Katze, die er sehr liebte. In seiner Jugend hatte er einem Bonzen im buddhistischen Tempel gedient. Da er aber lange nicht befördert wurde, hatte er den Dienst schließlich aufgegeben und sich eine andere Arbeit gesucht.
Eines Tages war die einzige Tochter der reichsten Familie im Dorf gestorben. Alle Mitglieder der Familie weinten sehr. Am Abend wollte man sie begraben. Der Bonze betete für die Seele der Toten. Plötzlich hob sich der Deckel des Sarges zwei bis drei Shaku in die Höhe. Die Leute waren bestürzt. Man rief Priester von allen möglichen Sekten zusammen und ließ sie vor dem Sarg beten. Aber es war vergebens.
Zur gleichen Zeit sprach die dreifarbige Katze zu dem Alten: »Alter, lieber Alter, du warst immer sehr gut zu mir. Nun ist es höchste Zeit für mich, Deine Freundlichkeit zu belohnen. Hör gut zu und schreibe auf, was ich dir sage.«
Der Alte hörte ihr zu und schrieb. Da kam jemand aus der reichen Familie zu ihm und bat auch ihn, vor dem Sarg ein Gebet zu sprechen. Der Alte lehnte die Bitte zunächst ab, da er aber mehrmals herzlich gebeten wurde, antwortete er schließlich: »Gut, ich versuche ein Gebet aus meiner Jugendzeit.«

So ging er zu dem Haus der reichen Familie und sprach folgendes Gebet: »Namu-karatan-no-tarayano-ya.«* Danach wurde der Sarg ganz ruhig.
Das Gebet hatte der Alte nach den Worten der Katze aufgeschrieben. Die Verwandten der Toten bedankten sich sehr bei ihm und schenkten ihm viel Geld. Seitdem war der Alte ein hochgeachteter Mann im Dorf.
Selbst die Tiere wollen unsere Freundlichkeit erwidern, solange wir sie lieben.

Kappa bedankt sich

Chōhei war eines Sommers sehr froh, weil ihm eine reiche Gurkenernte bevorstand. An einem Morgen aber stellte er fest, daß es auf seinem Feld nicht eine dicke Gurke mehr gab. ›Das ist aber merkwürdig‹, dachte er, ›das erlebe ich zum ersten Mal!‹ Da kein Mensch in der Zwischenzeit sein Feld betreten hatte, war es ihm unbegreiflich.
Von diesem Tag an wurden es immer weniger Gurken auf seinem Feld. »Das muß ein Dieb getan haben. Ich will ihn fangen«, sagte er zu sich.
Schon vor der Morgendämmerung versteckte sich Chōhei hinter einem Baum auf seinem Feld und wartete lange. Plötzlich sah er ein ganz kleines Männlein auf das Feld kriechen. Es pflückte eine Gurke nach der anderen und fraß sie auf. Chōhei betrachtete das Männchen, und ihm wurde ganz unheimlich zumute. Es sah nicht wie ein erwachsener Mensch aus, sondern wie ein Kleinkind, es war ganz nackt und dunkelrot. Das kleine Scheusal fraß und fraß die dicken frischen Gurken.
Chōhei konnte es nicht mehr mit ansehen. Er vergaß seine Angst, sprang zu dem kleinen Scheusal und verprügelte es. Dann fesselte er es mit einem Seil und trug es nach Hause. Es

* japan.: Befreie diesen Menschen von seiner Qual und gib ihm ewige Ruhe.

war in der Tat kein Mensch, sondern ein Kobold, ein Kappa. Nun kamen alle Dorfbewohner zu Chōheis Haus, um den schreienden Kappa zu sehen. Einer schlug ihn aus Spaß mit einem Schöpflöffel, dabei spritzte etwas Wasser auf den Kopf des Kappas. Davon schien er auf einmal Kraft zu bekommen. Er riß sich mit einem Ruck los, so daß seine linke Hand liegen blieb, und verschwand unverwandt im Fluß, ohne sich noch einmal umzusehen.

Am nächsten Tag wollte Chōhei wieder zu seinem Gurkenfeld. Da sah er vor seiner Tür ganz kleinlaut jenen Kappa sitzen. Er weinte und flehte Chōhei an: »Entschuldige bitte tausendmal, daß ich deine Gurken gestohlen habe. Ich will es nie wieder tun. Aber gib mir bitte meine kleine linke Hand zurück. Die habe ich gestern bei dir gelassen.«

Der Kappa tat Chōhei leid. »Wenn du mir folgendes versprichst, gebe ich dir deine Hand zurück: Du hast doch manchmal Badende in die Tiefe des Wassers hinuntergezogen. Das tust du nicht wieder, verstanden?«

Als Kappa seine linke Hand zurückbekam, verbeugte er sich fröhlich vor Chōhei und verschwand. Am nächsten Morgen hingen frischgefangene Fische am Haken vor Chōheis Haus. Am folgenden Tag war es genauso und auch am darauffolgenden.

Für eine Zeitlang bekam Chōhei täglich frische Fische, bis der hölzerne Haken schließlich verfault war. Chōhei brachte statt dessen einen Eisenhaken an. Doch von diesem Tag an bekam er keine Fische mehr.

Der goldene Teekessel

In alter, alter und nochmals alter Zeit lebte ein alter Mann. Eines Tages traf er im Wald ein paar Kinder, die einen jungen Fuchs gefangen hatten und ihn quälten. Das tat dem Alten leid. Er bat die Kinder, den Fuchs loszulassen. Die Kinder aber

folgten ihm nicht. Deshalb gab er ihnen etwas Geld und kaufte ihnen den Fuchs ab. Dann ließ er den Fuchs in den Wald laufen.
Nach der Arbeit im Wald kam der Alte nach Hause. Als es dämmerte, machte er Feuer im Ofen. Plötzlich klopfte es an der Tür. »Wer ist denn da?« fragte er.
Er öffnete die Tür, da stand eine Frau vor ihm. Sie war die Fuchsmutter, deren Kind der Alte gerettet hatte. Die Frau sagte zu dem Alten: »Ich danke dir, daß du heute meinen Sohn gerettet hast. Dafür will ich dich gern belohnen. Ich lege mich jetzt in der Nähe an den Straßenrand und verwandle mich in einen goldenen Teekessel. Du kannst den Kessel holen und vor deine Tür stellen.«
Der Alte folgte den Worten der Frau und stellte den Teekessel vor seine Haustür. Bald kam ein Wanderer und erkundigte sich nach dem Preis des Teekessels. Der Alte sagte: »Nicht weniger als hundert Goldmünzen.«
Der Wanderer sagte zunächst: »Das ist mir zuviel.« Schließlich aber gab er dem Alten die hundert Goldmünzen. Der Alte gab dem Wanderer noch den Rat, daß der Priester im buddhistischen Tempel am Fuße des Berges bestimmt zweihundert Goldmünzen dafür geben würde.
Der Wanderer suchte darauf den Priester im Tempel auf und zeigte ihm den goldenen Teekessel. Der Priester fragte nach dem Preis und wollte zweihundert Goldmünzen dafür geben. Der Wanderer willigte freudig ein und ging. Der Priester rief einen Tempelknaben und befahl ihm, den Teekessel zu polieren. Der Junge stellte den Kessel auf den Brunnenrand und begann, ihn kräftig zu reiben. Da schrie der Teekessel: »Sanfter, mein Junge, sanfter! Du tust mir ja weh!«
Der Junge war völlig überrascht und eilte zu dem Priester, um es ihm zu erzählen. Der Priester wollte ihm nicht glauben. Als der Junge wieder an den Brunnen kam, war der goldene Teekessel verschwunden.
Das war meine kurze Geschichte. Sorede pochiri.

Die drei Amulette

Es war ein buddhistischer Tempel. Einmal schickte der Priester seinen Lehrling auf eine längere Reise. Als der Lehrling einen Paß entlang wanderte, begann es zu dämmern. Nirgends war ein Haus zu sehen. Der Lehrling verspürte Hunger, und in seiner Verlassenheit wollte er fast in Tränen ausbrechen. Auf einmal bemerkte er in der Ferne ein Licht von einem Haus. Er eilte dorthin und klopfte an die Tür. Eine weißhaarige Alte ließ ihn ein, und er durfte übernachten. Gleich nach dem Abendessen sollte er schlafen. Zuvor sagte die Alte mit einem durchdringenden Blick: »Du sollst auf keinen Fall in das Nachbarzimmer sehen. Hast du verstanden?«

Um Mitternacht erwachte der Lehrling auf einmal und erinnerte sich an die Worte der Alten. Er konnte nicht mehr einschlafen und vermochte seine Neugier nicht mehr zu beherrschen. So schaute er heimlich in das Nebenzimmer. Im Moment wurde er blaß und begann zu zittern, denn dort lagen lauter weiße Schädel und Knochen. ›Sie muß Onibaba, die Menschenfresserin sein‹, sagte er sich. ›Ich muß hier sofort weg, sonst werde ich von ihr gefressen.‹ Als er das Haus verlassen wollte, hörte ihn die Alte.

»Wohin willst du so spät in der Nacht?«

Der Lehrling erschrak und antwortete: »Ich will nur zum Abort.«

Die Alte blickte ihn fest an und sagte: »Was? Du zitterst ja, sicher hast du ins Nebenzimmer gesehen!« Dabei machte sie ein furchtbares Onibabagesicht. Sie band ihm ein Hanfseil um und ließ ihn so zum Abort gehen. Drinnen versuchte der Lehrling vergebens, sich von dem Seil loszumachen. Da schlug die Alte an die Aborttür und rief: »Bist du noch immer drin?«

Der Lehrling antwortete: »Ja, aber ich komme gleich!« Als er sich verwirrt an die Brust griff, spürte er dort die drei Amulette, die ihm der Priester vor der Reise gegeben hatte. »Wirf ein Amulett weg und bete, wenn du unterwegs in Gefahr gerätst!« hatte er gesagt. Der Lehrling versuchte es. Auf einmal war er von dem Seil befreit.

Währenddessen schlug die Onibaba mehrmals gegen die Tür. Schließlich zog sie das Seil mit einem Ruck an sich und fiel auf den Hintern. »Verdammt! Der ist weg!« rief sie zornig und verfolgte ihn. Unglaublich schnell lief die Onibaba dem Lehrling hinterher. Ihr weißes Haar wehte dabei wie ein Besen. Im Nu hatte sie ihn beinahe eingeholt. Da warf er ein zweites Amulett weg und rief: »Sandhügel, tauch auf!«

Sofort erhob sich ein riesengroßer Sandhügel vor der Onibaba. »Dieser verdammte Sandberg!« rief sie und schlug auf ihn ein. Der Hügel fiel in sich zusammen, und die Onibaba stieg mit Mühe durch den Sand. Unterdessen war der Lehrling weiter geflohen. Als er sich einmal umwandte, sah er mit Schrecken, daß die Onibaba über den Sandhügel gekommen war und geradewegs auf ihn zulief. »Du kannst mir doch nicht entkommen!« rief sie und zeigte ihm ihre riesigen Zähne.

Der Lehrling holte das dritte Amulett hervor, warf es weg und rief: »Ein breiter Fluß soll auftauchen!«

Auf der Stelle floß da ein mächtiger Fluß. Die Onibaba sprang gleich hinein, wurde in die Tiefe gerissen und ertrank fast. Der Lehrling freute sich und lief weiter. Aber da er schon so lange gelaufen war, kam er außer Atem und wurde langsamer. Keuchend wandte er sich um und wollte seinen Augen nicht trauen. Die Onibaba folgte ihm immer noch wie ein starker Wind.

»Was nun, da ich kein Amulett mehr habe«, sagte er sich verzweifelt und versteckte sich hinter einem Busch am Wegrand. Die Onibaba merkte es nicht. Sie fegte wie ein starker Wind an ihm vorbei und lief immer weiter, wobei sie rief: »Warte! Warte!«

Nun konnte der Priesterlehrling endlich aufatmen. Als er sich umschaute, war ringsum alles mit Kalmus und Beifuß bewachsen. Und dabei war es gerade der fünfte Mai, der Tag des Maifestes. Seitdem fertigen wir an diesem Tag Amulette aus Kalmus und Beifuß zum Schutz gegen Dämonen an.

Der Kuhhirt und die Yamanba

In dem Dorf Ushikata lebte einmal ein Kuhhirt namens Kosaburo. Eines Tages bei Frühlingsanfang belud Kosaburo seine Kuh mit getrockneten Heringen und verließ mit ihr das Dorf. Die Kuh aber ging nur sehr langsam. In diesem Jahr hatte der Winter sehr lange gedauert. Als Kosaburo einige Dörfer hinter sich gelassen hatte, begann es wieder zu schneien, und es wollte schon dämmern. Nirgends war ein Haus zu sehen. Kosaburo fühlte sich sehr einsam. Um so mehr versuchte er, sich zu beeilen. Plötzlich rief ihn eine Stimme von hinten an: »Oh e! Oh e!« Ihn schauderte es, und er wollte noch schneller gehen, aber die Kuh bewegte sich nach wie vor sehr träge. Die Stimme wurde lauter, und bald hatte sie ihn eingeholt. Als sich Kosaburo ängstlich umwandte, erblickte er ein Bergweib, eine Yamanba, mit wirrem weißem Haar und weit geöffnetem Mund. Sie hielt den Sattel der Kuh fest und rief: »Gib mir ein paar Heringe!«

Kosaburo zitterte am ganzen Leib. Er nahm ein paar Heringe aus dem großen Sack auf dem Rücken der Kuh und warf sie mit den Worten hin: »Hilf, hilf mir! Die Heringe sind dein.« Die Yamanba sammelte die Heringe auf, schluckte sie auf einmal hinunter und streckte ihm wieder die Hand entgegen: »Gib mir noch mehr Heringe!«

Kosaburo antwortete: »Ich gebe dir drei Säcke voll Heringe. Tu mir nichts Böses!« Er warf der Yamanba alle drei Säcke mit Heringen hin und eilte fort. Kurz vor einem Teich wurde er aber wieder von der Yamanba eingeholt. Dieses Mal verlangte sie von ihm mit drohender Stimme die Kuh. Kosaburo ließ ihr die Kuh, lief hinter einen Busch und versuchte blindlings zu fliehen.

Lange lief er weiter, bis er in der Ferne ein Licht bemerkte. Es kam aus einem einsamen Haus. Kosaburo atmete erleichtert auf und betrat das Haus. Es war aber niemand da, nur Feuer brannte im Ofen. Er horchte. Da näherten sich Schritte. Eilig versteckte er sich auf dem Dachboden und lauschte mit verhaltenem Atem. Da kam die Yamanba heim und sagte vor sich hin: »Viel habe ich heute gegessen, drei Säcke voll Heringe und eine große Kuh habe ich geschluckt. Nur Kosaburo ist mir entflohen. Das ärgert mich. Ich hätte ihn auch noch fressen können.«

Kosaburo fühlte sich jetzt mehr tot als lebendig. Die Yamanba hockte mit gekreuzten Beinen am Ofen und sagte vor sich hin: »Ob ich jetzt statt Kosaburo noch Reisklöße esse oder lieber schlafen gehe?«

Kosaburo spürte plötzlich Hunger und antwortete ganz unbewußt: »Reisklöße! Reisklöße!«

»Wer hat denn jetzt Reisklöße gesagt? War das nicht der Feuergott? Dann will ich ein paar Reisklöße rösten«, sagte die Yamanba und legte sie ins Feuer. Aber sie hatte schon so viel gegessen, daß sie ganz müde wurde und im Sitzen einschlief. Inzwischen waren die Reisklöße fertig geröstet und rochen sehr appetitlich. Kosaburo wollte sie gern essen. Er blickte sich um und entdeckte im Schilf des Daches einen Bambusstab. Den nahm er, spießte damit einen Reiskloß im Ofen auf und aß ihn. Danach holte er einen zweiten und einen dritten. Als er den fünften Reiskloß gegessen hatte, erwachte die Yamanba. Nachdem sie vergeblich nach den Reisklößen gesucht hatte, dachte sie schließlich, daß der Feuergott sie wohl aufgegessen habe. Dann sagte sie vor sich hin: »Nun will ich schlafen gehen. Wo soll ich schlafen, auf dem Dachboden oder im Kessel?«

Kosaburo antwortete: »Im Kessel! Im Kessel!«

Die Yamanba glaubte, daß es wieder die Stimme des Feuergottes gewesen sei. Sie stieg in den Kessel und schlief gleich ein. Kosaburo sagte sich, es sei nun höchste Zeit zu fliehen. Er stieg vom Dachboden herunter, während die Yamanba im Kessel schnarchte. ›Die Situation ist gut für mich‹, dachte er. Er holte einen großen Stein und setzte ihn auf den Deckel des Kessels. Davon erwachte die Yamanba und fragte mit schlaftrunkener Stimme: »Krächzt dort ein Vogel?«

Kosaburo hatte es nun eilig. Er nahm alles Brennholz, das er im Raum fand und schob es unter den Kessel. Im Nu loderte das Feuer hell auf, und der Kessel wurde heiß. Die Yamanba versuchte zwar, aus dem Kessel herauszukommen, aber der Stein auf dem Deckel war zu schwer. Am Ende war die Yamanba tot. Als Kosaburo schließlich den Deckel des Kessels hob, fand er darin eine riesengroße Bergspinne. Das wäre alles. Tochibare.

Die Frau, die nichts aß

Das ist eine alte Geschichte. Es war einmal ein Mann, der wünschte sich eine Frau, die nichts essen wollte. Eines Tages kam eine schöne Frau zu ihm und wollte seine Braut werden. Sie aß in der Tat nichts. Trotzdem aber wurde die Reiskiste bald leer. Der Mann wunderte sich und konnte es nicht verstehen. Deshalb sagte er zu seiner Frau: »Ich gehe heute ins Nachbardorf.« Er tat so, als ob er wegginge, in Wirklichkeit aber versteckte er sich unter dem Dach, um nach seiner Frau zu spähen. Die Frau atmete auf: »Endlich ist mein Mann weg.« Sie holte sich einen riesengroßen Topf, fachte ein kräftiges Feuer an und kochte eine große Menge Reis. Dann legte sie auf einen großen Teller einen Reiskloß nach dem anderen, jeder so groß wie der Kopf eines Säuglings, bis der Teller voll war.

›Was will sie nur mit so vielen Reisklößen?‹ fragte sich der Mann. »Jetzt fange ich an«, sagte sie und löste ihr Haar auf. Da war mitten auf dem Kopf ein riesengroßer Mund zu sehen, der sich gerade öffnete.

›Was macht sie jetzt?‹ Der Mann unter dem Dach hielt den Atem an. Die Frau nahm mit einer Hand einen Reiskloß und sang: »Eins über den Fluß.« Dann nahm sie mit der anderen Hand einen zweiten Reiskloß und sang: »Eins über den Berg.« So warf sie einen Reiskloß nach dem anderen in den riesigen Mund auf dem Kopf. Bald war kein einziger Kloß mehr auf dem Teller.

›Das ist ja ein Ungeheuer. Bald wird es auch mich fressen.‹ Der Mann zitterte am ganzen Leib.
Als es dunkel wurde, kam der Mann zu der Frau zurück und verhielt sich wie sonst. Die Frau aber merkte gleich etwas und fragte ihn: »Hast du etwa gesehen, wie ich gegessen habe?«
»Nein, keineswegs.«
»Doch, du mußt, du mußt es gesehen haben. Damit ist es aus zwischen uns!« Sie packte den Mann, steckte ihn in eine Holzwanne, setzte einen großen Deckel darauf und befestigte die Wanne mit einem Seil auf ihrem Rücken. »Ich will zurück in den Wald, um dich dort zu fressen«, sagte sie und machte sich auf den Weg. Sie ging über mehrere Berge, bis sie sich unter einem Baum niederließ, um auszuruhen. Der Mann nutzte die Gelegenheit und entfloh. Die Frau hatte es nicht bemerkt. Als sie die Wanne wieder aufnahm, sagte sie sich: ›Ich habe mich gut erholt, jetzt ist die Wanne nicht mehr so schwer.‹ Und sie ging weiter.
Der Mann eilte in eine andere Richtung und gelangte zu einem Tempel. Er ging hinein, erzählte dem Priester alles und bat ihn um Hilfe. »Gut, ich helfe dir«, sagte der Priester, »ich schreibe dir etwas auf den Rücken.« Der Priester schrieb ›Moosbewachsener Fels‹. Dann befahl er ihm, sich in eine Ecke des Tempelhofs zu hocken.
Unterdessen entdeckte die Frau, daß die Wanne leer war. Auf der Suche nach dem Mann kam sie zu dem Priester.
»Hier ist niemand außer mir«, sagte der Priester, »sieh selbst.« Die Frau fand niemanden im Tempel, nur den moosbewachsenen Fels. »Den sehe ich bei dir zum ersten Mal«, sagte sie. »Kümmere dich nicht darum, das ist ja nur ein Fels«, antwortete der Priester. Endlich verließ die Frau den Tempel.
Der Mann kehrte heim. Zu Hause rief er alle jungen Männer des Dorfes zu sich und bat sie um Hilfe. Sie machten Feuer und setzten sich darum. Die ganze Nacht über beschäftigten sie sich, indem sie Stroh klopften und Sandalen flochten.
Die Frau kam wieder zu dem Haus. Da aber viele Menschen

darin waren, wagte sie sich nicht ohne weiteres hinein. Sie verwandelte sich in eine Spinne und betrat so das Haus. Ein Junge bemerkte aber die Spinne und rief: »Seht, da ist eine Spinne. Wie sagt das Sprichwort? Man soll eine Nachtspinne töten, selbst wenn sie eine Verwandlung der Eltern wäre.«

So schlugen sie die Spinne tot.

Meine Geschichte, so bescheiden wie ein Stück Kartoffel, geht schon zu Ende. Korede koppori yama no imo.

Schenk mir eine goldene Kette, liebe Sonne!

Es war einmal eine arme Witwe, eine Tagelöhnerin, mit drei Kindern. Eines Tages war sie in einem Dorf damit beschäftigt, Reis zu dreschen. Es war schon dunkel, als sie die Arbeit beendete. Das Abendessen für die Arbeiter war schon vorbereitet, aber sie wollte nichts essen, sondern nahm nur drei Reisklößchen für die Kinder mit und machte sich auf den Heimweg. Nachdem sie ein gutes Stück gegangen war, wurde sie von hinten laut angerufen. Sie bekam Angst und antwortete nicht, sondern ging noch schneller. Bald wurde sie von einer Yamanba eingeholt und gefragt, was sie bei sich habe. Die Witwe antwortete, sie habe Reisklößchen für ihre Kinder. Da verlangte die Yamanba eins von ihr. Die Witwe lehnte das ab, weil die drei Reisklößchen für ihre Kinder bestimmt waren. Darauf raubte ihr das Scheusal ein Reisklößchen und verschluckte es, danach auch das zweite.

Als die Yamanba auch das dritte Reisklößchen nehmen wollte, bat die Witwe sehr darum, ihr dieses letzte für die Kinder zu lassen. »Meine Kinder haben noch kein Abendessen bekommen«, sagte sie flehend. Die Yamanba aber hörte nicht darauf und entriß ihr auch das letzte Reisklößchen. Am Ende verschluckte sie auch noch die arme Witwe. Danach verwandelte es sich in die Witwe, um auch die Kinder zu holen.

Als die Yamanba in der Gestalt der Witwe das Haus erreichte, freuten sich die Kinder sehr, und das Zauberweib ging hinein. Als die Kinder schliefen, fraß sie zunächst das kleinste Kind auf. Dann begann sie, das mittlere Kind zu fressen. Es zerbiß die Knochen und kaute so laut, daß das große Kind es hörte und fragte: »Mutter, was kaust du denn?«

Die Yamanba antwortete: »Ich kaue Bohnen.«

»Gib mir auch welche«, sagte das Kind.

Darauf die Yamanba: »Die sind nicht gut für ein Kind. Schlaf doch ein!«

Das Kind sagte weiter: »Du hast uns doch immer gleich welche gegeben, wenn wir dich darum gebeten haben. Was ist denn heute los mit dir?«

Die Yamanba antwortete: »Sei endlich still! Du bekommst das da.« Und damit gab sie ihm einen kleinen Finger.

Das Kind erschrak und fürchtete sich. »Mutter, ich muß mal raus«, sagte es. Die Unholdin band ein Seil um das Kind und ließ es gehen, ab und zu zog sie daran. Das Kind knüpfte das Seil heimlich auf, band es um einen Pfosten des Aborts und schlich weg. Wenn die Yamanba an dem Pfosten zog, spürte sie den Widerstand. So fraß sie in aller Ruhe das zweite Kind auf.

Das große Kind lief inzwischen davon. An einem Teich stieg es auf einen Ginkgobaum. Da es nicht zurückkam, ging die Yamanba schließlich hinaus zum Abort und fand dort niemanden. Sie suchte überall nach dem Kind, bis sie schließlich sein Spiegelbild im Wasser des Teiches erblickte. »Du Fuchs«, sagte sie und versuchte, es mit einem Sieb herauszuschöpfen. Aber das Kind blieb im Wasser. Die Yamanba versuchte es immer wieder. Aber vergeblich.

Das Kind auf dem Baum lachte und sang bei jedem Versuch der Yamanba: »Es läuft aus, es läuft wieder aus.«

Endlich entdeckte das Weib das Kind oben. »Du schlauer, betrügerischer Fuchs«, rief sie und verfolgte das Kind.

Das Kind stieg immer höher bis zum Wipfel des Baumes. Dann war es ganz ratlos. Es schaute zum Himmel und betete: »Liebe

Sonne, liebe Sonne, schenk mir eine goldene Kette.« Da fiel vom Himmel eine goldene Kette rasselnd herunter. Das Kind faßte sie und stieg hinauf.
Da bat die Yamanba: »Liebe Sonne, liebe Sonne, schenk mir auch eine Kette!«
Wieder fiel eine Kette vom Himmel herunter, und die Yamanba stieg daran hinauf. Aber plötzlich riß die Kette. Die Unholdin fiel herunter und war tot.

Der Halbdämon

Einmal lebten irgendwo ein Mann und seine Frau glücklich zusammen. Eines Abends tobte ein starker Taifun und raubte die Frau. Es war der Wind eines bösen Dämons. Der Mann lief über Felder und Berge und suchte seine Frau. Inzwischen gebar die Frau dem Dämon ein Kind. Sein Gesicht war halb Mensch und halb Dämon. Deshalb wurde es Halbdämon genannt. Als die Frau eines Tages webte, sagte der Halbdämon: »Da kommt ein menschlicher Onkel zu Besuch.«
Die Frau wunderte sich und sah ihren eigenen Mann kommen. Beide freuten sich sehr. Die Frau sagte aber gleich: »Wenn der Dämon zurückkommt, wird er dich töten. Versteck dich, versteck dich!« So versteckte sie den Mann.
Als der Dämon zurückkam, sagte er gleich: »Es riecht nach einem Menschen! Es riecht nach einem Menschen!« Die Frau antwortete: »Es kam tatsächlich ein Mensch. Wirst du ihn auffressen?« Da entgegnete der Dämon: »Nein, ich fresse ihn nicht. Hole ihn ruhig her.«
Die Frau brachte ihren Mann zum Dämon. Dieser begrüßte ihn herzlich und bewirtete ihn. Aber am nächsten Morgen sagte der Dämon: »Heute will ich mich mit dem Menschen im Seilflechten messen. Wenn ich gewinne, fresse ich ihn. Wenn ich verliere, darf er mich fressen.«
Bei dem Wettkampf saß der Halbdämon heimlich hinter dem

Mann und half ihm. Schließlich hatte der Mann ein längeres Seil geflochten als der Dämon. Da sagte der Dämon: »Du, friß mich auf.«

Der Mann antwortete: »Nein, das kann ich nicht.«

Am nächsten Tag wollte sich der Dämon wieder mit dem Mann messen, diesmal im Reisessen. »Wer weniger gegessen hat, wird von dem anderen gefressen«, sagte er. Der Halbdämon sollte den Reis servieren. Er holte zwei Schüsseln, eine mit wenig Reis für den Menschen und eine mit viel Reis für den Dämon. Dank dieser Hilfe konnte der Mann wieder gewinnen.

Am folgenden Tag sagte der Dämon: »Ich habe im Wald einen Riesentopf stehen, in dem ich die Menschen koche, um sie zu fressen. Wenn du dahin kommst, bist du auch dran.«

Der Halbdämon sagte darauf: »Ich hüte das Feuer.« Er grub das Feuer unter dem Topf aus und erstickte es mit Wasser. Darauf ging er nach Hause und verschloß alle Türen. Der Mann war unterdessen neugierig auf den Topf im Wald und wagte es schließlich, in den Wald zu gehen, bis er den Topf fand. Zu gleicher Zeit entdeckte ihn auch der Dämon, faßte ihn und steckte ihn in den Topf. Nun wollte der Dämon Feuer unter den Topf setzen. Aber der Halbdämon antwortete: »Es tut mir leid, heute weht Südostwind, und das Feuer ist ausgegangen.«

Der Dämon schimpfte und wollte Feuer aus dem Haus holen, aber alle Türen waren fest verriegelt. So lief er vor dem Haus auf und ab. Unterdessen flohen der Halbdämon, der Mann und die Frau und fuhren mit einem Schiff davon. Als der Dämon das merkte, ärgerte er sich sehr. Er rief alle Dämonen aus dem Wald zusammen und ließ sie das Wasser des Meeres austrinken. Da wurde das Schiff zurück an die Küste zu dem Dämon gezogen. Der Halbdämon sagte: »Zeigt ihnen den Hintern und schlagt darauf!«

So zeigten sie alle drei ihren Hintern und schlugen kräftig darauf. Die Dämonen brachen in Lachen aus und spuckten dabei

das Wasser wieder aus, so daß das Schiff zurückfahren konnte.
Endlich erreichten sie die Heimat, und beide dankten dem Halbdämon sehr. Aber plötzlich sagte dieser: »Später werde ich auch Menschen fressen wollen. Steckt mich deshalb lieber jetzt in diesen Krug und begrabt mich.«
»Nein!« lehnten der Mann und die Frau ab. Aber der Halbdämon bestand darauf, so daß sie nicht anders konnten, als das zu tun, was er verlangte. So gruben sie den Krug mit dem Halbdämon in die Erde ein. Als sie ihn, wie er gewünscht hatte, nach drei Jahren ausgruben, steckte der Krug voller Geld. Tobin parari no pū!

Die Dämonen-Schwester

Es war einmal eine glückliche Familie. Fürsorgliche Eltern, ein liebes Mädchen und ein kluger Junge lebten friedlich miteinander. Vor ihrem Haus floß ein Bach. Eines Tages wusch sich das Mädchen am Bach die Haare. Der Junge kam zufällig dazu und erschrak zutiefst, denn seine Schwester hatte auf dem Kopf einen Riesenmund. Zitternd berichtete er seinen Eltern, daß das Mädchen nicht seine Schwester, sondern ein furchtbarer Dämon sei. Die Eltern wollten ihm nicht glauben und lachten darüber. Als der Junge jedoch darauf bestand, wurden sie böse und verstießen ihn.
Jahre vergingen. Der Junge hatte fleißig gearbeitet und Geld gespart. Allmählich sehnte er sich nach seinen Eltern und kehrte heim. Das Haus sah verfallen aus. Auf der Veranda saß seine Schwester und spann Fäden. Im Augenblick dachte er, daß es unrecht war, die Schwester für einen Dämon zu halten. Er rief liebevoll: »Schwester!« und lief zu ihr.
Sie erschrak zunächst, lächelte aber gleich darauf und freute sich über seine Heimkehr. Als er nach den Eltern fragte, sagte sie: »Die beiden leben nicht mehr. Ich bin hier ganz allein und einsam.«

Der Junge entschuldigte sich für seine lange Abwesenheit. Die Schwester wollte gleich Essen für ihn bereiten. Sie brachte eine Trommel und bat ihn, sie inzwischen zu schlagen. So schlug der Junge die Trommel, don doko, don doko. Da kamen zwei kleine Mäuse herbei und flüsterten: »Geh gleich weg. Du hattest recht. Sie ist nicht deine Schwester, sondern ein Dämon. Er hat deine Schwester ermordet und sich in sie verwandelt. Wir sind deine Eltern. Auch uns hat sie gefressen. Jetzt wetzt sie am Fluß das Messer, um auch dich zu töten und zu fressen. Nun mach schnell und reiß aus! Wir schlagen inzwischen die Trommel mit unseren Schwänzen weiter.«
Der Junge erschrak sehr und lief sogleich davon. Unterdessen wetzte die Dämonen-Schwester tatsächlich das Messer. Auf einmal merkte sie, daß die Trommelschläge schwächer wurden. Sie wunderte sich, lief zum Haus und sah, daß die Mäuse die Trommel schlugen und der Junge verschwunden war. Zornig schüttelte sie den Kopf, da löste sich ihr Haar, und auf dem Kopf wurde ein großer Mund sichtbar. Sie rief »Halt, halt!« und eilte dem Jungen hinterher.
Er lief so schnell er konnte, aber bald holte sie ihn ein. Verzweifelt versteckte er sich in einem dicken Busch. Sie versuchte, ihn zu fassen, aber merkwürdigerweise wagte sie sich nicht zu nahe an den Busch heran. Immer wenn sie ihre langen Arme nach dem Jungen streckte, warf er Gräser und Blätter nach ihr, die er im Busch ausriß. Sie wurde immer schwächer, und er warf weiter Gräser nach ihr, bis ihr Körper zusammenfiel. So war der Junge gerettet.
Seitdem dienen Kalmus und Beifuß, die in jenem Busch wuchsen, als Amulett, um sich vor Dämonen zu schützen. Zum Maifest werden diese Pflanzen unters Vordach gehängt.

Die Fettsammlung

Es war einmal ein Faulenzer. Obwohl er jung war, pflegte er zu sagen: »Ach, wenn ich doch nicht arbeiten müßte, aber jeden Tag gut essen könnte.«

Eines Tages sah er in der Stadt einen Anschlag, auf dem geschrieben stand: »Gesucht werden Leute, die nichts tun und trotzdem gut essen wollen.« Der Faulenzer freute sich darüber. Er erkundigte sich, wie er dorthin käme und machte sich sogleich auf den Weg. Er kam zu einem Haus mit einem großen Tor und einem schwarzen Zaun. Als er sich meldete, wurde er hereingeführt. Zunächst dachte der Faule, daß dies das Haus eines Arztes sei. Aber es gab keinen einzigen Kranken. Tatsächlich lagen überall faulenzende Leute herum. Was auf dem Anschlag stand, stimmte also.

Dem Faulen war es seltsam zumute, aber er verbrachte viele Tage lang hier mit Nichtstun und genoß viele Leckerbissen. Als er an einem Vollmondabend in Gedanken durch die Hintertür hinausging, entdeckte er in einem Zedernwäldchen ein großes Gebäude. Leise ging er näher und schaute heimlich hinein. Da sah er viele dicke Menschen kopfüber hängen. Sie brieten über einem Kohlenfeuer. Schweiß und Fett rannen aus den Körpern. Das herabtropfende Fett wurde in einem Gefäß aufgefangen. Jetzt verstand der Faule: ›Nur schnell fort von hier, sonst werde ich wie die anderen aufgehangen und gebraten!‹

Sogleich lief er davon. Die Leute des Hauses verfolgten ihn zwar, aber er konnte gerade noch entkommen und sein Haus erreichen. Nicht arbeiten und doch essen – so ein Leben gibt es nicht.

Die Riesenkatze

Es war einmal ein Samurai auf Wanderschaft. Als er in der Dämmerung einen verschlungenen Weg ging, fand er nirgends ein Haus. Er schaute sich vergebens nach einem Nachtquartier

um und lief immer schneller. Auf einmal hatte er fünf oder sechs große miauende Katzen hinter sich. Der Samurai bekam Angst und kletterte auf einen Baum. Da stiegen die Katzen eine auf die andere, um an ihn heranzukommen. Der Samurai zog sein Schwert und schwang es in der Luft. Da sagte die oberste Katze: »Wir schaffen es nicht allein, ihn zu töten. Holen wir die Großmutter in Yamadaya.«
Damit verschwanden sie. Der Samurai verstand nicht, was das bedeutete. Da erschien eine Riesenkatze mit den anderen. Sie stieg auf die anderen Katzen und langte mit den Pfoten nach ihm. Im Augenblick schwang der Samurai blindlings sein Schwert und hieb der Katze eine Vorderpfote ab. Sie schrie mit heiserer Stimme auf, und im Nu verschwanden alle Katzen.
Als es unten still geworden war, stieg der Samurai herab. Nun sah er in der Nähe ein Licht und ging sogleich darauf zu. Er bat um ein Nachtquartier, aber die Leute sagten: »Tut uns leid, wir haben keine Zeit für dich, unsere Großmutter hat sich verletzt. Frag doch bei anderen Leuten.«
Nachdem der Samurai seine Bitte mehrmals wiederholt hatte, durfte er schließlich doch bleiben. Er fragte: »Wie hat sich eure Großmutter denn verletzt?«
Die Leute antworteten: »Sie ist im Abort umgefallen und dabei direkt auf eine Sichel gestürzt. So hat sie sich schwer verletzt.«
Dem Samurai wurde auf einmal alles klar, und er fragte: »Wie ist der Name eures Hauses?«
»Es ist Yamada«, erklärten sie.
›Richtig getroffen‹, dachte er und fragte weiter: »Hat sich eure Großmutter in letzter Zeit nicht verändert?«
Da antworteten die Leute: »Oh, doch! Früher mochte sie keinen Fisch. Jetzt ist Fisch ihr Lieblingsessen. Sie beugt sich auf den Teller und ißt den Fisch bis auf die Gräten wie ein Tier.«
Um Mitternacht spähte der Samurai heimlich durch ein Papierloch in das Zimmer der Großmutter. Sie hatte einen Spiegel vor sich und schaute hinein. In dem Spiegel aber war ein Katzenge-

sicht zu sehen. Auf der Stelle tötete der Samurai die Katze. Als er dann den Fußboden aufmachte, fand er den Schädel und die Knochen der Großmutter. Die Katze hatte sie getötet und sich dann in sie verwandelt.

Die Rache der Katze

Es war einmal ein Reeder, der besaß eine Katze. Ab und zu fand bei ihm ein Schiffer Unterkunft. In der letzten Zeit war im Speiseschrank des Reeders mehrmals das Essen verschwunden. Niemand wußte, wer es gestohlen hatte. Der Schiffer entdeckte zufällig die Katze beim Fressen. Da sagte er zu dem Reeder: »Eure Katze war es, die aus dem Speiseschrank etwas gestohlen hat.« Die Katze lag zusammengerollt vor dem Ofen, miaute einmal und schlich weg. Seitdem blieb sie verschwunden.
Eines Tages kam ein Mädchen zu dem Reeder und verdingte sich bei ihm als Magd. Als der Schiffer das nächste Mal kam und sie bemerkte, sagte er: »Ein hübsches Kind habt ihr hier.«
»Sie ist unsere neue Magd«, wurde ihm geantwortet.
Am nächsten Morgen räumte das Mädchen alle Zimmer des Hauses auf. Als der Schiffer aufstand und sich waschen wollte, sah er zufällig, wie sich die Magd das Gesicht wusch. Sie tat das mit den gleichen Bewegungen wie eine Katze. Darauf ging er zu dem Reeder und sagte: »Das ist kein Mädchen, sondern eure alte Katze.«
Die Leute aber wußten, daß man eine Katze in Menschengestalt umbringen muß. Die neue Magd wurde heimlich getötet und in einer Ecke des Hofes begraben. Nach einer Weile keimte dort eine junge Pflanze und wurde immer größer. Sie trug bald große Kürbisse. Man versuchte, die Kürbispflanze herauszuziehen. Da entdeckte man, daß ihre Wurzeln aus der Leiche der Katze kamen. Die Pflanze wurde herausgerissen, und alle Kürbisse wurden ins Meer geworfen. Ein Krokodil versuchte, einen Kürbis zu verschlingen. Da wurde das Meer auf einmal

stürmisch. Das Krokodil wurde tot ans Ufer getrieben und hielt den Kürbis noch im Maul.
Die Leute versammelten sich um das Krokodil und steckten ihm eine Stange zwischen die Zähne. Auch der Schiffer war dabei und wollte in das Maul sehen. In diesem Augenblick rutschte die Stange weg, die Zähne klappten zusammen, und der Schiffer wurde totgebissen. Das war die Rache der Katze. Ton.

Die Vernichtung des Pavians

Es war einmal ein Jäger, den man Lieber Gonta nannte. Der konnte auf einmal so viele Reisklöße essen, wie man aus einem Shō Reis bereitet. Danach aß er sieben bis zehn Tage nichts. Ein Dorf wurde schon lange von einem höllischen Ungeheuer heimgesucht, das als Opfer junge Frauen verlangte, die es auffraß. Der Fürst bat den Lieben Gonta, das Ungeheuer zu vernichten. Darauf aß der Liebe Gonta ein Shō Reisklöße, nahm sein Gewehr und ging zum Bergtempel. Dort setzte er sich auf die Astgabel eines großen Baumes und wartete.
Die Dorfbewohner kamen mit einem weißen Kasten, in dem eine junge Frau lag, stellten ihn vor den Tempel und verschwanden. Gegen Mitternacht hörte der Liebe Gonta das Ungeheuer herankommen und beobachtete, wie es gutgelaunt um den Kasten herumtanzte. Als es den Kasten öffnen wollte, schoß der Liebe Gonta auf das Ungeheuer, das sofort verschwand.
Der Liebe Gonta blieb auf seinem Baum, bis es tagte. Als die Dorfbewohner zurückkamen, sagten sie zueinander: »Der Jäger wird wohl tot sein.« Doch dann fanden sie den Lieben Gonta schlafend auf der Astgabel des Baumes und unweit davon lag das tote Ungeheuer. Es war ein uralter Pavian mit einem dicken Fell. Der Liebe Gonta wurde für seine Tat vom Fürsten reichlich belohnt.

Raikō besiegt die Dämonen

Auf dem Berg Ohe lebte einmal ein Dämon namens Shuten dōji. Nachts kam er in Begleitung anderer Dämonen in die Stadt, raubte aus den Häusern Schätze und Geld und entführte sogar die Töchter der angesehenen Familien. Der damalige Kaiser war ratlos, was er dagegen unternehmen sollte. Schließlich schickte er den tapferen Samurai Minamoto-no Raikō, um die Dämonen zu verjagen.

Raikō nahm einige starke Samurais mit und ging in den Wald. Mitten im Wald begegneten sie einer jungen Frau, die Wäsche wusch. Die erklärte ihnen: »Die Dämonen hausen in der Höhle da hinten. Auch viele junge Mädchen sind dort eingesperrt. Die Dämonen trinken tagsüber Sake und gehen erst nachts weg. Wir haben alle schreckliche Angst vor ihnen. Aber wenn wir fliehen würden, würden sie uns bestimmt verfolgen und töten. Die Dämonen würden mich grausam mißhandeln, wenn sie merkten, daß ich euch ihre Höhle zeige. Deshalb folgt nur den Tropfen meiner Wäsche. Ihr werdet sie schon finden.«

So folgten sie den Tropfen der Wäsche und fanden die Höhle der Dämonen. Raikō und seine Samurais verkleideten sich als Frauen und meldeten sich bei den Dämonen: »Wir haben uns im Wald verirrt und bitten euch um ein Nachtlager. Sake haben wir genug mit.«

Die Dämonen mochten Sake sehr, deshalb erlaubten sie den Fremden zu übernachten. Am Abend setzten sie sich im Kreis zusammen und tranken tüchtig. Auch die Frauen saßen dabei und schenkten den Dämonen immer wieder ein. Schließlich schliefen die betrunkenen Dämonen ein. Da zogen Raikō und seine Samurais die Frauengewänder aus und legten ihre Rüstungen an. Raikō setzte sogar einen achtschichtigen Helm auf, dann schlug er mit dem Schwert auf das Haupt des bösen Shuten dōji ein. Der machte ein furchtbares Gesicht. Der Kopf flog in die Luft und fiel gerade auf den Helm des

Raikō. Seine scharfen Zähne bissen durch sieben Schichten des achtschichtigen Helmes, dann fiel er plötzlich herunter. Raikō und seine Samurais überwältigten alle Dämonen und befreiten die jungen Mädchen. So kommt meine Geschichte zu Ende.

Gespenster im Bergtempel

Es war einmal ein buddhistischer Bergtempel, der von Gespenstern heimgesucht wurde. Jede Nacht herrschte dort mächtiger Lärm, so daß man sich fürchtete, in die Nähe des Tempels zu kommen. In dem Dorf lebte ein trotziger junger Mann, der sagte eines Tages: »Ich will den Tempel von den Gespenstern befreien.« So stieg er zum Tempel hinauf. Als es dunkel wurde, breitete er in dem Haupttempel eine Binsenmatte aus und legte sich hin. Um Mitternacht hörte er unter dem Hauptpfeiler etwas rauschen. ›Endlich kommt es!‹ dachte der junge Mann und versuchte, die Erscheinung zu erkennen. Es war das Gespenst des Regenmantels aus Stroh. »Donnerwetter!« rief der junge Mann entsetzt.

Wieder hörte er ein Sausen. Dieses Mal tauchte das Gespenst des Strohhuts auf. Danach kamen das Gespenst der großen Truhe, das der läutenden Glocke, das der schlagenden Trommel und das der Handtrommel eines nach dem anderen unter dem Hauptpfeiler hervor. Eine Stimme rief: »Tanzt und amüsiert euch!« Da bildeten der Regenmantel aus Stroh, der Strohhut, die große Truhe, die Glocke, die Trommel und die Handtrommel einen Kreis und begannen zu tanzen. Dabei sangen sie: »Wir sind der alte Regenmantel aus Stroh, der alte Strohhut, die alte Truhe, die alte Trommel und die alte Handtrommel. Laßt uns tüchtig Krach machen!«

Der junge Mann wurde allmählich heiter. Er wollte auch mittanzen. So nahm er seine Binsenmatte auf den Kopf und begann ebenfalls zu tanzen. Bald wurde er von den Gespenstern bemerkt, und sie fragten ihn: »Ein fremdes Tierchen tanzt, wer bist du eigentlich?«

Der junge Mann antwortete: »Ich bin das Gespenst der alten Binsenmatte!«

Darüber freuten sich die anderen Gespenster sehr. »Also, dann mach mit!« Sie sangen wieder: »Wir sind der alte Regenmantel aus Stroh, der alte Strohhut, die alte Truhe, die alte Glocke, die alte Trommel, die alte Handtrommel und auch das Gespenst der alten Binsenmatte. Laßt uns tüchtig Krach machen!«

Während sie fröhlich sangen und tanzten, wurde es allmählich hell. Sie sagten: »Wir müssen schon aufhören und schlafen gehen.«

Einer nach dem anderen verschwanden sie hinter dem Hauptpfeiler. Der junge Mann war vom Tanzen sehr müde und schlief sofort ein. Inzwischen kamen die Dorfleute zu dem Tempel und suchten den jungen Mann. Als sie ihn schlafend fanden, glaubten sie zunächst, daß er tot sei. Er erzählte ihnen dann, was er in der Nacht erlebt hatte. Darauf gruben sie unter dem Hauptpfeiler und fanden dort den alten Regenmantel aus Stroh, den alten Strohhut, die alte Truhe, die alte Glocke, die alte Trommel und die alte Handtrommel. Der alte Regenmantel war ein Tarnmantel, der alte Strohhut war ein Tarnhut. Die alte Truhe war voll Gold und Silber.

Auch ein Schatz bekommt am Ende eine Seele, wenn er allzulange verborgen bleibt und wird zu einem Gespenst – so heißt es.

Der Brückenbauer und Oniroku

Durch einen Ort floß ein breiter reißender Fluß. Schon mehrmals hatte man versucht, ihn zu überbrücken, aber alle Brükken waren wieder weggeschwemmt worden. Die Dorfbewohner waren ratlos. Schließlich beschlossen sie, es noch einmal zu versuchen. Sie bestellten einen fähigen Brückenbauer. Der

Mann übernahm zwar den Auftrag, aber im Inneren hatte er Angst. Er ging zu der Stelle auf dem Damm, wo die Brücke gebaut werden sollte. Der Fluß hatte gerade dort eine Untiefe. Der Brückenbauer hockte sich hin und schaute auf das schäumende Wasser. Plötzlich tauchte aus einer Welle ein dicker Dämon auf. »Du berühmtester Brückenbauer dieser Gegend, woran denkst du?« fragte er.

»Ich soll hier eine Brücke bauen und überlege gerade, wie ich das anstellen soll.«

Der Dämon: »Du bist zwar ein fähiger Brückenbauer, aber es wird dir nie gelingen, diesen Fluß hier zu überbrücken. Doch wenn du bereit bist, mir deine Augen zu geben, will ich dir die Brücke bauen.«

Der Brückenbauer: »Wie du meinst.« Damit verabschiedete er sich von dem Dämon und ging heim.

Als der Brückenbauer am nächsten Tag an den Fluß kam, war die Brücke halb fertig. Und einen Tag später stand schon die fertige Brücke da. Der Brückenbauer wollte seinen Augen nicht trauen und blieb tief überrascht stehen. Da tauchte der Dämon wieder auf und verlangte die Augen.

»Warte«, sagte der Brückenbauer und lief blindlings in den Wald. Er ging ziellos umher, als er in der Ferne Kinder singen hörte: »Ach wie gut wäre es, wenn uns Oniroku die Augen brächte!«

Der Brückenbauer faßte sich wieder und kehrte heim. Als er am nächsten Tag zum Fluß kam, erschien der Dämon wieder und wollte sofort die Augen haben. Der Brückenbauer bat, ihm noch etwas Zeit zu lassen. Da sagte der Dämon: »Wenn du meinen richtigen Namen nennen kannst, will ich verzichten, und du sollst deine Augen behalten.«

Dem Brückenbauer fiel ein Stein vom Herzen. Er ging auf den Vorschlag des Dämon ein und nannte absichtlich zunächst den erstbesten Namen. Der Dämon freute sich und sagte: »Nein! Es ist auch fast unmöglich, den richtigen Namen eines Dämonen zu wissen.«

Der Brückenbauer sagte wieder absichtlich einen falschen Namen.
»Nein!« rief der Dämon.
Schließlich sprach der Brückenbauer mit lauter Stimme: »Oniroku!«
Im selben Augenblick war der Dämon verschwunden.

Bonze, der Fuchs von der Fukudaheide

Vor langer, langer Zeit gab es eine Heide voll üppiger Stielblüten. Sie hieß Fukudaheide. Dort hauste ein schelmischer Fuchs, den man Bonze nannte. Allen Wanderern, die diese Wiese betraten, schor er die Haare ab, bis sie kahlköpfig waren. Schließlich traute sich niemand mehr in die Nähe der Wiese.
Eines Tages kam ein junger Mann aus der Stadt, der sprach sehr großartig: »Das kann doch nicht wahr sein, daß ein Fuchs die Menschen behext. Ich werde es euch beweisen. Ich fange ihn, brate ihn und esse ihn mit Salz bestreut.«
Stolz betrat er die Fukudaheide, setzte sich in die Mitte und wartete. Da kam ein schöner großer Fuchs, der spitzte die Ohren und schnüffelte herum. Dann wusch er sich im vorbeifließenden Bach dreimal das Gesicht und schlug drei Purzelbäume. Auf einmal stand da eine hübsche junge Frau, die sich im Wasser spiegelte und das Haar kämmte. Der junge Mann sagte leise vor sich hin: ›Das ist also der berühmte Fuchs Bonze. Niemand kann sich wohl vorstellen, daß eine hübsche Frau in Wirklichkeit ein Fuchs ist. Aber ich, ich habe es gesehen! Die Frau ist niemand anderes als der Fuchs.‹
Er folgte heimlich der davongehenden Frau. Sie schaute zwar ab und zu zurück, schien ihn aber nicht zu bemerken. Sie glitt durch das hohe Gras, nahm eine zerrissene Strohsandale vom Boden auf, drückte sie an die Brust und schlug dreimal einen Purzelbaum. Auf einmal hielt sie statt der Strohsandale einen lachenden Säugling an der Brust.

›Donnerwetter! Die zerrissene Strohsandale verwandelt sich in so ein süßes Kind. Sieh an, was der Fuchs Bonze alles vermag! Aber mir kann er nichts anhaben, ich habe alles genau gesehen. Die junge Frau ist nichts anderes als ein Fuchs und der Säugling eine Strohsandale.‹

Der junge Mann folgte der jungen Frau weiter durch das Pampagras. Da hob sie ein Stück von einem Seil vom Boden auf, hielt es in der rechten Hand und schwang es dreimal herum. Im Nu war daraus ein Tragtuch geworden. Die junge Frau setzte das Kind hinein und nahm es auf den Rücken. Sie lächelte das Kind an und schaukelte es leise. Das Kind lachte fröhlich. So ging sie weiter, bis sie auf dem Boden einen halbverfaulten Strohmantel fand. Sie legte den Strohmantel auf das Kind und klopfte ihm dreimal leise auf den Hintern. Da verwandelte er sich in einen hübschen Tragemantel.

Der junge Mann war etwas verwirrt: ›Träume ich? Nein, mich kannst du nicht behexen, ich habe ja alles gesehen. Die junge Frau ist der Fuchs, das Kind ist eine Strohsandale, das Tragtuch ein Stück von einem Seil und der schöne Tragmantel ein verfaulter Strohmantel.‹

Er murmelte vor sich hin und folgte dem Mädchen weiter. Die scharfen Gräser schnitten ihn in die Füße. Die junge Frau aber schien unverletzbar und glitt mühelos durch das Gras. So wanderten sie lange durch die Fukudaheide.

Als das Gras aufhörte, stand da ein Haus, vor dem das Mädchen rief: »Guten Tag, Mutter! Ich bin's. Ich komme zurück.«

Darauf wurde die Tür geöffnet und eine ältere Frau kam heraus.

»Endlich bist du da. Herzlich willkommen in deinem alten Zuhause.« Die beiden Frauen verschwanden im Haus.

Als der junge Mann durch ein Loch hineinschaute, sah er den Vater, die Mutter und die Fuchsfrau gemütlich um den Ofen sitzen und Tee trinken. Die Eltern nahmen abwechselnd das Kind und liebkosten es. Er empfand Mitleid mit ihnen. ›Wie

kann ich ihnen nur die Wahrheit sagen?‹ fragte er sich. Da kam die Mutter aus dem Haus. Der junge Mann eilte zu ihr und sagte: »Weißt du nicht, daß eure Tochter da drin nur ein Fuchs ist und das Kind eine Strohsandale? Ich habe auf der Fukudaheide selbst gesehen, wie der Fuchs sich verwandelte.«
»O weh, o weh!« heulte die Mutter plötzlich mit lauter Stimme.
Der Vater erschien: »Was ist los mit dir?«
Die Mutter klagte laut: »Der Kerl da behauptet, daß unsere Tochter ein Fuchs ist und unser Enkelkind eine Strohsandale. O weh, o weh!«
Der Vater packte den jungen Mann und verprügelte ihn tüchtig, während die neugierige Nachbarin dazukam und heftig mit auf ihn einschrie. Mutter und Tochter weinten immer lauter, das Kind begann ebenfalls zu schreien.
Da kam der Bonze des Dorfes und fragte, ob jemand im Haus gestorben sei. Der Vater erklärte ihm, was der junge Mann behauptet hatte. Der Bonze schaute ihn an und runzelte die Stirn. »Soweit ich verstehe, hast du die Leute hier sehr gekränkt. Wenn es dir leid tut, will ich versuchen, dich mit ihnen zu versöhnen.«
Der junge Mann hatte eigentlich keinen Grund, sich zu entschuldigen. Da er aber das Heulen und Schreien schon nicht mehr hören konnte, entschuldigte er sich kurz. Sie besprachen sich leise im Kreis, und der Bonze wandte sich wieder an den jungen Mann. »Sie werden deine Entschuldigung annehmen, wenn du dir die Haare scheren läßt. Das ist nicht allzuviel von dir verlangt, da du ihnen ja Böses nachgesagt hast.«
Kaum daß der junge Mann nickte, wurde ein Waschbecken mit Wasser und ein Rasiermesser gebracht, und ehe er sich's versah, wurden ihm die Haare vom Kopf rasiert. Der Bonze tröstete ihn: »Du bist noch jung. Deine Haare werden bald wieder wachsen. Du kannst heute bei mir im Tempel übernachten. Sicher bist du schon müde.«
Das stimmte. Der junge Mann folgte dem Bonzen in den Tem-

pel. Der Bonze bereitete ihm das Schlaflager und sagte noch ein paar tröstende Worte. Dann legte sich der junge Mann hin und schlief gleich ein. Als er erwachte, fröstelte ihn. Er öffnete die Augen und sah über sich den Sternenhimmel. Weder ein Tempel noch ein Schlaflager waren da. Er lag allein im hohen Gras der Fukudaheide. Als er rasch nach seinem Kopf tastete, fühlte er, daß er kahl war.
Wohin mag er dann gegangen sein? Es ist schon lange her.
Eine Weihe fliegt schnell davon. Sauerampfer bleibt nur einen Augenblick frisch. So geht auch meine Geschichte rasch zu Ende.

Der Fuchs im Koanji-Tempel

Es war vor langer, langer Zeit ein Fuchs, der sich in einen Jungen verwandelt hatte und in den Koanji-Tempel im Dorf Kiso fukushima ging. Er stand weinend vor dem Tempeltor, als der Priester von einem Besuch in der Gemeinde zurückkehrte. »Mein Vater war Holzfäller in den Kisobergen und wurde von einem fallenden Baum erschlagen«, klagte der Junge. »Meine Mutter arbeitete danach als Köchin für die Bergleute. Nun ist auch sie gestorben. Ich bin unterwegs zu dem Dorf, aus dem mein Vater stammte. Aber ich habe mein Geld verloren.«
Dem Priester tat er leid. Zwar erkannte er im ersten Augenblick, daß der Junge ein Fuchs war, aber er nahm ihn doch als Gehilfen bei sich auf. Der Junge, der sich Zei'an nannte, bediente den Priester fleißig und lernte viel bei ihm.
Inzwischen waren sieben Jahre vergangen. In dieser Zeit hatte sich der Junge manchmal in einen Fuchs verwandelt, was aber niemand außer dem Priester bemerkte. Eines Tages schickte der Priester seinen Gehilfen als Boten zu dem Ankokuji-Tempel in der Provinz Hida. Vor der Abreise rief der Priester den jungen Mann zu sich und sagte: »Paß auf dich auf, es ist ein langer Weg von hier bis nach Hida. Vermeide es, in die Nähe

von Hellsehern und von Jägern zu kommen. Sie sind deine Feinde.«

Zei'an verließ noch vor der Morgendämmerung den Tempel und wanderte an diesem Tag neun Ri durch das Gebirge. Am Abend erreichte er das Dorf Hiwada. Als er an einem Bauernhaus um ein Nachtquartier bat, riet man ihm, lieber zum Haus des reichen Harasuke zu gehen. Harasuke war der größte Pferdehändler in der Gegend. Als der junge Mann zu ihm kam, saß Harasuke am Ofen und putzte sein Gewehr. Er empfing den wandernden Priester freundlich und erlaubte ihm zu übernachten. Als er sein Gewehr geputzt hatte, brachte er es zur Probe in Anschlag. Da sah er plötzlich durch das Gewehr auf der anderen Seite des Ofens einen großen Fuchs. Überrascht blickte er noch einmal mit beiden Augen hin und sah niemanden anders als einen Mönch. Als er noch einmal durch das Gewehr hinsah, war es ohne Zweifel ein dicker Fuchs. Da schoß Harasuke, und der Fuchs fiel tot um. Als sich Harasuke ihm näherte, war es in der Tat ein junger Mönch.

Der verstorbene Mönch hatte ein Lackkästchen vom Koanji-Tempel mit einem Brief bei sich. Deshalb wurde eilends der Priester des Tempels benachrichtigt. Der Priester weinte sehr vor dem toten Mönch: »Ich wußte ja schon, daß du ein Fuchs warst. Aber weil du so fleißig lerntest, habe ich dir vertraut.«

Kurz darauf wurde das Dorf Hiwada von einer schlimmen Seuche heimgesucht. Einer nach dem anderen starb. Die Dorfbewohner kamen zusammen und berieten miteinander. Schließlich gingen sie zu dem Priester des Koanji-Tempels, um ein richtiges Begräbnis für den Fuchs auszurichten. Danach hörte die Seuche auf. Die Bewohner von Hiwada gehörten seitdem zur Gemeinde des Koanji-Tempels.

Der Dachs vom Bergpaß der Abenddämmerung

Es war irgendwo ein steiler Bergpaß. Wenn ein Wanderer den Berggipfel überqueren wollte, schaffte er es nicht bei Tageslicht. Deshalb nannte man diesen Weg den Bergpaß der Abenddämmerung. Auf dem abendlichen Bergpaß war es unheimlich: Nebel stieg vom Tal auf, Sturm tobte, und die Bambusblätter rauschten mächtig, als ob der ganze Berg wie ein Lebewesen heulte. Jedem Wanderer machte das Angst.

Eines Tages wollten zwei Wanderer über den Gipfel gehen, und es war schon dunkel. Der Berg war plötzlich in Nebel gehüllt, und der Sturm tobte: W – o – o – n za za za, w – o – o n za za za! Die beiden Wanderer machten sich gegenseitig Mut und gingen vorsichtig auf dem dunklen Bergpaß weiter. Da rannte irgendwer hinter ihnen her und rief: »Tragt mich! Tragt mich!«

Der Vorhergehende sagte zu dem anderen: »Es kommt wohl noch jemand nach uns.«

Der Hintere antwortete: »Auch ich würde mich lieber von jemandem tragen lassen in dieser Dunkelheit.«

In diesem Augenblick spürte er etwas Schweres auf seinen Schultern, das ihn am Kopf nagte. »Au weh! Hilfe! Au weh!«

Der Vorangehende war ganz erstaunt und fragte: »Was ist denn? Du, wo bist du denn?«

Der Hintere: »Laß mich nur und geh weiter. Au weh!«

Das waren seine letzten Worte. Der Vorangehende konnte in dem dicken Nebel weder seinem Freund helfen, noch wußte er, wie er weitergehen sollte. Er taumelte lange umher, als er schon todmüde und von schrecklichem Durst geplagt in dem dichten Nebel ein Dorf wahrnahm und gleich hinfiel. Am nächsten Morgen retteten die Dorfbewohner den Wanderer. Als sie von ihm erfuhren, was am Abend zuvor passiert war, suchten sie nach seinem Freund und fanden auf dem Berg eine grausam verunstaltete Leiche. Der Kopf war angefressen und der Mund bis zu den Ohren aufgerissen. Seitdem wagte sich

niemand mehr über den Bergpaß der Abenddämmerung zu gehen.
Die Dorfbewohner wollten den Bergpaß gern von dem Ungeheuer befreien, aber keiner wußte, wie. In dem Dorf lebte seit einiger Zeit ein junger Mann, der noch keine Arbeit gefunden hatte und die Tage mit Faulenzen verbrachte. Er machte den Leuten einen Vorschlag: »Ich will das Ungeheuer vernichten, wenn ihr mich in eurer Dorfgemeinschaft anerkennt und mir soviel Sake gebt, wie ich will.«
Die Dorfbewohner freuten sich und versprachen es ihm. Der junge Mann verlangte danach einen eisernen Kochtopf mit Henkel, ein scharfes Rasiermesser und ein Tragseil. Als er diese Dinge bekommen hatte, sagte er: »Nun will ich mich auf den Weg machen. Wartet auf mich in der Abenddämmerung am Fuß des Berges und macht dort ein großes Feuer aus drei Säcken Holzkohle. Ich bringe euch ganz gewiß das Ungeheuer.«
Damit stieg er den Berg hinauf. Als er kurz vor dem Gipfel war, wurde es langsam dunkel. Plötzlich wandte sich der junge Mann um. Er setzte den eisernen Kochtopf wie einen Helm auf den Kopf, indem er den Henkel unter dem Kinn festklemmte. Das Rasiermesser nahm er mit dem Griff in den Mund, so, daß die Klinge nach außen zeigte. In diesem Augenblick begann der Sturm auf dem Berg zu heulen: W – o – o – n za za za, w – o – o – n za za za. Der junge Mann rief mutig in den Sturm: »Was bedeutet denn das Geräusch? Heult da der Himmel oder die Erde?«
Nun schien der ganze Berg zu beben, und der Nebel wurde immer dichter. Da hörte er eine Stimme von ferne näherkommen: »Trag mich auf dem Rücken! Trag mich auf dem Rükken!« Als sich der junge Mann umwenden wollte, sprang ihm etwas auf die Schultern und begann sogleich, an seinem Kopf zu nagen. Es war aber nicht der Kopf, sondern der eiserne Kochtopf. Selbst die scharfen Zähne des Ungeheuers konnten ihm nichts anhaben.

Das Ungeheuer stöhnte: »Du hast einen schmackhaften Kopf, aber er ist so hart wie Stein.«
Der junge Mann antwortete: »Ja, ja, der Kopf eines jungen Mannes ist so hart wie Eisen.«
Das Ungeheuer: »Aha, deshalb sind meine Zähne abgebrochen.«
Der junge Mann: »Du willst von mir auf dem Rücken getragen werden. Gut, ich binde dich fest.« Damit band er das Ungeheuer mit dem Tragseil fest.
Das Ungeheuer: »Halt das Maul!« Damit wollte es ihm die Finger in den Mund stecken und ihn zerreißen. Das Ungeheuer stöhnte wieder: »Dein Mund sollte weich sein, aber tatsächlich ist er beißend scharf.«
Der junge Mann: »Ja, ja, der Mund eines jungen Mannes ist immer beißend scharf.«
Das Ungeheuer: »Aha, deshalb sind meine Finger weg. Du hast mich aber fest auf den Rücken gebunden. Das tut mir weh.«
Der junge Mann: »Warte, ich klopf dir den Rücken, dann wird dir wohler.« Damit zog er das Tragseil noch fester, dann wikkelte er einen großen Stein in ein Handtuch und schlug damit mehrmals das Ungeheuer. »Wirkt das? Fühlst du dich besser?«
Das Ungeheuer: »Sehr wirksam. Wie stark dein Arm ist!«
Der junge Mann: »Ja, siehst du, der Arm eines jungen Mannes ist sehr stark.«
Das Ungeheuer: »Ich verstehe. Deshalb sind mir alle Knochen im Körper gebrochen.«
Danach wurde das Ungeheuer auf dem Rücken ganz schlaff. Der junge Mann stieg den heulenden Berg eilig hinab.
Inzwischen hatten sich alle Dorfbewohner am Fuße des Berges versammelt und sorgten sich um den jungen Mann. Sie glaubten kaum, daß er zurückkommen würde. Dennoch machten sie aus den drei Sack Holzkohle ein großes Feuer. Da kam aus der Dunkelheit etwas auf sie zu. Es hatte einen riesigen Kopf,

einen blinkenden Mund und eine große Beule auf dem Rücken. Die Dorfbewohner erschraken sehr, denn sie glaubten, es sei das Ungeheuer.
Der junge Mann beruhigte die Leute und näherte sich dem Holzkohlenfeuer. »Du Ungeheuer, jetzt kannst du dich ein bißchen wärmen!« Damit warf er das Ungeheuer von seinem Rücken ins Feuer. Da schrie es einmal schrill auf und verbrannte. Es war ein uralter Dachs mit zwei Schwänzen gewesen. Da er so alt war, wollte er nicht mehr laufen. Er ließ sich lieber von Menschen auf dem Rücken tragen und quälte sie dabei zu Tode. Die Dorfbewohner freuten sich sehr und lobten den tapferen jungen Mann.
Bald darauf verliebte sich die Tochter des einzigen Sakehändlers aus dem Dorf in ihn, und er wurde ihr Bräutigam. So konnte er jeden Tag so viel Sake trinken, wie er wollte. Und er wurde von allen Bewohnern des Dorfes geschätzt.
Eine Weihe fliegt schnell davon. Sauerampfer bleibt nur einen Augenblick frisch. So geht auch meine Geschichte rasch zu Ende.

Der mondfarbene Kimono

Es lebten einmal in einem Dorf ein alter Mann und seine Frau. Sie hatten eine Tochter, die sie sehr liebten. Das Mädchen war hübsch und konnte gut weben und nähen. Deshalb hatte es viele Freier. Schließlich wählten die Eltern einen jungen Mann aus der Nachbarschaft zum Bräutigam. Bald darauf wurde eine prächtige Hochzeit gefeiert, von der die Leute im Dorf noch lange erzählten.
Der junge Mann war zu seiner Frau gut und arbeitete fleißig, so daß er ihr sehr gefiel und sie friedlich zusammen lebten. So war es am Anfang.
Der erste, der zweite und der dritte Monat vergingen. Da gefiel der jungen Frau ihr Mann plötzlich nicht mehr so gut; sie mochte ihn einfach nicht mehr. Aber sie konnte keinen Fehler

an ihm entdecken. Sie seufzte jeden Tag tief und war immer betrübt. Der alte Mann und seine Frau wunderten sich darüber und wollten wissen, ob ihr der Mann etwas Böses getan habe. »Nein, auf keinen Fall«, antwortete die junge Frau. Wenn sie den alten Eltern von ihrer grundlosen Unzufriedenheit mit dem Mann erzählen würde, wären sie sehr überrascht und traurig. Sie wollte es lieber niemandem sagen.
Es fiel ihr aber etwas ein, was sie einmal als Kind gehört hatte, und mit der Zeit mußte sie immer öfter daran denken: ›Falls du einmal etwas auf dem Herzen hast, das du niemandem sagen möchtest, geh zu der Alten im Sumpf am Fuße des hohen Berges und bitte sie um Rat. Aber geh auf keinen Fall, wenn du nicht bereit bist, einen festen Entschluß zu fassen. Es kann nur einmal sein, dann ist alles unwiderruflich.‹
Die junge Frau konnte von der alten Geschichte nicht mehr loskommen. Es war ihr, als ob ihr selbst das Rauschen der Blätter zuflüstern würde: ›Geh doch zu der Alten im Sumpf, geh zu der Alten.‹
Eines Tages verließ die junge Frau schließlich ihr Haus. Weder ihre Eltern noch ihr Mann sollten etwas davon wissen. Sie ging allein den Weg entlang, bis sie schließlich an den Fuß des hohen Berges kam. Sie ging noch weiter, da sah sie zwischen den dunklen Bäumen einen Sumpf liegen. An seinem Rand stand eine winzige Hütte. Als die Frau zur Tür der Hütte kam und den Strohvorhang beiseite schob, sah sie in der dunkelsten Ecke des dunklen Raumes eine Alte, die mit dem Rücken zur Tür saß und fleißig ein Spinnrad drehte. Als die junge Frau etwas zu ihr sagen wollte, winkte die Alte ablehnend mit der Hand ab. Die junge Frau stand da wie geistesabwesend. Nach langer Zeit sagte die Alte, immer noch mit dem Rücken zu ihr gewandt: »Hier ist das Haus der Alten am Sumpf, und die möchte mit dir nichts zu tun haben. Kehr sogleich um.«
Das Spinnrad drehte sich langsam. Die junge Frau versuchte immer wieder, etwas zu sagen, aber die Worte blieben ihr im Halse stecken. Die Alte beugte sich noch tiefer herab und

sagte: »Ich weiß schon, worüber du mit mir sprechen möchtest, aber ich will mit dir nichts zu tun haben. Geh nach Hause, sage ich dir.«

Die junge Frau erwiderte endlich mit leiser Stimme: »Ach, hör mich doch bitte an.«

Die Alte entgegnete: »Ich weiß ja schon, was du auf dem Herzen hast. Du magst deinen Mann einfach nicht mehr. Du willst ihn weder sehen, noch mit ihm zusammenleben. Und deshalb möchtest Du meinen Rat, stimmt es?«

Die junge Frau nickte.

»Es ist ganz einfach, aber später wird dir keine Reue mehr helfen. Vergiß das nicht!«

Die Alte drehte sich um und sah die junge Frau an: »Hol einen Eimer voll Pferdepisse und sprenge sie auf den Weg.«

Die junge Frau folgte den Worten der Alten und besprengte den Weg mit Pferdepisse. Bald darauf flogen viele blaue Schmetterlinge von den Blättern der Bäume herab, kreisten über dem Weg und setzten sich auf das Wasser. Nach einer Weile war die Pisse verschwunden. Nun sagte die Alte zu der jungen Frau: »Paß gut auf! Die Schmetterlinge fliegen jetzt weg. Folge ihnen, bis sie sich irgendwo verstecken. Dann komm wieder zurück.«

So folgte die junge Frau den Schmetterlingen. Nach langer Zeit kam sie endlich zurück. Da sagte die Alte weiter: »Wie du gesehen hast, haben die Schmetterlinge Eier im Eichenwald gelegt. Geh beim nächsten Vollmond allein in den Eichenwald und sammle ihre Kokons. Am übernächsten Vollmond spinnst du davon Fäden, und am dritten Vollmond webst du Stoff daraus. Am vierten Vollmond sollst du den Stoff bleichen und am fünften einen Kimono für deinen Mann daraus nähen. Am sechsten Vollmond schließlich soll dein Mann ihn anziehen. Aber vergiß nicht, daß du diese Arbeit allein schaffen mußt und niemand davon wissen darf. Dann wird alles nach deinem Wunsch gehen.« Als die Alte das gesagt hatte, winkte sie noch einmal abwehrend mit der Hand und wollte nichts mehr hören.

Die junge Frau rannte wie von Sinnen nach Hause.
Nun zählte sie die Tage bis zum Vollmond, indem sie nach und nach die Finger einer Hand zur Faust schloß und wieder streckte und noch einmal schloß. Dann kam der Vollmond. Die junge Frau wartete, bis ihr Mann und ihre Eltern eingeschlafen waren. Dann schlich sie sich aus dem Haus und ging in jenen Eichenwald, an dessen Ästen überall gelbgrüne Kokons hingen. Sie sammelte eilig so viele wie möglich davon ein und kehrte damit heim, ehe es tagte. Nun wartete sie auf den nächsten Vollmond, indem sie wieder die Tage an den Fingern einer Hand abzählte. Sie schloß eine Hand, öffnete sie wieder und schloß sie noch einmal.
Als wieder Vollmond war, wartete sie, bis alles schlief, dann spann sie heimlich die Fäden. Als sie fertig war, tauchte gerade die Morgenröte auf. Sie erwartete den nächsten Vollmond und webte den Stoff. Kurz vor Sonnenaufgang war der Stoff fertig. Beim nächsten Mond bleichte sie den Stoff im Mondlicht. Bis zur Morgenröte hatte der Stoff die Farbe des Mondlichts angenommen. Noch einmal zählte sie an den Fingern die Tage bis zum nächsten Vollmond. Nun nähte sie einen Kimono für ihren Mann.
Und wieder schloß und öffnete sie die Hand und schloß sie noch einmal. Aber dieses Mal schien es ihr ewig zu dauern, bis endlich der Abend kam, wo der goldene Vollmond schien. Der Mann sagte zu seiner Frau: »Sieh, der Mond scheint heute besonders schön.«
Sie antwortete mit sanfter, freundlicher Stimme: »Ich habe einen Kimono für dich genäht, vielleicht willst du ihn einmal probieren?«
Der Mann freute sich sehr: »Hast du wirklich für mich einen Kimono genäht? Dann will ich ihn gleich anziehen.«
Die Frau legte ihm den Kimono von hinten auf die Schultern. Als sie vor ihn trat, war sie erschrocken. Das Gesicht ihres Mannes hatte wie der Kimono die Farbe des Mondes. Sie rief

ihn mehrmals beim Namen, aber er sah sie nicht an und ging stumm aus dem Haus.
Die Frau wartete lange auf ihren Mann. Sie stand vor der Haustür. Der erste Tag, der zweite, der dritte und schließlich der siebente Tag vergingen. Sie konnte es nicht mehr aushalten und ging noch einmal zu der Alten am Sumpf. Sie lief blindlings drauflos, bis sie sich vor der Hütte der Alten befand. Als sie den Strohvorhang am Eingang hochgehoben hatte, saß die Alte wieder mit dem Rücken zum Eingang am Spinnrad. Das Rad drehte sich langsam. In dem Augenblick, als die Frau etwas zu der Alten sagen wollte, äußerte diese: »Dein Mann ist weg und nun willst du ihn wiederhaben, nicht wahr? Es ist aber zu spät. Ich habe es dir ja gesagt, es ist unwiderruflich.«
Die Frau blieb am Eingang stehen und weinte heftig. Die Alte sagte: »Hör auf zu weinen. Ich kann die Heulerei von jungen Frauen nicht ausstehen. Deshalb habe ich dir damals so oft gesagt, daß ich mit dir nichts zu tun haben will. Du hast mich nicht verstanden, und nun kommst du und weinst. Nein, ich kann dir nicht mehr helfen.«
Die Frau weinte noch heftiger. Jetzt war sie ganz hoffnungslos. Nach einer Weile sagte die Alte: »Komm am nächsten Vollmond unter die Buche am Rand des Dorfes. Wenn der Mond an der Spitze der Buche erscheint, kannst du vielleicht deinen lieben Mann wiedersehen.« Danach winkte sie abweisend mit der Hand und wollte nichts mehr hören.
Die Frau wischte ihre Tränen ab und kehrte heim. An den Fingern zählend, wartete sie auf den nächsten Vollmond. Endlich kam der lang erwartete Abend. Als ihre Eltern eingeschlafen waren, lief sie zu der Buche am Rande des Dorfes. Als sie unter dem Baum stand, war es ringsum ganz hell, und der Mond hing gerade über der Spitze der Buche. Plötzlich bemerkte sie jemanden den Abhang heruntersteigen. Sie eilte auf ihn zu und sah ihren Mann in dem mondfarbenen durchsichtigen Kimono, den sie einmal gewebt hatte, herankommen. Sie stolperte auf ihn zu und rief weinend: »Verzeih mir bitte, daß

ich dir diesen verdammten Kimono gegeben habe! Komm doch bitte zurück zu mir!«
Der Mann ging an ihr vorbei und antwortete: »Ich glaubte einfach an deine Liebe und zog mit Freude diesen Kimono an. Deshalb bin ich nun zum Begleiter des Mondes verdammt. Ich werde nie alt werden. Zu dir kann ich nie wieder kommen.« Seine Stimme klang wie der Herbstwind. Der Mann war langsam im Mondlicht verschwunden. Die Buchenblätter rauschten noch lange im Mondlicht.
Eine Weihe fliegt schnell davon. Sauerampfer bleibt nur einen Augenblick frisch. So geht auch meine Geschichte rasch zu Ende.

Der Jungbrunnen

Es waren ein Alter und seine Frau, die glücklich miteinander lebten. Als es wieder einmal Frühling wurde und der Schnee auf den Bergen schmolz, reckte der Alte seinen krummen Rükken auf und sagte zu seiner Frau: »Es taut schon in den Bergen, ich will hinaufgehen und junge Hundszahnblumen suchen.«
Die Frau freute sich: »Ja, geh nur, ich werde inzwischen Wasser aufsetzen, damit wir sie kochen können.«
Sie bereitete Reisklößchen und Bohnenpaste für ihn, und der alte Mann machte sich auf den Weg. Als er einen sonnigen Berg bestieg, sah er, daß der Südhang mit roten Hundszahnblümchen übersät war. Er pflückte eifrig die kleinen Blumen, bis die Sonne hoch am Himmel stand. Dann beschloß er, Mittag zu essen und holte seine Reisklößchen hervor. Da schlängelte sich eine kleine weiße Schlange heran und sagte: »Gib mir etwas von deinen Reisklößchen, dafür gebe ich dir Wasser von meinem Brunnen, wenn du Durst hast.«
Der Alte teilte seine Reisklößchen mit der Schlange, und beide aßen mit gutem Appetit. Nach dem Essen wurde der Alte plötzlich sehr durstig. Da rief die kleine weiße Schlange: »Lieber Alter, komm nur hierher, komm her!«

Als der Alte der Schlange folgte, führte sie ihn zu einem Brunnen mit klarem, kühlem Wasser. Der Alte freute sich darüber, schöpfte Wasser mit den Händen und trank es. Als er noch mehr Wasser wollte, sagte die Schlange: »Drei Schluck sind genug, mehr darfst du nicht trinken.«

Der Alte gehorchte ihr und hörte auf zu trinken. Er sammelte weiter Blümchen, bis seine Kiepe voll war, dann nahm er sie auf den Rücken und ging nach Hause. An der Tür rief er seine Frau. Als sie ihn erblickte, fragte sie überrascht, wer er sei. Der Alte war verblüfft und sagte: »Was ist denn los mit dir? Hast du etwa deinen Mann schon vergessen?«

Die Frau wurde noch ratloser: »Dein Gesicht kommt mir zwar bekannt vor, aber ich wüßte nicht, woher ich dich kenne.«

Der Alte: »Laß den Unsinn! Hast du das Wasser gekocht, wie du es heute morgen versprochen hast?«

»Versprochen habe ich es meinem Mann, nicht einem Zwanzigjährigen.«

Der Alte war es überdrüssig, weiter mit seiner Frau zu reden. »Du hast wohl durch das Alter den Verstand verloren. Bring die Blumen in die Küche. Ich geh hinunter zum Bach und wasch mir die Füße.« Damit drückte er seiner Frau die Kiepe mit den Blumen in die Hand. Als er sich aber im Wasser des Bächleins gespiegelt sah, erschrak er zu Tode. Er erblickte einen jungen Mann, der keine einzige Falte im Gesicht hatte und keinen krummen Rücken. Sofort eilte er zu seiner Frau ins Haus und entschuldigte sich: »Verzeih, jetzt verstehe ich, warum du dich so gewundert hast. Ich sehe so jung aus, ich konnte es bei meinem Anblick im Wasser selbst nicht glauben.«

Die Frau: »Deine Stimme und deine Redeweise sind geblieben, aber mir ist das alles unbegreiflich.«

Nun erzählte der junge Mann seiner alten Frau der Reihe nach, was er in den Bergen erlebt hatte. Die alte Frau nickte dazu und dann sagte sie: »Das kommt wohl von dem Wasser des Brunnens. Ich beneide dich um deine Jugend. Auch ich würde gern von dem Quellwasser trinken.«

Der Mann konnte das gut verstehen, und er zeigte ihr den Weg zu dem Brunnen in den Bergen.
Am nächsten Tag nahm die Frau Reisklößchen und Bohnenmus und ging den Weg in die Berge. Als sie den Brunnen erreichte, stand die Sonne hoch am Himmel. Da holte sie ihre Reisklößchen hervor und begann zu essen. In dem Augenblick schlängelte sich eine kleine weiße Schlange heran und sagte: »Liebe Alte, gib mir etwas von deinen Reisklößchen und dem Bohnenmus. Dafür darfst du von meiner Quelle trinken.«
Die alte Frau wollte das nicht verstehen. ›Die Quelle gehört schließlich allen‹, dachte sie und warf der Schlange widerwillig ein Reisklößchen hin. Die Schlange fraß trotzdem mit gutem Appetit. Nach dem Essen wurde die alte Frau plötzlich sehr durstig, schöpfte Wasser aus der Quelle und trank es. Das Wasser schmeckte unglaublich gut, so daß sie gleich noch mehr wollte. Da lachte die kleine weiße Schlange und sagte: »Hör auf zu trinken, sonst passiert dir etwas Unangenehmes.«
Die alte Frau wurde böse: »Ich laß mir doch von einer kleinen Schlange nichts vorschreiben!« Damit schöpfte sie wieder und wieder Wasser und trank es. Am Ende legte sie sich auf den Boden und fuhr so fort zu trinken.
Am Abend wartete der Mann vergebens auf seine Frau. Als es tagte, ging er in die Berge, um sie zu suchen. Unterwegs rief er immer wieder ihren Namen. Aber er erhielt keine Antwort. Schließlich traf er wieder die kleine weiße Schlange. Auf seine eindringliche Frage, antwortete sie ihm kalt: »Ja, ich habe sie gesehen, aber ich habe keine Ahnung, wohin sie gegangen ist, mag sein nach Osten, mag sein nach Westen.«
So wanderte er weiter in die Berge, bis er zu der Quelle kam. Hier glaubte er, von irgendwo ein Kind weinen zu hören. Er trat an die Quelle heran und erblickte einen schreienden Säugling zwischen den Kleidern seiner Frau. Er nahm das Kind, das heftig strampelte und schrie, in den Arm und sah, daß das Gesicht seiner Frau sehr ähnlich sah. Da schlängelte sich wieder die kleine weiße Schlange heran und sagte:

»Deine Frau wollte nicht hören. So ist sie ein Säugling geworden.«
Da ging der junge Mann mit dem Säugling im Arm klagend nach Hause.
Eine Weihe fliegt schnell davon. Sauerampfer bleibt nur kurze Zeit frisch. So geht auch meine Geschichte rasch zu Ende.

Ōsuke, der Lachs

Einst lebte ein Mann namens Yanagawa Hachibei. Einmal kaufte er ein einjähriges Kalb und zog es auf. Vor dem Maifest führte er das Kalb zum Fluß, um es zu waschen. Plötzlich schoß ein großer Adler herab, ergriff mit seinen Krallen das Kalb und flog davon. Während Hachibei noch ›are, are!‹ schrie, verschwand der Adler über dem Wald.
Hachibei wurde sehr ärgerlich und beschloß, sich an dem Adler zu rächen. Er kaufte in der Stadt ein Kalbfell, ging an den Fluß und stülpte es sich über. Da erschien der Adler wieder, ergriff ihn und flog mit ihm davon. ›Wohin nun?‹ fragte sich Hachibei, während der Adler über den Wald flog. Dann streifte er mit dem Fuß einen Baumwipfel. Sofort griff er nach einem Ast und hielt sich fest. Der Adler konnte nicht anders, er ließ Hachibei los und flog davon. Hachibei kletterte den Baum hinunter und wollte nach Hause gehen, aber er wußte nicht den Weg. Er ging einen Bach entlang und dann einen schmalen Jagdweg.
Obwohl er lange wanderte, begegnete er keinem Menschen und sah nirgends ein Dorf. Auf einmal entdeckte er ein schwaches Licht und freute sich sehr. Schnell lief er auf das Haus zu und pochte an die Tür. Eine junge Frau öffnete, und er erklärte: »Mein Name ist Yanagawa Hachibei. Ich bin von einem Adler hierher getragen worden und weiß nicht, wie ich nach Hause komme. Deshalb bitte ich euch um ein Nachtquartier.«
Darauf sagte die junge Frau sehr freundlich: »Ach, du bist es, Hachibei.«

Hachibei: »Wie? Du kennst mich?«
Die junge Frau: »O ja, ich bin eine Verwandlung der Katze, die einmal bei dir war.«
Hachibei war ganz überrascht, während die junge Frau fortfuhr: »Und mein Mann war einmal dein Hund. Jetzt ist er Jäger und schießt Bären und Dachse. Aber er ist sehr böse auf dich. Weil er als Hund einmal deine Hühner jagte, hast du eine Hacke nach ihm geworfen. Deshalb hinkt er noch heute und kann nicht so gut jagen wie die anderen. Fast täglich sagt er: ›Wie ich diesen Hachibei hasse! Sollte ich ihm einmal begegnen, würde ich ihn mit zwei Kugeln erschießen.‹ Aber ich werde ihm nichts sagen, wenn er heimkehrt. Komm nur herein und iß etwas, bevor er zurück ist.«
So wurde Hachibei in den Gästeraum geführt und bewirtet. Der Reis schmeckte ihm merkwürdig. Hachibei wunderte sich und fragte die junge Frau. Sie antwortete: »Du hast meinem Mann das Futter nicht einmal in eine Schüssel getan, sondern auf die Erde geschüttet. Deshalb essen wir den Reis immer noch mit Sand vermischt. Auch ein Hund sollte ein Geschirr für sein Futter haben. Verstehst du das, Hachibei?«
Dann sollte Hachibei im Gästeraum schlafen. Als der Mann der jungen Frau nach Hause kam, schimpfte er laut: »Wie ich diesen Hachibei hasse! Der andere Jäger schoß zwei Bären, ich nur einen Dachs. Wäre doch mein Fuß so gut wie früher.«
Die junge Frau tröstete ihn und gab ihm zu essen. Dann unterhielten sie sich am Herd. Die Frau: »Ich kann verstehen, daß du böse auf Hachibei bist, aber er war einmal dein Herr. Du kannst deinen Herrn nicht töten. Wenn er einmal bei uns um ein Quartier bäte, würdest du ihn töten?«
Der Mann: »O ja, ich würde ihn töten.«
Die junge Frau: »Dann töte mich zuerst und dann Hachibei.«
Nun erzählte sie ihm alles. Der Mann überlegte lange. Da er aber nicht ohne die Frau allein im Wald leben wollte, sagte er schließlich: »Gut. Ich tu ihm nichts. Hol ihn her zu mir!«

Nun zeigte sich Hachibei und grüßte ihn.
Der Mann: »Herr, Hachibei, du kommst allein nicht nach Hause. Jetzt ist Mai. Du kannst erst am siebenten Dezember zurückkehren. Da schwimmt der Lachs Ōsuke stromabwärts. Er kann dich auf seinem Rücken mitnehmen. Aber, Herr, Hachibei, auch der Lachs ist dir böse und sagt: ›Wenn ich Hachibei einmal sehe, werde ich ihn sofort verschlucken.‹ Du ißt gern Fisch und hast viele Fische gefangen. Ōsuke, der Lachs, sagt: ›Hachibei hat alle meine Kinder und Enkelkinder gefangen und getötet. Ich will ihn auch töten. Ich will mich an ihm rächen.‹ Wenn du dich retten willst, mußt du ihm unbedingt versprechen, daß du keine Fische mehr fängst. Erst dann kannst du dich auf Ōsuke, den Lachs, setzen. Also, warte bis zum siebenten Dezember, wo Ōsuke, der Lachs, stromabwärts schwimmt.«
Hachibei folgte dem Rat. Die Bambusblätter färbten sich. Es wurde kälter. Endlich kam der Abend des siebenten Dezember. Hachibei stand am Fluß und wartete. Bald hörte er rufen: »Jetzt schwimmt Ōsuke, der Lachs, stromab. Jetzt schwimmt Ōsuke, der Lachs, stromab.«
Brausend kam Ōsuke heran. Da rief Hachibei: »Herr Ōsuke! Herr Ōsuke!«
Ōsuke, der Lachs, schwamm ans Ufer und fragte, wer da ruft.
Hachibei gab sich zu erkennen. Da öffnete der Lachs Ōsuke sein großes Maul und sprach: »Ich will dich verschlucken!«
Hachibei wurde ganz verlegen und bat um Entschuldigung: »Verzeih mir. Ich verspreche, keine Fische mehr im Süßwasser zu fangen. Hilf mir und bring mich nach Hause.«
»Wirst du bestimmt keine Fische mehr fangen?« fragte der Lachs Ōsuke.
Hachibei: »Nie wieder. Ich verspreche es dir.«
Da ließ Ōsuke, der Lachs, Hachibei auf seinen Rücken steigen und schwamm mit ihm stromab, durch Felder und Gebirge. Nach langer Reise kam sein Heimatort in Sicht. Von weitem

war ein Höllenlärm zu hören, der aus dem Gemeindehaus des Dorfes drang. Alle Dorfbewohner hatten sich dort versammelt, sangen laut und riefen lärmend »hou, hou, hou«. So wollten sie den Ruf übertönen: ›Jetzt schwimmt Ōsuke, der Lachs, stromab. Jetzt schwimmt Ōsuke, der Lachs, stromab.‹ Denn es wurde geglaubt, wenn man den Ruf Ōsukes vernimmt, wird es eine schlechte Ernte geben.
Als Ōsuke das Dorf erreichte, stieg Hachibei ab und ging nach Hause. Er schlug mächtig an die verschlossene Tür und dabei erwachte er aus seinem Traum. Tatsächlich war er zum Fischfang an den Fluß gegangen, eingeschlafen und noch schlaftrunken heimgelaufen. Er besaß eine Katze und einen Hund, denen er immer minderwertiges Futter hinwarf. Das war der tiefere Grund dieses merkwürdigen Traumes. Wir sollen immer gut zu unseren Haustieren sein.
Eine Weihe fliegt schnell davon, Sauerampfer bleibt nur einen Augenblick frisch. So geht auch meine Geschichte schnell zu Ende.

Es war gerade eine solche Nacht

Es war ein stürmischer Abend. Ein Mönch auf der Pilgerfahrt suchte nach einer Unterkunft und klopfte an die erstbeste Tür. »Ich habe keine Bleibe, und es wird schon dunkel. Laßt mich bitte für diese Nacht hier schlafen.«
Der Hausherr nahm den Mönch auf und führte ihn zum Schlafraum. Als er sich niederlegte, bemerkte der Mönch in der Zimmerdecke ein großes Loch. Ihm war irgendwie unheimlich zumute, aber er schlief bald ein. Es wurde Mitternacht. Da fiel ein riesengroßer Stein durch das Loch in der Decke und tötete den schlafenden Mönch. Nach einer Weile erschien der Hausherr, raubte dem Toten sein Geld und vergrub heimlich die Leiche. Niemand wußte davon. Die Familie wurde durch das gestohlene Geld reich.
Jahre vergingen. Es war wieder ein kalter regnerischer Abend.

Ein kleiner Sohn des Hausherrn weckte um Mitternacht den Vater: »Vater, ich muß mal.«
Der Vater: »Komm her.«
Er setzte das Kind auf ein Nachtgeschirr. Da sagte das Kind zu dem nichtsahnenden Vater: »Vater!«
»Ja, was denn?«
»War es nicht gerade eine solche Nacht?«
»Was?«
»Ich meine jene Nacht, wo du mich getötet und mir das Geld geraubt hast!«
Kaum hatte das Kind diese Worte geschrien, da wurde es immer größer und verwandelte sich in jenen Mönch. Das Gespenst nahm den Hausherrn mit und verschwand. So heißt es.
Tochibare.

Herzog Lilienknabe

Herzog Lilienknabe (Yuriwaka-daijin) weilte einmal zum Bad in der Provinz Bungo. Auch die Prinzessin Orange (Tachibana-hime) aus der Provinz Hyuga war dort. Sie trafen sich im Gasthof. Die Prinzessin war in den schönen Herzog Lilienknabe verliebt. So versprachen sich die beiden die Ehe. Zu dieser Zeit lebten böse Dämonen auf der koreanischen Halbinsel und griffen mehrfach die Provinz Tsukushi an. Herzog Lilienknabe sollte sie unterwerfen. Die Prinzessin Orange wollte ihn begleiten. Sie verkleidete sich als Mann und ging mit ihm. Unterwegs kehrten sie in einem Teehaus auf dem Bergpaß ein. Dort wurde ihnen gesagt: »Ihr wollt über den Bergpaß wandern? Der Kaltwasser-Bergpaß führt zur nördlichen Insel, drei Meilen geht es bergauf und drei Meilen geht es bergab. Dort hausen viele Räuber. Es wäre besser, wenn ihr hier übernachten würdet.«
Herzog Lilienknabe aber war unerschrocken. Er überquerte den Bergpaß und besiegte die Räuber mit Pfeil und Bogen. Dann erreichte er die Stadt Hakata. Da das Haupttor geschlos-

sen war, konnte er nicht hineingehen. So schrieb er einen Brief an die Obrigkeit: »Ich bin Herzog Lilienknabe und will zur koreanischen Halbinsel, um die Dämonen zu unterwerfen.«
Darauf öffnete der Wächter das Tor. In der Stadt waren Kriegsschiffe versammelt, und es herrschte lebhafter Betrieb. Herzog Lilienknabe erhielt den Befehl über die Kriegsschiffe, fuhr nach Korea und unterwarf die Dämonen. Aber der oberste Beamte des Lehnsherrn fuhr heimlich mit den Schiffen fort und ließ den Herzog allein auf der Insel zurück. Lilienknabe erlegte Wildschweine und überlebte so mit knapper Not.
Eines Tages träumte ein Fischer in der Provinz Chikuzen, daß ein goldener Schrank ans Ufer der koreanischen Halbinsel getrieben wurde. Darauf fuhr er seinen Kahn mit drei Rudern hinüber. Dort fand er keinen goldenen Schrank, aber den verlassenen Herzog Lilienknabe. Der freute sich sehr und erklärte: »Ich bin Herzog Lilienknabe und kam hierher, um die Dämonen zu vernichten. Das ist mir in der Tat gelungen. Aber ein böser Beamter hat mich betrogen und ist ohne mich mit den Schiffen davongefahren. Hilf mir und bring mich in die Heimat zurück. Sicher werde ich später wieder zu Ehren kommen, dann will ich dich belohnen.«
Der Fischer nahm ihn mit nach Hause, gab ihm Lumpen zum Anziehen und sorgte dafür, daß er im Bad des neuen Herzogs als Feuerknecht angestellt wurde.
Eines Tages rief der neue Herzog die Samurai von nah und fern zu einem Wettbewerb im Bogenschießen zusammen. Auch Lilienknabe durfte an dem Wettbewerb teilnehmen. Während des Wettkampfes sagte er vor sich hin: »Die können ja gar nicht richtig treffen.«
Der neue Herzog hörte die Worte und forderte den dreisten Feuerknecht auf zu schießen. Lilienknabe entschuldigte sich mehrmals. Der neue Herzog bestand jedoch darauf. So konnte Lilienknabe nicht anders, er mußte schießen. Er war aber so stark, daß er den Bogen von fünf Männern spannen konnte. Alle Bogen, die er probierte, zerbrachen. Da befahl der neue

Herzog seinen Dienern: »Bringt den Bogen von Lilienknabe her!«
Dieser neue Herzog war kein anderer als der hinterhältige Beamte, der die Schiffe entführt hatte. Als man Lilienknabe seinen eigenen Bogen reichte, nahm er ihn höflich entgegen, schoß damit aber nicht ins Schwarze, sondern auf den neuen Herzog.
Deshalb, liebe Zuhörer: Man soll anderen nichts Böses antun. Das ist alles.

Die Windgötter und die Kinder

Es war ein Herbsttag, und alle Erwachsenen arbeiteten auf dem Feld, während die Kinder im Hof des buddhistischen Tempels spielten. Da zog ein lauer Wind auf und ein Wanderer mit einem großen Sack kam zu den Kindern. Die Kinder waren ganz erschrocken und schauten den Mann an. Niemand kannte ihn.
Der Unbekannte sagte: »Ihr habt hier im Tempelhof gar nichts zu essen. Wollt ihr nicht mitkommen an einen Ort, wo die Kakifrüchte und die Birnen reif sind und die Kastanien von den Bäumen fallen? Ihr könnt euch daran sattessen.«
»Wirklich? Du lügst auch nicht? Wir kommen gern mit«, riefen die Kinder durcheinander.
»Ich lüge nie. Kommt! Ich führe euch«, antwortete der Mann und brachte etwas Schwanzähnliches zum Vorschein. »Haltet euch hier fest, Kinder!« Die Kinder folgten ihm.
»Seid ihr soweit?« fragte er.
»Ja!« riefen die Kinder im Chor.
»Schließt die Augen! Gleich geht es los!«
Wieder strich ein lauer Wind über die Kinder, und schon flogen sie durch die Luft. Die Kinder jubelten laut, während sie gen Himmel flogen. Bald darauf landeten sie. Sie machten die Augen auf und sahen gleich viele Kastanien und Kakifrüchte an den Bäumen. Sie bewunderten die großen Früchte. Da sagte

der Mann: »Wartet, ich blase sie euch herunter, damit ihr euch sattessen könnt.«

Der Mann blies einmal kräftig, und viele Kastanien fielen herab. Er blies noch einmal. Nun fielen Kakifrüchte und Birnen herunter. Die Kinder aßen und aßen, bis sie schließlich ganz satt waren. Dann begannen sie zu spielen, und der Mann spielte auch mit. Alle waren sehr lustig und merkten gar nicht, wie die Zeit verging.

Erst als es schon dunkel wurde, besann sich der Mann und hatte es plötzlich eilig. Er sagte: »Es wird schon Abend. Ich habe noch etwas zu tun. Ihr geht allein nach Hause. Einverstanden?«

Damit ließ er hastig Wind aufziehen und flog gen Süden davon, ohne sich richtig von den Kindern zu verabschieden. Die Kinder fühlten sich auf einmal ganz verlassen und begannen zu weinen. Aber es blieb ihnen schließlich nichts anderes übrig, als aufs Geratewohl in die Dunkelheit zu laufen und Hilfe zu suchen. Endlich erblickten sie von weitem ein erleuchtetes Haus. Die Kinder eilten auf das Licht zu. Als sie vor dem Haus standen, pochten sie an die Tür. Eine dicke alte Frau steckte den Kopf heraus und fragte ganz erschrocken: »Wo kommt ihr denn her so spät am Abend?«

»Ein unbekannter Mann hat uns hierher geführt. Wir haben viele Kastanien und Kakifrüchte gegessen. Als es dunkel wurde, verschwand der Mann, und wir wissen nicht, wie wir nach Hause kommen sollen.«

Die dicke Frau antwortete laut: »So, so, das muß der Südwind, mein jüngster Sohn gewesen sein. Er ist immer launisch und macht alle möglichen Dummheiten. Na, hört auf zu weinen! Ich bin die Mutter der Windgötter. Ich lasse den Nordwind, meinen großen Sohn, herkommen und bitte ihn, euch nach Hause zu bringen. Macht euch keine Sorgen mehr und kommt herein!«

Die dicke Windmutter führte die Kinder ins Haus und setzte ihnen weichen weißen Reis und warme Bohnensuppe vor. Das

Essen schmeckte den Kindern sehr gut. Dann rief die Windmutter laut nach ihrem Sohn im Nebenzimmer: »Du, Nordwind, steh auf! Du bist an der Reihe.«

Der Nordwind kam herein und rieb sich schläfrig die Augen.

»Ist es schon soweit?« fragte er.

Die Windmutter erwiderte: »Nein, aber du sollst diese Kinder in ihr Dorf zurückbringen.«

Der Nordwind antwortete mürrisch: »Ich möchte erst noch etwas schlafen, ich mache es später.«

Aber die Windmutter schimpfte heftig mit ihm. »Du Querkopf, nun tu schon, was ich dir sage!«

Da zog der Nordwind seinen langen Schwanz hervor und hieß die Kinder, sich festzuhalten. Nun pfiff der kalte Nordwind, und die Kinder flogen in die Luft.

Währenddessen hatten sich die Eltern große Sorgen um ihre Kinder gemacht und suchten überall nach ihnen. Auf einmal zog am Himmel ein kühler Wind auf, und die Kinder waren wieder da. Nun war die Freude der Dorfbewohner groß. Doppen!

Die kindlichen Hausgeister

Dies ist eine Geschichte aus Tōno in Nordjapan. Ein alter Mann ging allein auf einem einsamen Weg. Als er an eine Brücke kam, begegneten ihm ein paar kleine Mädchen. Sie sahen sehr hübsch aus mit ihrem langen Haar, so daß der Alte sie ansprach: »Wer seid ihr denn, und wohin wollt ihr? Ich sehe euch zum ersten Mal hier.«

Die Mädchen wandten ihm ihre schönen Gesichter zu und antworteten: »Wir waren bis jetzt bei der Familie Magozaemon in Tsuchibuchi und wollen jetzt zur Familie Yasubei im nächsten Dorf.«

Der alte Mann wunderte sich: »Warum verlaßt ihr das Haus der Magozaemons?«

Darauf entgegneten die Mädchen mit glockenheller Stimme: »Weil die Familie bald zugrunde gehen wird.«
Den alten Mann schauerte es plötzlich: ›Das müssen wohl die kindlichen Hausgeister sein, von denen man so viel spricht‹, sagte er sich. Damit ging er weiter. Später erzählte er heimlich den Leuten: »Bei den Magozaemons muß sich bald ein Unglück ereignen, denn die Hausgeister haben die Familie schon verlassen. Dafür wird es eine neue reiche Familie im nächsten Dorf geben.«
Das Vorhergesagte traf tatsächlich ein. Ein junger Knecht fand im Hof der Magozaemons eine Riesenschlange, die zusammengerollt im Heu lag. Obwohl es verboten war, eine Schlange im Hof umzubringen, wagte er es dennoch. Danach tauchte eine Schlange nach der anderen im Heu auf, und man brachte sie alle um. Nach einer Weile waren es eine Menge toter Schlangen, die man tief in die Erde eingrub. Am darauffolgenden Herbst bekam die Familie Magozaemon eine Pilzvergiftung, und alle starben noch am selben Tag.
Unterdessen geschah Merkwürdiges bei der Familie Yasubei. Man hörte ab und zu aus dem Nebenraum ein Geräusch wie das Kehren eines Besens, und nachts hörte man Schritte im Korridor. Die kindlichen Hausgeister mußten wohl eingezogen sein, und das bedeutete Glück für das Haus. Tatsächlich wurden die Yasubeis immer reicher, und das blieb viele Generationen so.

Der reiche Koyama

Es ist schon mehrere hundert Jahre her, da gab es in der Provinz Tottori einen Chōja namens Koyama, der sehr geizig war. Eines Tages befahl er, daß sein großes Wasserfeld bis zum Abend mit jungen Reispflanzen bepflanzt werden sollte. Viele Frauen arbeiteten in mehreren Reihen nebeneinander auf dem Feld. Sie arbeiteten so fleißig, daß sie keine Zeit hatten, auch

nur einmal aufzuschauen. Koyama stand oben auf dem Turm seines Hauses und überwachte sie von dort. Aber es war unmöglich, das riesige Feld bis zum Sonnenuntergang zu bepflanzen.
Als der Tag sich neigte, lief der Chōja vor Ärger darüber rot an. Vom Turm seines Hauses schrie er: »Gute Leute, seht, was ich jetzt mache! Ich schiebe die Sonne zurück, damit ihr eure Arbeit schaffen könnt!«
Er nahm einen goldenen Fächer und winkte damit dreimal der Sonne zu. Und jetzt stieg die untergehende Sonne tatsächlich wieder am Himmel auf. »Seht ihr Leute! Nun beeilt euch, damit ihr bis zum Ende des Tages fertig werdet!«
Jetzt gab es zwischen Himmel und Erde, zwischen der abermals untergehenden Sonne und den Arbeiterinnen auf dem Feld, einen Wettkampf. In dem Augenblick, als die Sonne hinter dem Berg verschwand, hatten die Arbeiterinnen ihre Arbeit geschafft. Der Choja war darüber sehr stolz und bekam gute Laune. Er veranstaltete mit den Seinigen ein großes Fest.
Aber als er am nächsten Morgen wieder auf seinen Turm stieg, um sein frisch bepflanztes Reisfeld zu betrachten, verschlug es ihm die Sprache. Das Feld hatte sich in einen Teich verwandelt, und keine Pflanze war mehr zu sehen. Den Teich gibt es noch heute, und er heißt Koyamateich.

Der Matsuyamaspiegel

Es war einmal ein junger Mann, der seinen Vater sehr liebte und verehrte. Als der Vater im Alter starb, war der Sohn zutiefst traurig. Er hüllte den Grabstein des Vaters in einen Strohmantel und bedeckte ihn mit einem Strohhut, um ihn vor Kälte zu schützen, und er blieb bei dem Grab, um es zu bewachen.
Der Fürst hörte von dem Sohn und wollte seine Treue belohnen. So wurde der Sohn vom Dorfschulzen zum Fürsten gerufen. Der Fürst fragte ihn: »Junger Mann, deine Liebe zu dem

verstorbenen Vater hat mich tief beeindruckt. Ich will dich dafür belohnen. Was möchtest du haben?«
Darauf antwortete der Sohn: »Ich wünsche mir nichts anderes, als noch einmal das Gesicht meines Vaters zu sehen.«
Der Fürst überlegte lange. Dann schien er eine gute Idee zu haben. Der Sohn sah seinem Vater sehr ähnlich. Der Fürst gab ihm einen Spiegel mit den Worten: »Ich gebe dir einen Schatz, darauf siehst du das Gesicht deines Vaters. Aber laß es niemand anderen sehen.«
Der Sohn kam mit dem Spiegel nach Hause und versteckte ihn in der Truhe. Jeden Morgen und jeden Abend pflegte er nun in den Spiegel zu sehen und seinen Vater zu grüßen.
Dann heiratete der Sohn. Seiner Frau sagte er nichts von dem Spiegel und von seiner Gewohnheit. Mit der Zeit wunderte sich die Frau darüber, daß ihr Mann jeden Morgen und Abend in einem Raum etwas zu flüstern schien. Als er einmal weg war, ging sie in den Raum, öffnete die Truhe und fand dort den Spiegel. Als sie hineinsah, erblickte sie eine hübsche Frau.
»Hier hat mein Mann also eine Frau versteckt und geht immer zu ihr. Heute soll er etwas erleben!« rief sie eifersüchtig, und sie zankte tüchtig mit ihrem Mann, als er zurückkam. Während sie sich laut stritten, kam eine buddhistische Nonne vorbei. Sie sagte: »Was ist hier los? Ihr versteht euch doch sonst gut.«
Der Mann: »Ich grüße jeden Tag meinen Vater in diesem Spiegel, meine Frau aber behauptet, ich hätte in dem Spiegel eine andere Frau.«
Die Nonne nahm den Spiegel und schaute auch hinein. Da sah sie eine junge Nonne mit kahlem Kopf. Darauf sagte sie: »Jetzt habt ihr keinen Grund mehr, euch zu streiten. Die junge Frau auf dem Spiegel hat alles bereut und ist Nonne geworden. Diesen Spiegel will ich von nun an bei mir behalten.«
So nahm die Nonne den Spiegel mit.

Der Bote zur Totenfeier

Es lebte einmal in einem Haus am Wald ein Junge namens Gutsu mit seiner Mutter und seinem älteren Bruder. Eines Tages sagte der Bruder: »Gutsu, ich habe im Wald eine Schlinge gelegt. Geh hin und sieh, ob wir etwas gefangen haben.«
»Ho-i!« antwortete Gutsu langsam, ging in den Wald und kam bald wieder zurück.
»Was hast du in der Schlinge gefunden?« fragte der Bruder.
Gutsu: »Den Hahn aus dem Nachbarhaus. Ich habe ihn befreit.«
Der Bruder: »Wie rief er denn, als er davonlief?«
Gutsu: »Er rief ›ke-e-n, ke-e-n‹ und flatterte fort.«
Der Bruder: »Dummkopf! Das war kein Hahn, sondern ein Fasan.«
Am nächsten Tag sagte der Bruder wieder: »Gutsu, geh noch einmal zu der Schlinge und sieh, ob wir etwas gefangen haben.«
»Ho-i!« antwortete Gutsu wieder langsam, ging und kam bald wieder zurück.
Der Bruder: »Was war in der Schlinge, Gutsu?«
Gutsu: »Ein Kalb aus dem Nachbarhaus. Ich habe es befreit.«
Der Bruder: »Wie rief es denn, als es davonlief?«
Gutsu: »Es rief ›otsun, otsun‹ und rannte weg.«
Der Bruder: »Wie dumm du bist! Das war kein Kalb, sondern ein Eber. So ein Dummkopf, befreit einen Eber aus der Schlinge! Das nächste Mal sollst du nichts aus der Schlinge befreien, sondern das Gefangene samt der Schlinge herbringen. Einverstanden?«
»Ho-i!« antwortete Gutsu wieder sehr langsam. Am dritten Tag ging er wieder zu der Schlinge und fand die Mutter, die beim Reisigsammeln in die Schlinge geraten war.
Die Mutter: »Gutsu, bitte löse die Schlinge und befreie mich, sonst werde ich sterben.«

Gutsu: »Aber Mutter, der Bruder wird böse sein, wenn ich dich befreie. Er verlangt, daß ich den Fang samt der Schlinge nach Hause bringe.« Damit zog er die Mutter in der Schlinge hinter sich her nach Hause. Unterwegs starb die Mutter vor Schmerz und Anstrengung.

Der Bruder fuhr Gutsu böse an: »Was hast du gemacht? Du hast die Mutter getötet. Was für ein Dummkopf du bist!«

Aber an dem Tod der Mutter war nichts zu ändern. So sagte der Bruder zu Gutsu: »Wir müssen die Totenfeier halten. Hol den buddhistischen Priester her.«

Gutsu: »Wer ist denn der Priester?«

Der Bruder: »Kennst du den Priester nicht? Er trägt ein schwarzes Gewand und betet unentwegt. Verstehst du? Geh und hol ihn!«

Gutsu machte sich auf den Weg. Als er am Stall des Priesters vorbeikam, sah er etwas Schwarzes. ›Das muß der Priester sein‹, dachte er und sagte: »Lieber Priester, lieber Priester, wir halten die Totenfeier für unsere Mutter. Kommst du mit zu uns?«

Da hörte er ›muh!‹*.

Gutsu kehrte heim und sagte: »Bruder, der Priester will nie mehr zu uns kommen.«

Der Bruder: »Wo hast du den Priester eigentlich getroffen?«

Gutsu: »Der Priester war im Stall. Er sabberte und muffelte das Futter im Trog.«

Der Bruder: »Du Narr! Das war die Kuh. Der Priester ist im Tempel.«

Gutsu machte sich noch einmal auf den Weg. Im Tempelhof sah er auf einem hohen Baum eine Krähe sitzen. Er schaute hinauf und rief: »Liebster Priester, wir halten die Totenfeier für unsere Mutter. Komm doch schnell zu uns.«

Die Krähe auf dem Baum krächzte und flog weg. Gutsu kam zurück und fragte den Bruder verwundert: »Der Priester krächzte und flog auf und davon. Was soll das bedeuten?«

* jap.: nie mehr

Der Bruder: »Das war nichts anderes als eine Krähe. Nun ist es genug. Ich hole den Priester selbst. Du kannst inzwischen Reis für ihn kochen.«
Damit ging der Bruder zum Tempel. Inzwischen wusch Gutsu Reis, stellte ihn auf den Herd und machte Feuer. Nach einer Weile summte der Topf ›gutsu, gutsu‹*.
»Wie? Kennst du meinen Namen?« wunderte sich Gutsu und sagte: »Ja, hier bin ich.«
Dann summte der Topf wieder ›gutsu kutta, gutsu kutta‹**. Das Summen wurde immer stärker und ärgerte Gutsu. »Was für ein Topf ist das! Er macht mich wahnsinnig. Obwohl ich nichts gegessen habe, summt er immer weiter ›gutsu kutta‹.« Vor Zorn warf er den Topf auf einen Stein, so daß er entzweibrach. Dabei tönte es ›kwan!‹***.
Gutsu: »Na siehst du, das hättest du eher sagen sollen. Da hätte ich dich nicht weggeworfen.«
Im gleichen Augenblick kam der Bruder mit dem Priester. Er sah den zerbrochenen Topf und schimpfte wieder mit Gutsu. Dann sagte er: »Der Priester nimmt später ein Bad. Mach schon das Wasser warm.«
»Ho-i!« antwortete Gutsu. Er goß Wasser in die Wanne und machte Feuer. Nach einer Weile tauchte er vorsichtig eine Hand ins Wasser. Es schien ihm schon ziemlich warm. So ging er zum Priester, der sich im Gästeraum mit dem Bruder unterhielt. »Lieber Priester, ich bitte zum Bad. Es ist schon bereit.«
Der Priester freute sich, zog sich aus und stieg in die Wanne. Am Boden war das Wasser aber noch kalt. Der Priester rief laut: »Kalt, kalt! Ich kann das nicht aushalten. Leg alles aufs Feuer, damit das Wasser warm wird!«
Gutsu legte nach den Worten des Priesters alles, was da lag, nach und nach ins Feuer.

* jap.: auskochen
** jap.: Gutsu hat gegessen.
*** jap.: nicht gegessen

»Jetzt fühle ich mich ganz erfrischt«, sagte der Priester nach einer Weile und stieg aus der Wanne. Aber er fand seine Kleider nicht mehr. Gutsu hatte alles verbrannt.

Die Frau mit den starken Winden

Es war einmal ein junges Mädchen, das oft unter sehr starken Blähungen litt. Als sie sich verlobte, sagte die Mutter: »Du mußt deine lauten Winde im Hause deines Bräutigams unterdrücken, sonst halten dich die Leute für unanständig.«
Drei Tage lang mühte sich die junge Frau, ihre Winde zurückzuhalten. Am vierten Tag fühlte sie sich deswegen sehr schlecht. Der Kopf tat ihr weh, und kalter Schweiß brach ihr aus. Die Schwiegermutter merkte, daß es der jungen Frau nicht gut ging und fragte sie danach. Die junge Frau aber antwortete sofort: »Danke, mir fehlt nichts.«
Die Schwiegermutter: »Du siehst aber blaß aus. Wenn du etwas auf dem Herzen hast, dann sag es mir ruhig.«
Darauf antwortete die junge Frau ganz leise und schüchtern: »Ich habe so starke Blähungen und muß sie unterdrücken.«
Da lächelte die Schwiegermutter und sagte: »Ach du Arme, Blähungen kann jeder haben. Darum mußt du dir wirklich keine Sorgen machen, laß sie nur heraus.«
Die junge Frau: »Aber meine Mutter sagte, daß das unanständig sei.«
Die Schwiegermutter: »Unsinn! Du kannst ja sonst krank werden. Also heraus damit!«
Die junge Frau antwortete: »Liebe Schwiegermutter, ich danke dir sehr für deine Fürsorge. Wenn es soweit ist, halt dich bitte am Ofenrand fest.«
»Warum gerade am Ofenrand?«
Kaum hatte die Schwiegermutter das gefragt, als die junge Frau einen kräftigen Wind ließ. Buuuums! Der Wind war so stark, daß das Haus schwankte und die Schwiegermutter samt dem

Ofen durch das Fenster geblasen wurde. Als sie wieder zur Besinnung kam, fand sie sich auf einem Rübenfeld. Die Schwiegermutter war sehr überrascht, aber sie wollte bei dieser Gelegenheit gleich ein paar dicke Rüben mitnehmen. Der Sohn kam gerade von der Waldarbeit nach Hause und sah seine Mutter zwischen den Rüben. Er fragte sie: »Warum arbeitest du allein auf dem Feld? Was macht meine Frau?«
Die Mutter: »Ich nehme an, daß sie gleich kommt, um mich abzuholen. Deine Frau hat einen Wind gelassen, der mich hierher geblasen hat, und nun will ich hier gleich ein paar Rüben mitnehmen.«
Der Sohn wurde rot vor Zorn und sagte: »Das ist ja unmöglich! Eine Frau, die sich so unanständig benimmt, kann ich nicht dulden. Ich werde sie selbst zu ihren Eltern zurückbringen.«
Und so geschah es. Unterwegs kamen sie an einem großen Kakibaum vorbei, der voller Früchte hing. Darunter standen zwei Männer, ein Kutscher und ein Stoffhändler. Sie schwangen lange Stöcke und sprangen damit in die Luft. Die junge Frau fragte sie, warum sie das tun.
»Wir versuchen, die reifen Früchte herunterzuholen.« Damit setzten sie ihre Luftsprünge fort.
Die junge Frau lachte auf und sagte: »Ich könnte alle Früchte mit einem einzigen Wind von dem Baum holen.«
Darauf lachten der Kutscher und der Stoffhändler schallend, und der Kutscher erwiderte: »Du gibst ganz schön an. Aber gut, zeig uns, was du kannst! Das habe ich noch nicht erlebt, daß Früchte von dem Wind eines Menschen herabfallen. Falls du es schaffst, gebe ich dir meine Pferde und meinen Wagen.«
»Auch mir wären dafür meine Stoffe nicht zu schade«, meinte der Stoffhändler.
Da lächelte die junge Frau, schaute ihren Mann an und hob den Saum ihres Kimonos: »Mann, entschuldige mich.« Darauf erfolgte eine Art Wirbelsturm. Die Äste schwankten, und alle

Früchte fielen herunter. Dem Kutscher und dem Stoffhändler verschlug es vor Schreck die Sprache. Die junge Frau bedankte sich mit gelassener Miene bei ihnen, lud die Stoffe samt ihrem Mann auf den Wagen und kutschierte davon.

Nach einer Weile kamen sie an einen breiten Fluß. An der Landestelle lagen viele Schiffe, die mit Reissäcken beladen wurden. Junge Männer trugen einen Sack nach dem anderen auf die Schiffe und sangen dabei. Sobald ein Schiff voll beladen war, setzte es die Segel und fuhr davon. Schließlich blieb noch ein Schiff da, das so schwer beladen war, daß sich sein Bug tief ins Flußbett senkte. Unter großem Lärm versuchten die jungen Männer das Schiff mit einem dicken Seil fortzubewegen. Alle sprangen ins Wasser und wollten das Schiff anschieben. Aber es half nichts. Bei diesem Anblick hielt die junge Frau an und begann, trotz der Bitte ihres Mannes, laut zu lachen. Die jungen Männer wurden böse und schimpften: »Was lachst du da? Als ob du es besser könntest!«

Die junge Frau erwiderte sehr gelassen: »Tut mir leid, aber wenn solche großen starken Männer vergeblich versuchen, ein Schiff zu bewegen, da muß ich einfach lachen. Ich könnte das Schiff allein durch meine Winde in Fahrt setzen.«

»So? Dann zeig es uns doch!«

»Frau, das ist kein Spaß, gib nicht so an!« sagte der junge Mann.

»Ich habe keinen Spaß mit euch gemacht, laßt es mich nur einmal versuchen. Falls ich recht habe, sollt ihr mir den Wagen mit Säcken voll beladen.«

»In Ordnung. Wenn du es fertigbringst, bekommst du soviel Reis, wie du willst; aber wenn nicht, gibst du uns den Wagen und die Stoffe.«

Die junge Frau lächelte und nickte, und sie sagte zu ihrem Mann: »Lieber Mann, verzeih, es wird bestimmt das letzte Mal sein.«

Damit hob sie den Saum ihres Kimonos hoch und ließ einen kräftigen Wind. Buuums! Mit einem Mal kam das Wasser in

Bewegung, und es entstand ein großer Strudel. Mit vollen Segeln setzte sich das Schiff in Bewegung und fuhr majestätisch in die Flußmitte. Die jungen Männer jubelten, klatschten in die Hände und stampften mit den Füßen. Dann gratulierten sie der jungen Frau und sagten bewundernd: »Was für starke Winde du lassen kannst. Entschuldige, daß wir dir nicht glaubten. Nun kannst du soviel Reis mitnehmen, wie du willst.«

Auch der Mann wurde von allen gelobt: »Was für eine tüchtige Frau du hast. Eine solche Frau wünscht sich jeder Mann. Du hast Glück gehabt!«

Inzwischen hatte auch der Mann seine Meinung geändert. Er belud den Wagen mit Reissäcken, und dann kutschierte er den Wagen nach Hause.

Eine Weihe fliegt schnell davon. Sauerampfer bleibt nur einen Augenblick frisch. So geht auch meine Geschichte rasch zu Ende.

Der voreilige Zenbei

Es war ein Mann namens Zenbei, der oft voreilig handelte. Eines Abends sagte er zu seiner Frau: »Ich gehe morgen zum buddhistischen Tempel. Du kannst mir eine Wegzehrung bereiten. Heute will ich zeitig zu Bett gehen und morgen früh, ehe es tagt, aufbrechen.«

Die Frau machte sich an die Arbeit, und als sie fertig war, sagte sie: »Sie steht schon hier.«

Als Zenbei am Morgen aufstand, wickelte er statt des Proviants den erstbesten Gegenstand in ein Tuch, nahm sein Bündel auf den Rücken und machte sich auf den Weg. Er hatte hundert Münzen bei sich, eine wollte er im Tempel spenden, die restlichen neunundneunzig aber behalten. Doch statt dessen gab er die neunundneunzig Münzen als Opfergeld und behielt nur eine. So gedankenlos war er.

Als er seinen Irrtum bemerkte, war er zunächst ratlos, aber

dann sagte er sich: ›Je mehr ich darbringe, desto größere göttliche Gnade wird mir zuteil werden.‹

Er betete vor dem Altar. Dann ging er ins Teehaus und öffnete sein Bündel. Doch darin fand er nur das Lendentuch seiner Frau. ›Ich habe bei meiner Frau nicht das Lendentuch und das Schlafkissen bestellt, sondern einen Mundvorrat‹, sagte er zu sich, ›wie dumm sie ist!‹ Da er hungrig war, wollte er nun im Teehaus Manjū bestellen, aber er hatte nur die eine Münze in der Tasche. Im Schaufenster lagen Muster von Manjū, die man aus Lehm und Sand geformt hatte und die viel größer als die echten Manjū waren. Zenbei fragte: »Wieviel kosten die Manjū?«

Der Wirt antwortete: »Der große Manjū kostet drei Münzen, der kleine eine.«

Zenbei: »Ich habe nur eine Münze. Erlaß mir den Rest für einen großen Manjū.«

Damit ergriff er hastig einen Manjū, aber keinen echten, sondern einen künstlichen. Damit lief er weg. Der Wirt rief ihm nach: »Warte,! warte! Das ist ja nur ein Manjūmuster. Laß es hier!«

Zenbei aber rannte davon. Der Wirt folgte ihm noch ein Stück. Dann gab er es auf. Nun biß Zenbei in den Manjū und hatte nichts als Lehm im Mund. »Auch daran ist nur meine Frau schuld!« rief er. Daß alles auf sein voreiliges Handeln zurückzuführen war, kam ihm nicht in den Sinn. Nun lief er schnell heim, betrat aber aus Versehen das Nachbarhaus. Dort verprügelte er die Nachbarin und schrie dabei: »Du Schlaue, du! Ich wollte zum Tempel gehen, und du hast mir keinen Proviant mitgegeben!«

Die Nachbarin: »Zenbei, was soll das? Ich habe dir nichts getan.«

Zenbei: »Was? Du hast mir nichts getan? Du bist unverschämt!« Peng, peng. Damit gab er ihr noch zwei Ohrfeigen. Dann ging er zu seinem eigenen Haus und hielt seine Frau für die Nachbarin.

Am Ende konnten ihn andere Leute aufklären und überzeugen. Darauf ging er mit seiner Frau zu der Nachbarin und entschuldigte sich. Das ist die Geschichte von dem voreiligen Mann.

Gengorō

Es war einmal ein junger Mann, der war geschickt im Fangen von Wildenten und Fischen. Er hieß Gengorō. An einem Herbsttag ging er wie immer an den See und sah dort viele Wildenten schwimmen. Er nahm ein paar Steine und warf sie mit aller Kraft auf die Wildenten. Die Steine trafen viele von ihnen, und so hatte er einen guten Fang. Er band sich die Enten mit einem Strick um die Hüften und ging fröhlich nach Hause. Unterwegs kamen die Wildenten aber wieder zu sich, flatterten mit den Flügeln und flogen in die Luft. Kaum konnte Gengorō um Hilfe rufen, so war er schon hoch in den Lüften. Er bekam große Angst und zitterte am ganzen Leib, weil er nicht wußte, wohin er getragen wurde. So heulte er laut während des Fluges.

Nach einer Weile sahen die Wildenten einen großen Kakibaum und setzten sich darauf, um auszuruhen. Gengorō klammerte sich an den Baum und band die Wildenten los. Als sie weggeflogen waren, sah Gengorō hinab und bekam einen neuen Schreck. Der Kakibaum war sehr hoch. Gengorō wußte nicht, wie er herunterkommen sollte und begann wieder laut zu heulen. Da kamen drei buddhistische Mönche in scharlachroten Kutten vorbei und fragten ihn, warum er auf dem hohen Gipfel des Baumes sitzt und weint.

Gengorō erklärte ihnen: »Ich bin von Wildenten hierher getragen worden und kann nicht herunter klettern. Deshalb weine ich.«

Die drei Mönche hatten Mitleid mit ihm. Einer zog seine scharlachrote Kutte aus. Alle drei faßten sie am Rande an und riefen zu Gengorō: »Hab keine Angst. Spring nur herunter, wir halten dich.«

Gengorō schloß die Augen und ließ sich herunterfallen. Sein Körper fiel auf die ausgebreitete Kutte, aber sein Kopf ragte darüber hinaus, er schlug auf einen Stein und zersprang in Stücke. Die Mönche setzten die Stücke wieder zusammen, zerrissen die scharlachrote Kutte und banden den Kopf damit zusammen.

Gengorō ging nach Hause und schlief die ganze Nacht vor Müdigkeit fest. Als er am nächsten Morgen erwachte und das rote Band vom Kopf nahm, war er sehr überrascht, weil am linken Ohr ein kleines Kakibäumchen stand. Während er es noch bewundernd betrachtete, wurde es immer größer. Am Ende trug der Kakibaum auf Gengorōs Kopf viele schöne Früchte. Gengorō pflückte die Früchte und ging damit in die Stadt, um sie zu verkaufen. Als er rief: »Wer möchte die schönen Früchte von Gengorōs Kopf?« war er sofort von Käufern umlagert. Im Nu hatte er alle Früchte verkauft und viel Geld in der Tasche.

Auf dem Heimweg traf er die drei Mönche in den scharlachroten Kutten wieder. Er bedankte sich bei ihnen herzlich und sagte: »Nur ein Problem habe ich, mein Kakibaum ist schon so groß, daß mir der Kopf schwer wird. Wie soll das weitergehen?«

Die Mönche antworteten: »Es tut uns leid, als wir gestern deinen Kopf verbanden, muß ein Kakikern dazwischen gekommen sein. Aber mach dir keine Sorge, wir schneiden den Baum von deinem Kopf ab.« Und sogleich sägten die Mönche den Kakibaum ab.

Gengorō fühlte sich erleichtert und schlief wieder die Nacht über fest. Am nächsten Morgen fand er auf dem Stumpf an seinem Kopf viele große Pilze. Darüber freute er sich. Schnell nahm er alle Pilze ab und ging wieder in die Stadt, um sie zu verkaufen. »Wer möchte Pilze von Gengorōs Kopf? Pilze von Gengorōs Kopf!«

Die Leute wunderten sich: »Gestern hast du Kakifrüchte von deinem Kopf verkauft und heute Pilze? Was für Wunder du vollbringen kannst!« Schnell waren auch die Pilze verkauft, und Gengorō ging mit der Tasche voll Geld nach Hause. Auf der Straße traf er wieder die drei Mönche. Und nachdem er ihnen wieder herzlich gedankt hatte, sagte er: »Liebe Mönche, ich habe das Gefühl, als ob ein schreckliches Durcheinander in meinem Kopf herrscht. Ich glaube, das kommt von dem Baumstumpf. Wie könnte ich ihn herausbekommen?«

Gengorō tat den Mönchen wieder leid. Schnell zogen sie die Wurzel mit einem Ruck aus Gengorōs Kopf und verschwanden.

Gengorō hatte nun das Gefühl, als ob sein Kopf ganz leer wäre. Er ging heim und schlief wieder die ganze Nacht fest. Als er am nächsten Morgen erwachte, war in seinem Kopf ein Teich, in dem Karauschen schwammen. Gengorō klatschte fröhlich in die Hände, fing die Karauschen und ging in die Stadt. »Wer möchte frische Karauschen aus Gengorōs Kopf? Frische Karauschen aus Gengorōs Kopf!«

Sogleich war er wieder von Käufern umringt: »Vorgestern hast du Kakifrüchte auf deinem Kopf wachsen lassen und verkauft, gestern hast du Pilze auf deinem Kopf wachsen lassen und verkauft, heute hast du einen Teich auf deinem Kopf angelegt und bietest frische Karauschen an. Auch die wollen wir gern kaufen!«

Ehe sich Gengorō versah, waren alle Karauschen verkauft, und er machte sich mit viel Geld auf den Heimweg. Unterwegs traf er noch einmal die drei Mönche in den scharlachroten Kutten und dankte ihnen wieder. Die Mönche freuten sich über sein Glück und fragten ihn, ob er den Teich für immer in seinem Kopf behalten wolle. Gengorō lachte fröhlich: »Ja, der Teich gefällt mir. Sicher werden bald Wildenten herbeifliegen und Fische werden darin schwimmen. Davon kann ich gut leben. Und wenn es einmal Wassernot gibt, kann ich damit das Feld bewässern.«

Diese Antwort erfreute die Mönche. Sie sprachen eine Sutra und zogen mit ihren flatternden scharlachroten Kutten davon.

Ich weiß nicht, ob Gengorō noch lebt und wo. Aber die Leute sagen, irgendwo gäbe es ein Dorf, das selbst bei Regenmangel keine Wassernot kennt. Vielleicht lebt Gengorō noch in einem solchen Dorf, fängt Wildenten und Fische in seinem Teich und bewässert die Felder des Dorfes.
Eine Weihe fliegt schnell davon. Sauerampfer ist nur einen Augenblick frisch. So geht auch meine Geschichte rasch zu Ende.

Der Bonze und der Wunderspatel

Einmal wohnte ein reicher Mann im Dorf Fukazawa, der hatte einen einzigen Sohn. Der Sohn ging auf dem heiligen Kōyasan in die Lehre und wurde dann Bonze in einem buddhistischen Tempel der Gegend. Er hatte aber keine Lust zur Arbeit im Tempel, sondern verbrachte jeden Tag beim Glücksspiel. Dabei wurde er allmählich immer ärmer. Als seine Eltern gestorben waren, verlor er Hab und Gut und wurde fast zum Bettler. Er tat den Dorfbewohnern leid, und so bauten sie für ihn ein winziges buddhistisches Tempelchen. Aber der junge Mann war unverbesserlich. Kaum hatte er etwas Opfergeld bekommen, verspielte er es wieder. Am Ende versetzte er dabei sein Priestergewand.
Eines Tages nun rief man ihn zu einer Totenfeier ins Dorf, und er war ratlos, was er ohne Priestergewand tun sollte. Da es gerade in Strömen regnete, ging er zu dem Tempel, in dem er einmal gearbeitet hatte und sagte zum Priester: »Mein Gewand ist im Regen ganz naß geworden. Könntest du mir eins für einen Tag ausleihen?«
Der Priester hatte keine Ahnung, daß der junge Mann sein Priestergewand beim Glücksspiel verloren hatte. So lieh er ihm ein Gewand, und der junge Mann ging zur Totenfeier. Am nächsten Tag regnete es erneut heftig, so daß er das Gewand nicht zurückgeben konnte. Wieder wurde er zu einer Totenfeier gerufen. Diesmal ins Nachbardorf. Auf dem Rückweg

kam er in ein Gewitter und suchte Unterschlupf in einem kleinen Jizōtempel am Weg. Als es dunkel wurde, hörte er deutlich und klar eine Stimme: »Wirst du dich nun bessern, Bonze?«

Der junge Mann war völlig überrascht und sah sich um. Aber außer dem Jizō war niemand zu sehen. Der Regen fiel noch heftiger. Da rief die Stimme noch einmal: »Wirst du dich nun bessern, du Bonze?«

Der junge Mann antwortete: »Gern will ich mich bessern. Aber jetzt kann ich die Kälte nicht mehr ertragen. Gib mir ein Gewand!« Da zog der Jizō sein prächtiges Gewand aus und gab es dem jungen Mann. Dieser bedankte sich und ging heim. Nun konnte er auch das geliehene Priestergewand zurückgeben.

Aber trotz seines Versprechens begann der junge Mann wieder zu spielen, und aufs neue verlor er und mußte das von dem Jizō erhaltene Priestergewand hergeben. Nun war er nackt und konnte nicht mehr in seinen kleinen Tempel zurückkehren. Es blieb ihm nichts anderes übrig, als wieder zu dem Jizō zu gehen. Der Jizō aber war ärgerlich und wollte nichts mehr mit ihm zu tun haben. Vor Hunger aß der junge Mann die Opfergaben auf, die vor dem Jizō lagen. Der Jizō wurde darauf sehr böse, nahm ein dickes Seil, band ihn zusammen und ließ ihn liegen.

Nun faßte der junge Mann den Entschluß, sich wirklich zu bessern. »Lieber Jizō, verzeih und hilf mir, denn nun werde ich mich ganz bestimmt bessern.«

Der Jizō antwortete: »Jetzt glaub ich dir, daß du es ernst meinst.«

Damit löste er das Seil und befreite den jungen Mann. Nachdem er ihm aus Mitleid ein neues Priestergewand gegeben hatte, sagte er: »Weil du sehr arm bist, will ich dir zu Geld verhelfen.« Er gab ihm einen zwei Shaku langen Bambusspatel und fuhr fort: »Morgen kommt ein Mädchen aus reichem Haus mit seiner Magd zu deinem kleinen Tempel. Streich ihr die Nase mit diesem Spatel. Dann wirst du etwas erleben.«

Während der Bonze gespannt wartete, kam tatsächlich das Mädchen. Kaum hatte er dem Mädchen mit dem Spatel über die Nase gestrichen, so wurde sie immer größer, bis diese etwa zwei Shaku lang war. Das Mädchen lief weinend nach Hause. Dort waren alle entsetzt. Ärzte und Gesundbeter wurden gerufen, aber keiner konnte helfen. Als der Bonze wieder zu dem Jizō kam, um zu beten, erklärte ihm dieser: »Geh zu dem Mädchen und sage der Familie, daß du ein Wahrsager bist. Dann streich ihr mit dem Spatel die Nase in umgekehrter Richtung.«

Der Bonze ging zum Haus des Mädchens und gab sich als Wahrsager aus. Man bat ihn sogleich um Hilfe. Er sagte eine Sutra und strich dabei mit dem Spatel in umgekehrter Richtung über die Nase des Mädchens. Da wurde sie immer kürzer. Dann sagte der Bonze: »Ich komme morgen wieder. Dann wird die Nase durch meine Zauberkraft wieder ganz normal.«

So wiederholte sich am nächsten Tag dasselbe, und in den zwei Tagen war die Nase wieder um zwei Shaku kürzer. Die Familie freute sich darüber sehr und lud den Bonzen zu einem Bad ein. Nach dem Bad erschien er als schöner junger Mann. Zum Dank für seine Heilkunst gaben ihm die Eltern das Mädchen zur Braut. Nun konnte er sein Tempelchen verlassen und wurde Bonze des Jizōtempels.

Der Bonze und seine Frau lebten sehr glücklich.

Der Glücksspieler und der Wunderspatel

Es war ein Glücksspieler, der immer und immer wieder verlor. Völlig ratlos ging er eines Tages zum buddhistischen Tempel der Göttin Kanzeon und betete dreimal sieben Tage lang vor der Göttin: »Liebe Göttin, hilf mir und gönne mir ein bißchen Geld, bitte!«

Als er am einundzwanzigsten Tag auf der Diele des Altarraumes kniete, trat die Göttin in einem weißen Gewand vor ihn hin und belohnte ihn mit den Worten: »Deine Frömmigkeit erfreut mich so sehr, daß ich deinen Wunsch erfüllen will. Glaube mir nur. Nach drei Tagen wirst du großes Glück haben.« Dann fuhr sie fort: »Ich gebe dir einen Spatel. Er hat eine rote und eine weiße Seite. Wenn du jemandem mit der roten Seite dreimal sanft über den Hintern streichst, wird ein Wind entweichen, der mit der Zeit immer stärker wird. Wenn du dreimal mit der weißen Seite über den Hintern streichst, wird der Wind immer schwächer und hört bald auf.« Damit verschwand die Göttin.

Der Glücksspieler fand sich auf der Diele liegen. Er hatte eine Weile geträumt, aber tatsächlich lag neben ihm ein Spatel. Nun freute er sich sehr auf den verheißenen Glückstag.

Der dritte Tag schien im Tempel ein Feiertag zu sein. Gegen Abend, als der Glücksspieler vor dem Tempel stand, gingen viele Tempelbesucher an ihm vorbei. Ihm fiel eine Gruppe prächtig gekleideter Menschen auf, in deren Mitte er ein Mädchen aus reicher Familie sah, schön wie eine Meeresprinzessin. Neben ihr gingen ihre Amme und die Diener. Als sie vor dem Altar standen und um Gesundheit und Sicherheit für die Familie beteten, streckte der Glücksspieler, der sich hinter einer Steinlaterne versteckt hatte, den Spatel aus und strich dreimal mit der roten Seite über den Hintern des Mädchens. Zur Verwunderung der vielen Tempelbesucher ertönten darauf unmißverständliche Geräusche, die immer lauter wurden. Das Mädchen stand starr vor Schreck und Scham. Die Geräusche wollten nicht aufhören. Die Amme stellte sich dicht hinter das Mädchen, um es vor neugierigen Blicken zu schützen. Ein Knecht wurde sogleich nach Hause geschickt, um eine Sänfte zu holen. Der Glücksspieler aber hatte sich schon längst aus dem Staube gemacht.

Als die Sänfte kam, drängte sich das Mädchen durch die Menge hinaus und wurde, ohne das Knattern ihrer Winde unterdrükken zu können, nach Hause getragen. Inzwischen sprach schon die ganze Stadt darüber. Die starken Winde des Mädchens wollten auch zu Hause nicht aufhören. Die Familie war ratlos. Ärzte und Gesundbeter, alle möglichen Medikamente und Behandlungen konnten dem Übel nicht abhelfen. Nun hatte der Glücksspieler eine Idee. Er ging vor das Haus des Mädchens und rief: »Wahrsager! Wahrsager! Wahrsager gegen jeden Kummer!«

Die Familie ließ ihn sofort zu sich rufen. Als der Glücksspieler ins Haus trat, hörte er schon die lauten Geräusche der Winde. Die Eltern des Mädchens erklärten ihm: »Unsere Tochter leidet seit ihrem letzten Tempelbesuch an einer merkwürdigen Krankheit. Weder Buddha noch Ärzte oder irgendein Heilmittel haben geholfen. Lieber Wahrsager, sag du uns, was für ein Fluch auf unserer Tochter lastet. Wir werden an der Belohnung nicht sparen.« So baten die Eltern.

Der Glücksspieler antwortete wichtigtuerisch: »Ich habe bisher alle Kranken geheilt, die von irgend etwas besessen waren. Macht euch keine Sorgen. Ich werde eure liebe Tochter bestimmt heilen.«

Dann ging er langsam in das Zimmer, in dem das Mädchen hinter einem goldenen Paravent lag. Er schickte alle Anwesenden hinaus, setzte sich auf das Schlaflager des Mädchens und betete laut. Nach einer Weile sagte er: »Auf der Vorderseite deines Körpers bist du von nichts besessen. Nun will ich sehen, wie es mit der Rückseite ist.« So lügend, holte er heimlich den Spatel hervor und strich mit der weißen Seite dreimal sanft über den Hintern des Mädchens. Darauf wurden die lauten Winde immer leiser und hörten bald auf.

Die Freude des Mädchens war riesengroß. Noch glücklicher aber waren die Eltern. »Du hast unserer Tochter das Leben gerettet«, sagten sie zu dem Glücksspieler. Wie können wir dir danken? Wärst du vielleicht einverstanden, der Bräutigam unserer Tochter zu werden und bei uns zu bleiben?«

Der Wunsch der Eltern wurde akzeptiert. Die Hochzeit fand

statt. Als Mann der schönen Tochter wurde der Glücksspieler der Erbe des reichen Vaters. Er ließ das Glücksspiel sein und lebte mit seiner Frau lange und glücklich.

Niō und Sannō

Es lebte einmal ein starker Mann, der hieß Niō. Er war der Stärkste in Japan. In China sollte es auch einen starken Mann geben, der Sannō hieß. Niō wollte seine Kräfte mit Sannō messen. So fuhr er nach China. Als er zu Sannō kam, war der nicht zu Hause. Nur seine alte Mutter. »Wo ist dein Sohn Sannō?« fragte Niō.

Die Mutter antwortete: »Sannō ging in den Wald, um Gras zu mähen. Du kannst hier ruhig auf ihn warten. Er wird bald zurück sein.«

Niō wartete eine Weile. Da hörte er von draußen dumpfe, stampfende Geräusche. Plumps, plumps. »Was ist das?« fragte Niō.

Die Mutter erklärte: »Das sind die Schritte von Sannō, er kommt aus dem Wald zurück.«

›Schon seine Fußtritte sind schrecklich. Bestimmt werde ich die Wette verlieren. Da hau ich lieber schnell ab.‹ So dachte Niō und lief blindlings davon.

Inzwischen kam Sannō zurück und fragte seine Mutter: »Wer lief denn da gerade weg?«

Die Mutter: »Das war Niō, der stärkste Mann in Japan. Er wollte seine Kraft mit dir messen. Aber er muß Angst vor dir bekommen haben und ist ausgerissen.«

»Ist das wahr? Wohin ist er denn?«

»Er nimmt sicher ein Schiff und fährt nach Japan zurück.«

»Bring mir den Pfeil mit der Kette. Ich will den Pfeil an den Mast schießen und das Schiff mit der Kette zurückholen.«

Sannō schoß den Pfeil tief in den Mast und begann, kräftig an der Kette zu ziehen. Auf dem Schiff erinnerte sich Niō in seiner

Not an das Geschenk, das ihm die Mutter bei seiner Abreise gegeben hatte. Er wickelte das Papier auf, da kam ein schmales Messerchen zum Vorschein. ›Das könnte mir helfen‹, dachte er und begann, es kräftig an der Kette zu wetzen. Gerade als das Schiff wieder an die chinesische Küste gelangte, riß die Kette. Niō war gerettet. Seitdem nennt man die Feile Yasuri, das heißt Pfeilreibe. Als Niō nach Japan zurückkam, betete er vor dem buddhistischen Tempel: »Ich werde lebenslang dein Torwächter sein. Möge ich Sannō nie wieder treffen.«
Deshalb seht ihr am Eingang vieler Tempel die Statuen des großen starken Niō.

Tausend Flöhe

Eine komische Geschichte möchte ich euch erzählen. Es lebte in einem Ort ein großer Angeber. Immer wieder gelang es ihm, die Leute mit seiner Prahlerei zu täuschen. Die Leute ärgerten sich darüber und versuchten vergebens, es ihm gleichzutun. Da verstieg er sich zu der Behauptung, der größte Prahler der Welt zu sein.
Eines Tages sagte ein Mann zu ihm: »Du führst immer so große Worte im Mund und betrügst die Leute. Aber du brauchst darauf gar nicht so stolz zu sein. Du bist nicht der einzige, der prahlen kann. Nicht weit von hier soll es ein Dorf geben, wo alle Einwohner mächtig aufschneiden können. Vielleicht gehst du dorthin und beginnst einen Wettkampf mit diesen Leuten. Besiegt dich keiner, bist du wirklich der größte Prahlhans.«
Die Geschichte ließ den Prahlhans nicht gleichgültig. Er zog die Strohsandalen an, packte Reisklöße ein und machte sich auf den Weg. Nach Tagen, ich weiß nicht wie viele es waren, kam er über einen Berg zu dem bezeichneten Dorf. Am Rande des Dorfes stand eine verfallene Hütte, vor der sich ein fünf- oder sechsjähriger Junge sonnte und lauste. Der Mann fragte den Jungen: »Ist das das Dorf der Prahler?«

Der Junge antwortete: »So wird es auch genannt.«
Der Mann: »Sind deine Eltern zu Hause?«
Der Junge: »Nein. Vater war heute morgen noch da. Um Mitternacht war ein Bote aus der Provinz Suruga hier und sagte, daß der Berg Fuji umzustürzen drohe. Es würden Hilfskräfte gebraucht, um ihn zu stützen. Deshalb ist der Vater heute früh aus dem Haus gegangen. Ich weiß nicht, wie es drüben steht. Aber ich vermute, daß der Vater heute nicht zurückkommt.«
Der Mann war von diesen Worten überrascht. Wie großartig kann hier sogar ein kleiner Junge aufschneiden. »Und deine Mutter?« fragte der Mann weiter.
»Auch die Mutter ist seit vier oder fünf Tagen nicht da.«
»Wo ist sie denn?«
»Meine Mutter wurde in das buddhistische Paradies gerufen, um das Lendentuch Buddhas zu waschen.«
»Wie? Das Lendentuch Buddhas?«
»Das ist ganz einfach. Meine Mutter ist weit und breit als die beste Waschfrau bekannt. Sie wäscht von früh bis abends und wählt immer große Bambusstämme aus, um die Wäsche aufzuhängen. Vielleicht ist sie deshalb auch im Paradies bekannt geworden. Ein solch langes Lendentuch kann nicht jeder waschen. So wurde ausdrücklich meine Mutter gebeten. Sicher wird sie nicht vor zehn Tagen zurück sein.«
Jetzt war der Mann sprachlos. Schon ein kleiner Junge konnte so aufschneiden. Wie wird da wohl erst ein Erwachsener prahlen?
Unterdessen fing der Junge eine Laus nach der anderen und drückte sie auf einen Stein neben sich tot.
Nun fragte der Mann: »Was machst du denn da? Was soll das bedeuten?«
Da grinste der Junge und antwortete: »Du fragst, was ich da mache? Ich brauche tausend Flöhe und tausend Läuse, die will ich im Karo zu einem Geldbeutel zusammennähen. Man soll reich werden, wenn man einen solchen Geldbeutel bei sich hat.

Sicher werde ich ihn gut verkaufen können. Ich habe heute bereits tausend Flöhe gesammelt und ...«
Da bekam er noch eine Laus aus dem Kragen zu fassen, drückte sie auf den Stein und sagte grinsend: »Das war gerade die achtundachtzigste Laus.«
So endet meine Geschichte über tausend Flöhe.

Die Mutter auf dem Obasuteyama

In Shinshu, einer Gebirgsgegend Mitteljapans, war ein Berg, auf den alte Leute ausgesetzt wurden. Ein herzensguter Sohn hatte eine alte Mutter und machte sich Sorgen: ›Meine Mutter tut mir leid. Sie wird bald sechzig Jahre, und dann muß ich sie auf den Obasuteyama bringen.‹ Die Zeit verging, und als es soweit war, trug der Sohn die Mutter auf dem Rücken in die Bergwildnis und ließ sie allein. Nach seiner Heimkehr grämte er sich sehr um die Mutter.
Da erging von dem Herrscher ein Befehl: Es sollte ein Seil aus Asche geknüpft werden. Aber wie sollte es möglich sein, aus Asche ein Seil zu fertigen?
Der Dorfschulze beriet sich mit den Bauern, aber alle waren ratlos. Da besann sich der Sohn auf seine kluge Mutter, die immer Rat wußte. So machte er sich auf den Weg zum Obasuteyama und suchte seine Mutter in der Wildnis auf. Als sie alles erfahren hatte, sagte sie: »Es ist ganz leicht.« Sie ließ ihn Stroh holen, klopfen und daraus ein Seil binden. Dann brannte sie das Seil an einem Ende an. Nach einer Weile lag dort tatsächlich ein Seil aus Asche.
Der Sohn ging zum Herrscher und zeigte ihm das Ascheseil. Darauf wurde er gefragt, wer ihn darauf gebracht habe. Nun erklärte der Sohn, daß es seine Mutter war, die auf dem Obasuteyama lebt.
Von dieser Zeit an wurden die alten Leute hoch geschätzt, und man brachte sie nicht mehr auf den Obasuteyama.

Ōka Echizen

Der berühmte Richter Ōka Echizen wurde in einer armen Bauernfamilie geboren. Wegen seiner Klugheit rief ihn der Fürst zu sich und machte ihn zum obersten Richter des Landes. Dies ist eine Geschichte aus seiner Kindheit.

Eines Tages hackte der Vater von Ōka Echizen den Acker. Da kam ein Samurai vorbei und fragte ihn, wie oft er schon seit dem Morgen die Hacke in den Boden gehauen habe. Der Vater konnte es ihm nicht sagen und blickte zu Boden. Unterdessen ritt der Samurai davon. Am Abend erzählte der Vater seinem Sohn davon. Da sagte dieser zu ihm: »Damit du morgen dem Samurai richtig antworten kannst, zähle von Anfang an und sage es ihm genau. Dann frage ihn, wie viel Tritte sein Pferd an diesem Tag bis hierher bereits getan hat.«

Es gab schon früher solche Beispiele, daß Väter von den Söhnen belehrt wurden. Als der Samurai am nächsten Tag tatsächlich wieder vorbeikam und den Vater fragte, wie oft er an diesem Tag schon die Hacke bewegt habe, antwortete dieser wahrheitsgemäß. Dann fragte er den Samurai, wie viel Tritte sein Pferd bis dahin getan habe. Der Samurai konnte es nicht beantworten. Er ärgerte sich und fragte, wer ihn diese Antwort gelehrt habe. »Mein Sohn«, antwortete der Vater.

»Dann führ mich zu ihm«, verlangte der Samurai.

Als sie zur Tür des Bauernhauses kamen, sah der Samurai ein paar Küchlein in einem Käfig. Er griff hinein, nahm eins in die Faust und fragte den Sohn, ob das Küchlein in seiner Hand noch lebe oder schon tot sei. Der Sohn erkannte, daß der Samurai das Gegenteil von seiner Antwort tun würde. So lief er zur Haustür, stellte einen Fuß hinter die Schwelle, wandte sich halb um und fragte: »Sag mir, ob ich ins Haus hineingehen oder herauskommen werde.« Dann fügte er hinzu: »Beantworte mir erst meine Frage, dann will ich dir antworten.«

Da war der Samurai ratlos. So war Ōka Echizen als Kind.

Sannosuke und der Strohsack

Einmal passierte folgendes: Ein fauler junger Mann namens Sannosuke war Landarbeiter bei einem Chōja. Er arbeitete aber nicht, sondern machte alle möglichen Dummheiten. Schließlich hatte es der Chōja satt mit ihm und befahl: »Ich will diesen Mann nicht mehr. Werft ihn ins Meer. Wenn er Glück hat, wird er gerettet. Wenn nicht, dann soll er sterben.«
Sannosuke wurde von zwei Landarbeitern in einen Strohsack gesteckt und an die Küste getragen. Als sie die Kiefern an der Küste erreichten, rief Sannosuke aus dem Strohsack: »Wartet! Setzt mich ab und hört mich an! Ehe ich sterbe, möchte ich euch wegen meiner tausend Lügen um Entschuldigung bitten und euch wenigstens einen Gefallen tun.«
Die beiden Landarbeiter: »Was? Willst du dich immer noch lustig machen?«
Sannosuke: »Keinesfalls. Ich denke nur gerade an das Geld in meiner Schlafdecke, das ich vom Herrn bekam und sparte. Wenn mein Geld dort bleibt, wird es schließlich dem Herrn gehören. Ich würde es aber gern euch geben, Freunde. Geht und holt es her.«
Die Arbeiter: »Du hast Geld stets wie Wasser vergeudet. Da mußt du ja viel Geld bekommen haben.«
Sannosuke: »Oh ja, deshalb habe ich auch eine ganze Menge gespart.«
»Ist das wahr?«
»Ja, es liegt in meinem gestreiften Geldbeutel und steckt in der Schlafdecke. Also holt es schnell!«
Die beiden Landarbeiter wurden gierig und glaubten ihm. So gingen sie zusammen zurück. Wie gut wäre es gewesen, wenn einer dageblieben wäre. Sannosuke wartete unterdessen in seinem Strohsack ungeduldig auf einen Vorübergehenden. Da kam ein blinder Masseur mit kleinen eiligen Schritten heran. Und wie es sich Sannosuke gewünscht hatte, kam er gerade zu dem Sack und legte seinen Stock darauf. Sannosuke rief sofort:

»He, du da!«
»Oh, Entschuldigung!«
»Wer bist du?«
»Ich bin ein blinder Masseur.«
»Aha, da bist du gerade an die richtige Stelle gekommen. Ich war blind wie du. Deshalb gebe ich dir einen Rat. Ich habe bis jetzt in einem Strohsack gelegen und zum Yakushi Buddha gebetet, daß er mir hilft. Nach drei Tagen und Nächten kann ich wieder sehen. Ganz klar sehe ich dich jetzt.«
»Ist es wahr, was du sagst?«
»Darauf kannst du dich verlassen. Du mußt nur drei Tage und Nächte zum Yakushi Buddha beten.«
»Das will ich unbedingt tun.«
»Ich liege noch in dem Strohsack, der mit einem Seil zusammengebunden ist. Deshalb kann ich dir nicht helfen, dich auch in den Sack zu legen. Kannst du vielleicht den Knoten in dem Seil lösen?«
»Ich will's versuchen.«
»Dann mach schnell!«
Mit Mühe löste der Blinde den Seilknoten. Sannosuke: »Nun steig du in den Strohsack und verhalte dich still. Wenn du auch nur ein Wort sagst, wird dein Wunsch nicht in Erfüllung gehen. Bete nur still zum Yakushi Buddha. Einverstanden?«
So gelang es Sannosuke, den Blinden zu überreden. Sodann versteckte er sich hinter einer Kiefer. Die beiden Landarbeiter kamen wütend zurück. »Du hast wieder gelogen. Wir sind den ganzen Weg zurückgelaufen und haben kein Geld gefunden. Nun bekommst du deine Strafe und kannst uns nicht mehr betrügen.«
Damit warfen sie den Strohsack mit einem Ruck ins Meer. Der blinde Masseur im Strohsack aber ertrank. Die beiden Landarbeiter gingen erleichtert nach Hause.
Danach dachte Sannosuke lange nach, bis er eine Idee hatte. Er übernachtete irgendwo, und gegen Abend des nächsten Tages zeigte er sich bei seinem reichen Herrn. Die Leute waren sehr

überrascht, weil er doch im Meer ertrunken sein sollte. »Bist du wirklich Sannosuke?« fragten sie.

»Ja. Ich möchte euch danken für das, was ihr gestern mit mir getan habt. Durch euch bin ich zur Meeresprinzessin in den Drachenpalast gelangt. Als ich ihr von unserem Chōja erzählte, wollte sie gern einen solch liebenswürdigen Herrn kennenlernen. So hat sie mich geschickt, ihn in den Drachenpalast im Meer zu führen.«

Die Leute wollten das gar nicht glauben, aber als der Chōja davon erfuhr, sagte er: »Aha, er wurde ins Meer geworfen und ist darauf zurückgekehrt. Da muß er im Drachenpalast gewesen sein.« Dann fuhr er fort: »Ich habe schon viel von dem Drachenpalast im Meer gehört, von der schönen Prinzessin, von den erlesenen Speisen, der bezaubernden Musik und so weiter. Ich will die Einladung annehmen. Aber wie kann ich dorthin gelangen?«

Sannosuke: »Das ist ganz einfach. Du steigst, genau wie ich vorher, in eine Strohsack. Dann bring ich dich hin.«

Der Chōja: »Unser Sannosuke kennt schon den Weg. Da brauche ich keinen Begleiter.«

Als die beiden zu den Kiefern an der Meeresküste kamen, lagen da ein Strohsack und ein Seil. Das hatte Sannosuke schon vorbereitet. Nun steckte er den Chōja in den Sack und band ihn mit dem Seil zu, indem er sagte: »Ich folge dir sogleich. Schließ die Augen und sei still. Im Meer wirst du gleich abgeholt.«

Der Chōja: »Du kommst mir also gleich nach.«

Schweigend versank er darauf im Meer. Sannosuke aber lachte sich ins Fäustchen.

Am nächsten Abend ging Sannosuke wieder zum Haus des Chōja. »Wo ist denn der Chōja jetzt, Sannosuke?« fragten ihn die Leute.

»Der Chōja ist im Drachenpalast, und es gefällt ihm sehr gut. Gern möchte er den Palast auch seiner Frau Gemahlin zeigen. Deshalb schickt er mich zu ihr.«

Die Frau des Chōja kleidete und frisierte sich sogleich sorgfäl-

tig, dann ging sie mit Sannosuke. An der Küste steckte er sie in einen Strohsack und band ihn zu, wobei er sagte: »Dein Mann holt dich im Wasser gleich ab. So schließ die Augen und den Mund. Ich folge dir sogleich.«
So versank auch die Frau ganz still im Meer. Sannosuke aber lachte sich wieder ins Fäustchen.
Am folgenden Abend ging er erneut zum Herrenhaus. »Sannosuke, sag, wo sind der Chōja und seine gnädige Frau?« fragten die Leute.
Darauf antwortete er ganz frech: »Der Chōja und seine Frau sind mit dem Leben im Meer so zufrieden, daß sie gar nicht mehr zurück nach Hause kommen wollen. Der Chōja meint, ich solle seine Tochter heiraten und sein Nachfolger werden. Auf seinen Befehl bin ich wieder hier.«
Die Leute wunderten sich über diese Worte, denn Sannosuke war nicht beliebt. Sie konnten nicht verstehen, wie der Chōja zu diesem Entschluß gekommen war. Dann zeigte Sannosuke zum Beweis die Taschenuhr des Herrn und den Kamm seiner Frau. Sie waren die Kostbarkeiten der beiden. Nun konnte die Tochter nicht anders, als Sannosuke zu folgen.
So wurde Sannosuke Nachfolger des Chōja und lebte glücklich mit seiner Frau.

Die Diebin

Es war ein Mann, der verheiratete sich. Seine Frau war zwar sehr schön, aber sie hatte Diebesfinger. Anfangs war sie zu ihrem Mann sehr aufmerksam und setzte ihm gutes Essen und reichlich Sake vor.
Nachdem sie etwa einen Monat so zusammenlebten, sagte sie eines Tages: »Lieber Mann, nun zeig mir mal, was du stehlen kannst.«
Der Mann wurde ganz verlegen, aber in der Nacht stahl er heimlich vom Feld des Nachbarn eine Menge Lauch und brachte ihn

seiner Frau: »Sieh mal, Frau, was ich da bringe!« Damit ließ er einen großen Packen Lauch auf den Fußboden fallen.
Die Frau freute sich: »Da hast du was Gutes gebracht. Mach gleich Feuer und koche Wasser!«
Der Mann verstand zwar nicht, was seine Frau wollte, aber er stellte den großen Topf aufs Feuer. Als es im Topf dampfte, nahm die Frau einen Lauchstengel nach dem anderen und warf ihn ins kochende Wasser. Sofort wurde der grüne Lauch gelb. Den gelben Lauch legte sie in eine Ecke der Diele.
Als es tagte, kam der Nachbar schreiend herbei. »Dein Mann hat meinen Lauch gestohlen, den ganzen. Gib ihn mir sofort zurück!«
Die Frau machte ein kühles Gesicht und fragte: »Wie sieht denn dein Lauch aus?«
Der Nachbar: »Es ist ganz frischer, grüner Lauch.«
Die Frau: »Unser Lauch ist gelb, wie du sehen wirst. Meinst du diesen?« Und sie zeigte ihm den reifen gelben Lauch in der Ecke der Diele.
Der Nachbar erwiderte, das sei nicht sein Lauch, entschuldigte sich und ging wieder nach Hause. Die Frau brachte den gelben Lauch in die Stadt, wo sie ihn verkaufte und ein gutes Stück Geld dafür bekam.
Für eine Weile faulenzten sie nun. Als das Geld zu Ende ging, verlangte die Frau wiederum von dem Mann, irgendwo etwas zu stehlen. Der Mann sagte zu sich: ›Es ist nicht gut, daß meine Frau ständig andere Leute bestehlen will. Dieses Mal werde ich sie in Schwierigkeiten bringen.‹
Der Mann ging hinaus und sah einen Ochsen an der Brücke. Ein Händler hatte ihn dort festgebunden. Der Mann zog den widerstrebenden Ochsen nach Hause und zeigte ihn seiner Frau. Diese freute sich und kochte wiederum Wasser. Als es heiß war, steckte sie einen großen Wischlappen hinein, hielt den Ochsen fest und versuchte mit dem heißen Lappen seine Hörner zu biegen. Nach einer Weile waren die Hörner ganz rund gebogen. Darauf band sie den Ochsen im Hof an.

Am nächsten Tag kam der ärgerliche Händler zu ihnen. »Dein Mann hat meinen Ochsen von der Brücke gestohlen. Gib ihn mir sofort zurück!« rief er.
Die Frau antwortete: »Wie sieht denn dein Ochse eigentlich aus?«
Der Händler: »Ein dicker, gesunder Ochse mit steifen Hörnern.«
Die Frau: »So, dann sieh dir mal unseren Ochsen an.« Damit zeigte sie ihm den Ochsen mit den rund gebogenen Hörnern. Der Händler gab zu, daß ihm der nicht gehöre, entschuldigte sich und ging. Darauf brachte die diebische Frau den Ochsen in die Stadt, verkaufte ihn zu einem hohen Preis, und sie faulenzten wieder einige Zeit.
Als das Geld abermals zu Ende ging, verlangte die Frau von dem Mann, noch einmal etwas zu stehlen. Der Mann dachte bei sich: ›Wie kann ich ihr dieses Laster nur abgewöhnen? Dieses Mal werde ich etwas Ungeheuerliches mitbringen, damit ihr das Stehlen für immer vergeht.‹ Er erfuhr, daß in der Nachbarschaft ein Kind gestorben war. In der Nacht grub er es heimlich auf dem Friedhof aus. »Frau, sieh mal, was ich gestohlen habe!« Damit ließ er den Leichnam auf den Boden fallen.
Die Frau jedoch war keineswegs erschrocken, sondern setzte vergnügt wieder Wasser auf. Als es heiß war, badete sie das Kind darin. Dann wusch sie es sorgfältig, kämmte es, schminkte es und zog ihm ein schönes Kleid an. Dann nahm sie das Kind auf den Rücken und ging damit um Mitternacht zu einem Sakehändler. Es war ganz still, alles schlief. Die Frau pochte an die Tür und rief mit zarter Kinderstimme: »Guten Abend! Guten Abend!«
Der Lehrling des Sakehändlers hatte fest geschlafen, und erst nach mehrmaligem Rufen machte er ärgerlich mit einem kräftigen Ruck die Tür auf. »Wer ist da so spät?«
Die Frau hatte inzwischen dem Kind eine leere Flasche in die Hände gegeben und es an die Tür gelehnt. Als die Tür so plötzlich aufgerissen wurde, stürzte das Kind hin. Der Lehrling rieb

sich die Augen und war völlig ratlos, als er das tote Kind sah. Er zitterte am ganzen Leibe. Da trat die Frau heran und rief: »Was hast du da gemacht? Ich habe das Kind nach Sake geschickt. Du hast die Tür so gewaltsam aufgerissen, daß das Kind zu Tode gestürzt ist. Das Kind stammt aus einer guten Familie, und ich sollte es großziehen. Nun muß ich euch verklagen.«

Nun kam der Sakehändler selbst und bat sie um Entschuldigung: »Laß uns das bitte geheimhalten.«

Damit gab der Sakehändler der Frau so viel Geld, daß sie und ihr Mann fortan sorglos leben konnten. Die Lust der Frau am Stehlen war gestillt.

Giftige Manjū

Der Priester sagte zu seinen Gehilfen: »Diese Manjū sind giftig. Berührt sie nicht.« Dann ging er weg.

Als sich die Gehilfen darüber unterhielten, sagte Ikkyū, der später ein berühmter Priester war, zu den anderen, sie sollten die Teeschale des Bonzen holen. Die anderen Gehilfen wunderten sich darüber, aber Ikkyū bestand darauf. Als die Teeschale gebracht wurde, warf er sie plötzlich zu Boden. Die Schale ging entzwei. Die Gehilfen wurden blaß. »Was hast du gemacht? Die Teeschale war für den Priester sehr kostbar!«

Doch Ikkyū erwiderte ganz ruhig: »Gehen wir zusammen zur Buddhastatue und vergeßt nicht, die Manjū mitzunehmen.«

Vor der Statue aßen sie alle Manjū auf. Als der Bonze zurückkam, klagten sie alle sehr: »Wir haben versehentlich deine kostbare Schale zerbrochen und wollten wegen unseres schlechten Gewissens lieber sterben. Deshalb haben wir die Manjū aufgegessen. Sie haben aber nicht gewirkt, und so leben wir immer noch. O weh, o weh!«

Der Ringkampf der Ratten

Ein alter Mann ging in den Wald und hörte plötzlich von ferne ermunterndes Rufen: »Yassho kore! Yassho kore!« – ›Merkwürdig‹, dachte der Alte, ›höre ich richtig? Was mag da los sein?‹
Er versteckte sich hinter Bäumen und sah einen Ringkampf von Ratten. Da erkannte er die dünne Ratte, die statt eines Höschens nur ein Blatt trug. Sie war aus seinem Haus. Die dicke Ratte aber, die ein rotes Höschen trug, gehörte zum Haus des Chōja seines Dorfes. Die kleine schwache Ratte aus dem Haus des Alten wurde immer wieder von der anderen besiegt. Das tat dem alten Mann leid. Als er heimkam, erzählte er seiner Frau davon: »Unsere Ratte tut mir leid, weil sie so schwach ist. Wir sollten ihr Reisklöße geben, damit sie stärker wird und besser ringen kann.«
Der Alte und seine Frau kochten Reis und legten die Klöße heimlich ins Regal. Am Abend kam die Ratte nach Hause und fraß sie auf.
Am nächsten Tag hörte der Alte im Wald wieder die ermunternden Rufe: »Yassho kore! Yassho kore!« Er folgte ihnen und kam wieder zu dem Platz, wo die beiden Ratten miteinander rangen. Diesmal warf seine Ratte die des Chōja zu Boden, die entsetzt rief: »Wie kommt das, wieso bist du auf einmal so stark geworden?«
Stolz erwiderte die Ratte des Alten: »Meine beiden Alten haben mich gestern mit Reisklößen gefüttert, dadurch habe ich Kraft bekommen.«
Die Ratte des Chōja erwiderte: »Da beneide ich dich. Gern würde ich einmal bei dir vorbeikommen, du könntest mir auch ein paar Reisklöße geben.«
»Die beiden Alten in meinem Haus sind sehr arm, deshalb können sie nur selten Reisklöße bereiten, aber wenn du viel Geld mitbringst, wirst du Reisklöße bekommen.«
»Einverstanden. Ich werde viel Geld mitbringen, und du wirst mir viele Reisklöße geben.«

Der Alte hatte alles gehört und lief nach Hause. Und wieder erzählte er es seiner Frau. Da sie aber weder Reis noch Geld im Hause hatten, baten sie den Reishändler um einen Vorschuß. Noch am gleichen Abend bereiteten sie viele Reisklöße und legten sie auf den Dachboden. Die Ratte des Chōja kam tatsächlich in der Nacht. Die beiden Alten hörten es auf dem Dachboden rumoren. Die Geräusche dauerten eine Weile.
Am nächsten Tag fanden sie auf dem Boden statt der Reisklöße ein Kästchen voller Goldmünzen. Dadurch wurden die alten Leute wohlhabend, und sie lebten noch lange glücklich.

Der gefallene Donnergott

Eines Tages tat ein Donnergott einen Fehltritt und fiel aus den Wolken. Mit vielen Funken fiel er in den Brunnen einer alten Frau im Dorf Kuwabara, das heißt Maulbeerfeld. Die Alte war eine beherzte Frau, und so setzte sie auf den Brunnen einen dicken Deckel. Trotz des Tobens und Tosens im Brunnen blieb sie völlig ruhig. Endlich gab sich der Donnergott geschlagen und flehte die Alte um Gnade an: »Bitte verzeih mir, wir werden von nun an dein Dorf auch nie mehr heimsuchen.«
Die Alte antwortete: »Vergiß dein Wort nicht! Unser Dorf heißt Kuwabara, das Maulbeerfeld. Komm nie wieder in das Dorf Kuwabara! Verstanden?!«
»Jawohl, es wird nie und nimmermehr passieren in Kuwabara.«
»Vergiß den Namen Kuwabara aber nicht, hörst du?!«
»Ja, tausendmal ja!«
Nach diesem Versprechen wurde dem Donnergott endlich verziehen, und er konnte in den Himmel zurückkehren. Noch heute brauchen wir nur ›Kuwabara, kuwabara‹ zu sagen, um einen Blitz- und Donnerschlag abzuwehren.

Die Kor pok un kur

In uralten Zeiten lebten entlang dem Fluß Tokachi neben dem Volk der Ainus die Kor pok un kur. Sie waren winzig klein, so klein, daß sie zu fünft oder sechst unter einem großen Huflattichblatt wohnen konnten. Mit Vorliebe pflegten sie andere zu beschenken. So erhielten die Ainus oft Essen von ihnen. Die Kor pok un kur kamen mit einer Schale voll Leckerbissen zu den Ainus und steckten sie mit ihrer winzigen Hand unter den Strohvorhang ins Haus. Die Ainus hoben dann die Schale zum Dank ehrerbietig an die Stirn und die Kor pok un kur freuten sich darüber.

In einem Ainudorf lebte ein Bösewicht. Als wieder einmal eine winzige Hand unter den Strohvorhang eine Schale mit guter Kost reichte, griff der Böse danach und zog kräftig. Ins Haus hinein kullerte eine kleine Frau, die splitterfasernackt war. Sie schluchzte nur und lief weinend nach Hause.

Die Kor pok un kur waren darüber sehr verärgert und zogen fort in das Land hinter dem Meer. Ehe sie die Gegend verließen, kam ihr Häuptling zu den Ainus und sagte zornig: »Ihr Ainus sollt verbrennen. Euer Dorf soll von nun an Tokap ci* heißen.« So kam es, daß das Dorf Shanrl den Namen Tokap ci erhielt.

Ein Gotteslied, gesungen von dem kleinen Gott Okikirimui

Eines Tages,
als ich den breiten Fluß entlang stromauf wanderte,
begegnete ich dem Teufelsjungen.
Er war ganz schwarz gekleidet,
ein sehr hübscher Junge.
In der Hand hatte er ein Pfeilchen aus Walnußholz

* jap.: von der Sonne verbrannt

und ein Bogensehnchen aus Walnußholz.
Als er mich sah, lächelte er und sagte:
»Spiel mit, kleiner Okikirimui. Sieh nur zu,
wie ich die Fische vernichte.«
Damit legte der Teufelsjunge sein Pfeilchen aus Walnußholz
auf das Bogensehnchen aus Walnußholz
und schoß den Pfeil nach der Quelle des Wassers.
Da rann aus der Quelle das Wasser des Walnußholzes,
das trübe Wasser rann in den Fluß.
Als Lachse stromauf geschwommen kamen,
quälten sie sich sehr und kehrten wieder um.
Der Teufelsjunge freute sich bei dem Anblick und lachte.
Das ärgerte mich so sehr, daß ich mein silbernes Pfeilchen
auf das silberne Bogensehnchen legte und nach der Wasserquelle schoß.
Nun floß sogleich reines Wasser aus der Quelle,
und die Lachse wurden wieder mutig.
Sie begannen, wieder zu springen,
sich zu stoßen und herumzualbern.
Das schöne Gesicht des Teufelsjungen
verzog sich vor Jähzorn. »Wenn du das tust,
werde ich die Hirsche ausrotten!«
Nun legte er sein Pfeilchen aus Walnußholz
auf das Bogensehnchen aus Walnußholz
und schoß seinen Pfeil in den Himmel.
Nun kam vom Wald her ein Walnußbaumwind, ein Wirbelwind, auf.
Der Wind blies ein Rudel Rehe und ein Rudel Hirsche aus dem Wald.
Sie flogen in einer Reihe in die Luft und immer höher gen Himmel.
Das ärgerte mich so sehr, daß ich nach meinem silbernen Pfeil
griff und ihn kräftig in den weiten Himmel schoß.
Nun kam vom Horizont her

ein reiner silberner Wind.
Der Wind brachte das fliegende Rehrudel
und das fliegende Hirschrudel sicher in den Wald zurück.
Das Gesicht des Teufelsjungen
verzog sich wieder vor Jähzorn.
Er zog sein Kleid aus und rief mir zu: »Du Frecher,
du ärgerst mich!
Jetzt ring mit mir!«
Auch ich zog schnell mein Kleid aus.
Jetzt hatten wir nur ein dünnes Hemd an.
Und wir rangen miteinander.
Wir verschlangen uns ineinander.
Einmal war er oben, einmal ich.
Der Teufelsjunge rang sehr gut.
Ich bewunderte ihn beinahe.
Endlich hielt ich mit meinen starken Armen
und mit meinen zähen Lenden den Teufelsjungen
hoch über den Kopf.
Ich trug ihn auf den höchsten Berg.
Als ich endlich den Gipfel erreichte,
warf ich ihn auf den Felsen.
Man hörte einen klatschenden Laut.
Dann herrschte wieder Stille.
Nun machte ich mich beruhigt auf den Heimweg.
Als ich den Fluß entlangwanderte,
hörte ich, wie sich die Lachse im Wasser stießen,
Wasser spritzten und lärmten.
Fröhlich und geräuschvoll schwammen sie stromauf.
Als ich in den Wald kam, liefen Rehe und Hirsche umher und spielten.
Der Wald war von fröhlichen Lauten erfüllt.
Hier und da ästen sie friedlich.
Alles beruhigte mich zutiefst,
so daß ich endlich nach Hause ging.
So erzählt der kleine Gott Okikirimui von seiner Heldentat.

Penanpe und das Hündchen

Eines schönen Tages fing Penanpe Lachse. Da kam eine Krähe vom Oberlauf des Flusses geflogen, setzte sich auf einen Baum und krächzte: »Ich möchte Lachssuppe. Ich möchte Lachssuppe.«

Als Penanpe das hörte, wusch er den größten Lachs aus seinem Fang sorgfältig im Wasser und gab ihn der Krähe mit den Worten: »Auch du mußt Vater und Mutter haben. Bring ihn zu ihnen!«

Die Krähe nahm fröhlich den schweren Lachs in den Schnabel und flog davon.

Als Penanpe am nächsten Tag wieder Lachse fing, kam ein hübsches Mädchen zu ihm und sagte: »Komm, folge mir!«

Er folgte dem Mädchen, bis er unerwartet zu einem Holzhaus kam. Das Mädchen ging sogleich hinein. So trat Penanpe auch in das Haus. Dort sah er am Ofen ein stattliches altes Ehepaar sitzen, und neben ihnen lag auf einem Hackbrett der Lachs mit dem Kopf in Richtung zu dem Feuergott am Hinterofen. Im Raum waren Lackschüsseln mit Krähenmuster und viele Kostbarkeiten.

Penanpe war überrascht, aber er ließ sich nichts anmerken und sah sich ruhig um. Nun öffnete der Alte langsam den Mund und sagte: »Ich bin der oberste Krähengott. Ich bin schon alt und kann nicht mehr selbst Futter suchen. Deshalb versorgt uns unsere einzige Tochter. Als sie gestern bei dir war und dich um Lachssuppe bat, hast du ihr den größten Lachs gegeben. Dafür danke ich dir herzlich. Zur Belohnung möchte ich dir ein Hündchen schenken. Nimm es mit nach Hause! Wenn dir ein umgestürzter Baum den Weg versperren sollte, dann gib dem Hündchen anderthalb Klöße, du selbst iß einen halben Kloß.«

So bekam Penanpe ein Hündchen und einen Sack voll Klöße und ging heimwärts. Unterwegs trafen sie auf einen umgestürzten Baum. Er war gar nicht so dick, aber das Hündchen

war zu klein, um hinüberzukommen. Penanpe holte die Klöße aus dem Sack und gab dem Hündchen anderthalb, er selbst aß einen halben Kloß. So erreichten sie sein Haus.
Nachts, als alles schlief, hörte Penanpe das Hündchen im Haus herumlaufen und hier und da etwas fallen lassen. Am nächsten Tag fand er überall Goldmünzen. Mit einem Mal war er nun reich.
Eines Tages kam Pananpe, der am Unterlauf des Flusses wohnte, bei Penanpe vorbei. Er fragte Penanpe: »Du warst früher so arm wie ich. Wie bist du nur auf einmal so reich geworden?«
Darauf antwortete Penanpe: »Komm her rein und iß etwas. Ich will es dir erzählen.«
Pananpe aber pißte an den Pfeiler vor der Tür und sagte dabei: »Ich weiß es schon, ich habe bereits alles gehört.« Damit verschwand er.
Als Pananpe wie Penanpe Lachse fangen ging, kam wieder die Krähe angeflogen und krächzte: »Ich möchte Lachssuppe!«
Pananpe rieb einen kleinen Lachs, der bereits Eier gelegt hatte und keinen Rogen mehr besaß, mit Sand ab und warf ihn der Krähe zu. Widerwillig nahm sie den Lachs in den Schnabel und flog davon. Als Pananpe am nächsten Tag an der gleichen Stelle war, kam ein hübsches Mädchen zu ihm und sagte: »Folge mir!«
Er ging mit ihr und kam zu einem Holzhaus, in dem Götter zu wohnen schienen. Er fand darin ein stattliches altes Ehepaar sitzen und neben ihnen auf einem Hackbrett den mit Sand verschmierten Lachs, der mit dem Kopf in Richtung zum Feuergott am Hinterofen lag. Der Krähengott bedankte sich kurz bei Pananpe, gab ihm auch ein Hündchen und einen Sack mit Klößen und befahl: »Gib dem Hund anderthalb Klöße, wenn ihr zu einem umgestürzten Baum kommt, über den er nicht hinwegkommt. Du kannst auch einen halben Kloß essen.«
Pananpe wollte fröhlich mit dem Hündchen heimgehen. Kaum, daß sie sich auf den Weg gemacht hatten, blieb das

Hündchen unschlüssig vor einem umgestürzten Baum stehen, obwohl der ziemlich dünn war. Pananpe ging zurück und schlug das Hündchen. Dann gab er ihm einen halben Kloß und aß selbst anderthalb Klöße.
Endlich erreichten sie sein Haus. Als es dunkel geworden war und alles schlief, hörte Pananpe das Hündchen im Haus herumlaufen und hier und da etwas fallen lassen. Er war darüber ganz glücklich und freute sich auf den Morgen. Als es hell wurde, sprang er nackt auf, um die Göttermünzen einzusammeln. Aber es lag nur Hundekot herum. Und damit beschmutzte er sich tüchtig.
Ihr sollt den Krähen und den anderen Tieren immer gutes und gewaschenes Futter geben. So sprach Penanpe und starb.

Der Bär und die Yukarasage

Ich war ein Bär, der im tiefen Wald wohnte. Eines Tages wollte ich ins Dorf, wo die Menschen leben. Deshalb lief ich langsam zum Waldrand. Kaum daß ich auf dem Boden die Fußabdrücke der Menschen sah, erschien die schöne Prinzessin Kiefernharz. Sie hielt mich an und sagte ruhig: »Ich bin die Botin vom Feuergott eines Ainuhauses. Er hat mich geschickt, dich, Bärengott, in das Ainudorf einzuladen. Komm mit als lieber Gast des Feuergottes vom Ainudorf.« Dabei griff sie nach mir, um mich zu führen. Ich wollte aber nicht dorthin. Deshalb lehnte ich die schöne Hand der Prinzessin ab und ging weiter.
Nun tauchte vor mir die Prinzessin Giftpflanze auf. Die beiden Prinzessinnen hängten sich an mich, umschlangen mich und sagten: »Komm doch mit. Der Feuergott und die anderen Götter warten schon auf dich.«
Ich wollte mich von den Prinzessinnen befreien und ging weiter, aber sie klammerten sich an mich. Je schneller ich zu gehen versuchte, desto fester hielten sie mich. Allmählich klebten meine Füße wegen des Kiefernharzes. Und von dem Duft, den

der Körper der Prinzessin Giftpflanze ausdünstete, fühlte ich mich wie im Traum. Schließlich fiel ich in Ohnmacht. Ich wußte nicht, wieviel Zeit vergangen war, als ich erwachte. Ich lag in voller Länge an der Ostseite eines Ainuhauses vor einem Altar. Jetzt erinnerte ich mich: Kaum daß ich aus dem Wald heraustrat, war ich von einem giftigen Pfeil der Ainus getroffen worden. Das Kiefernharz am Pfeilende schmolz, und das Gift der Pflanze drang durch meinen ganzen Körper. So war ich eingeschlafen. Meine Seele saß zwischen meinen Ohren.

Dann kam der Feuergott des Hauses. Er hatte einen Gürtel über seine Tracht gebunden, und darüber hingen noch sechs Gewänder. In der Hand hielt er einen Stock aus sich drehenden Eisenstäbchen. Er kam lächelnd zu mir und verbeugte sich andächtig. Dann sagte er zu mir: »Verehrter Bärengott, als wir dich aus dem Wald auf unser Ainudorf zukommen sahen, schickten wir die Prinzessin Kiefernharz und die Prinzessin Giftpflanze, um dich abzuholen. Herzlich willkommen in unserem Dorf und in unserem Haus! Damit du nicht mit leeren Händen ins Himmelreich kommst, brauen wir Getränke und schnitzen Holzopfer. Aber das dauert ein paar Tage. Wir würden uns freuen, wenn du eine Weile unser Gast wärst.« Mit diesen Worten verbeugte er sich noch mehrmals höflich.

Nun erst wurde mir klar, daß ich von einem Giftpfeil erschossen worden und gestorben war. Nach dem Feuergott kamen der Schutzgott des Hauses und die anderen Götter, um mich willkommen zu heißen. Dann wurde mir das Fell abgezogen und zusammen mit meinem Kopf auf der Matte zu einem schönen Muster gelegt und in das Ostfenster des Hauses getragen.

Man setzte mich als hohen Gast auf den Ehrenplatz des Hauses. Mir wurden reichlich Klöße, Kuchen, getrockneter Fisch und Gemüsesuppe gereicht. Am Abend wurde gesungen und getanzt. So war mir fröhlich zumute.

Am nächsten Morgen sollte ich mich zeitig auf den Weg ins Götterreich machen. Als Geschenke für meinen göttlichen Va-

ter und für meine göttliche Mutter erhielt ich einen Sack voll schöner holzgeschnitzter Opfergaben und außerdem getrockneten Fisch und Klöße. Zuvor aber sang ein Sänger für mich eine Yukarasage, die mich sehr beeindruckte. Wir alle schlugen dazu den Takt mit einem Stäbchen auf dem Herdrand.
Als der Höhepunkt der Sage kam, sangen die Leute mit und wiederholten »Hei hum, hei hum«. Plötzlich verstummte der Sänger, verbeugte sich höflich vor mir und sagte: »Verehrter Bärengott, ich möchte weitersingen, wenn du das nächste Mal unser Gast bist. Komm wieder, um noch mehr von der Yukarasage zu hören.«
So eine schöne Sage bekommt man selbst im Götterreich nicht zu hören. Deshalb wollte ich unbedingt wieder in das Ainudorf, um die Yukarasage weiterzuhören. Unterdessen tagte es schon. Ein alter Ainu schoß für mich einen Pfeil in den Osthimmel, um mir den Weg ins Himmelreich zu bereiten. Ich folgte sogleich dem Pfeil, und so konnte ich ins Himmelreich gelangen. Mein göttlicher Vater und meine göttliche Mutter dankten mir für die Opfergaben, die Klöße, den getrockneten Fisch und die übrigen Gaben. Die anderen Götter wurden auch herbeigerufen, und es wurde tüchtig gefeiert.
Noch immer sehne ich mich nach der wunderbaren Yukarasage. Ich möchte noch einmal Gast in dem Ainudorf sein, um die Fortsetzung zu erfahren.
So erzählt ein Bär.

Anhang

Worterläuterungen

Aburage: jap. Gericht aus in Öl gebratenem Sojabohnenteig.
Adanbaum: immergrünender subtropischer Baum.
Ainu: ethnische Minderheit auf den Inseln Hokkaidō, Karafuto u. a.; werden als Ureinwohner Japans angesehen.
Are, are!: Ausruf der Verwunderung.
Bohnenpaste: traditionelles Gewürz in Ostasien. Zubereitung: Sojabohnen werden mit etwas Reis und Gerstenkörnern gedämpft, im Mörser zerstampft und mit Hefe und Salz in ein Faß gegeben, wo die Masse gärt.
Bonfest: buddhistisches Totenfest, das nach dem alten Mondkalender am 15. Tag des 7. Monats gefeiert wurde.
Bonze: buddhistische Priester oder Mönche.
Brokatbaum: Phantasiebaum.
Chōja: reicher Mann; der größte Grundbesitzer des Dorfes.
Don doko, don doko: Klang der Trommelschläge.
Drachenkönig: König des Meeres, der in einem Palast auf dem Meeresboden wohnt.
Edo: alte Bezeichnung (bis 1868) für die Hauptstadt Tōkyō.
Frühlingsfest: wird anläßlich von Buddhas Geburtstag am 8. April gefeiert.
Fujiyama: höchster Berg Japans (3776 m), auf der Hauptinsel Hondo am Stillen Ozean gelegen.
Hasetempel: berühmter Tempel im Ortsteil Hase in Kamakura erbaut.
Ikkyū: legendärer Bonze im buddhistischen Daitokutempel in Kyōto, lebte 1394-1481.
Jirō: männlicher Vorname, bezeichnet den zweiten Sohn.
Jizō: Abkürzung für Jizō bosatu, buddhistische Gottheit, häufig in kindlicher Gestalt auf Steinstatuen dargestellt und an Wegrändern sowie in Tempeln postiert.

Kachi-kachi: Geräusch, das beim Aneinanderschlagen von Steinen entsteht.

Kachi-kachi yama: Klopfender Berg.

Kakifrucht: tomatenähnliche jap. Frucht, die der Kakibaum im Herbst trägt.

Kakka: Mutter.

Kalmus und Beifuß: gelten als Schutzpflanzen gegen Unglück.

Kanzeon: buddhistische Göttin, die den Menschen auf den richtigen Weg, d. h. zu Buddha, führt.

Kappa: in japanischen Märchen Wassergeist in Gestalt eines Kleinkindes, besitzt große Kraft, solange seine Glatze naß ist; Gurken sind sein Lieblingsessen.

Kijimuna: in japanischen Märchen Baumgeist, den man sich als affenähnliches Männlein vorstellte; lokalisierte auf der Insel Okinawa.

Kiyomizu-dera: großer buddhistischer Tempel in Kyōto, errichtet 798; von seiner Terrasse blickt man auf das Panorama von Kyōto.

Kobe: Hafenstadt zwischen Ōsaka und Kyōto.

Kōbō: anderer Name für Kūkai, buddhistischer Gelehrter (774-835), Begründer der japanischen Shingonsekte; galt später als Heiliger; um ihn ranken sich viele Legenden.

Kor pok un kur: Männlein unter dem Huflattichblatt; den Heinzelmännchen ähnliches hilfreiches Wesen in Geschichten der Ainu.

Kōyasan: heiliger Berg des Shingon-Buddhismus auf der Hauptinsel Hondo (985 m); seit 816 Sitz eines von Kōbō gegründeten buddhistischen Klosters.

Kuwabara!: Mein Gott! Gott behüte!

Kuzu no ha: Blätter des Pfeilwurzelbaums. Hier: Name der Fuchsfrau.

Kyōto: alte Kaiserstadt; von 794-1192 Hauptstadt Japans; bis 1868 Wohnsitz der kaiserlichen Familie.

Lackbaum: Laubbaum im mittel- und ostasiatischen Hochland; aus dem Saft seiner Rinde wurde Firnis gewonnen.

Maifest: nach altem chinesischen Kalender eines der fünf Feste des Jahres, am 5. Tag des 5. Monats begangen: heute das sogenannte Knabenfest.

Manjū: kugelförmiges, mit Bohnenmus gefülltes Gebäck.

Matsuyama-Spiegel: Matsuyama ist ein alter Ortsname auf der Hauptinsel Honshu und bedeutet soviel wie Kiefernwald.

Minamato no Raiko: anderer Name für Minamoto no Yorimitsu; Shōgun und legendärer Held im 11. Jahrhundert, lebte in Kyōto.

Momo: jap. Pfirsich.

Naha: Hauptstadt der Präfektur Okinawa.

Neujahr: größtes Fest in Japan, wird in der Familie gefeiert.

Niō: Paar überlebensgroßer steinerner Kämpferstatuen, das als Schutzgottheit zu beiden Seiten des Eingangs vieler buddhistischer Tempel steht.

Nira: Paradies jenseits oder unter dem Meer in der Überlieferung Okinawas.

Obasute yama: Berg auf der Hauptinsel Hondo (1252 m); hier sollen früher die alten Leute ausgesetzt worden sein.

Ōeyama: Berg auf der Hauptinsel Hondo.

Ofuji: weiblicher Vorname, bedeutet Glizinienblüte.

Ōka Echizen: berühmter Richter unter dem 8. Shōgun Tokugawa Yoshimune.

Okiinsel: kleine Insel im Japanischen Meer zwischen der koreanischen Halbinsel und der Hauptinsel Hondo.

Okikirimui: Schöpfer der Menschen in der Überlieferung der Ainu (s. d.), Halbgott und Halbmensch; sein Kleidersaum und das Ende seiner Schwerthülle sind immer verbrannt.

Onibaba: Hexe.

Ōsaka: zweitgrößte Stadt Japans.

Pananpe und Penanpe: populäre Helden in Geschichten der Ainu (s. d.), wobei der eine ein kluger, der andere ein törichter Mann ist.

Papierlaternen: wurden an der Haustür aufgehängt und auch bei nächtlichen Wanderungen mitgeführt.

Pfirsichblütenfest: traditionelles japanisches Frühlingsfest, wird am 3. Tag des 3. Monats gefeiert; heute das sogenannte Mädchenfest.

Pinkara kan: Ton der läutenden Glocke.

Reiskloß: Klöße, die aus gedämpften und im Mörser zerstampften Reiskörnern geformt wurden; unentbehrliches Essen beim Neujahrsfest.

Ri: altes Längenmaß, entspricht etwa 4 km, japanische Meile.

Saburō: männlicher Vorname, bezeichnet den dritten Sohn.

Sadoinsel: Insel im Japanischen Meer, wo seit dem 17. Jahrhundert Gold gefördert wurde; den Minenarbeitern war es streng verboten, die Insel zu verlassen.

Sake: jap. Reiswein.

Samurai: Ritter.

Schlaflager: besteht aus einer gefütterten Matte, die auf den Fußboden gelegt wird.

Schwarzbaum: Phantasiebaum.

Shaku: altes Längenmaß, entspricht etwa 33 cm.

Shirai: berühmter Samurai, lebte um 1670; galt als Sinnbild eines schönen Mannes.

Shirouma dake: Berg des Schimmels, liegt in Mitteljapan auf der Hauptinsel Hondo, 2933 m.

Shō: Hohlmaß, entspricht 1,8 l.

Strohmantel: Umhang aus Stroh, der zum Schutz vor Regen getragen wurde.

Sutra: heilige Schrift des Buddhismus.

Tarō: häufiger männlicher Vorname, bezeichnet den ersten Sohn.

Tokachifluß: 178 km langer Fluß, durchfließt die gleichnamige Ebene auf der Insel Hokkaidō.

Tōno: Stadt im Nordteil der Hauptinsel Hondo.

Tragmantel: kurzes Gewand, das die Mütter benützen, um ihr Kind auf dem Rücken zu tragen.

Tsu tun pon parariko pe e e: In der japanischen Sprache wird damit der Klang der Handtrommel und der Flöte bezeichnet.

Ujishūi: jap. Prosadichtung aus dem 12. oder 13. Jahrhundert.

Weihe: Raubvogel.

Yaeyama-Ishigaki-Inseln: der westliche Teil des Ryukyu-Archipels.

Yakushibuddha (Yakūshi-nyorai): weiblicher Buddha.

Yama: jap.: Berg.

Yamamba: in japanischen Märchen Berg- oder Waldweib, verfügt über Zauberkräfte.

Yassho kore!: Ermunterungsruf.

Yukara: gereimte Lieder der Ainu (s. d.), erzählen Sagen von Menschen und Göttern.

Zwölf Tiere: nach chin. Überlieferung wurden in Altjapan das Jahr, die Stunden und die Himmelsrichtungen nach folgenden Tieren benannt: Maus, Rind, Tiger, Hase, Drache, Schlange, Pferd, Schaf, Affe, Hahn, Hund.

Erläuterungen zum Text

Der Streit zwischen dem Affen und der Krabbe

Kernchen, liebes Kernchen ...: Es war eine alte Bauernsitte, bei der Feldbestellung ein Lied zu singen, das die Pflanze zum Wachsen ermuntern sollte.

Die gehorsame Spätzin

Zähne schwärzen: In Altjapan bei verheirateten Frauen üblich; sie sollten dadurch weniger ansehnlich erscheinen.

Das Auge der Schlange

Glocke läuten: Im buddhistischen Tempel läuten die Glocken zur Vesper; in der Silvesternacht werden sie zur Vergebung der im vergangenen Jahr begangenen Sünden 108mal geschlagen.

Das Melonentöchterchen

Hausaltar: Alte Sitte, Nahrungsmittel zum Zeichen des Dankes vor den Hausaltar zu legen, ehe sie verzehrt wurden.

Bonze, der Fuchs von der Fukudaweide

Haare scheren: Ausdruck der Reue; bedeutet im Buddhismus, Mönch zu werden.

Der mondfarbene Kimono

Japanische Art, etwas abzuzählen: eins bis fünf: Die Finger der ausgestreckten Hand werden, vom Daumen an, der Reihe nach eingebogen. Sechs bis zehn: Die Finger werden vom kleinen Finger an der Reihe nach wieder ausgestreckt.

Allgemeine Erläuterungen

Füße waschen: Bei der Heimkehr von der Feldarbeit war es üblich, sich die Füße zu waschen, ehe man das Haus betrat, weil man da barfuß ging.

Mit gekreuzten Beinen hocken: männliches Benehmen.

Tiere, denen im japanischen Märchen magische Kräfte nachgesagt werden: Katze, Fuchs, Dachs, Pavian.

Quellenverzeichnis

Asai, Toru: Ainu no mukashibanashi, Tokyo 1976

Hirano, Tadashi: Suneko tanbako 2, Tokyo 1943

Inada, Koji und Ozawa, Toshio u. a.: Nihon no minwa, Tokyo 1978

Inada, Koji und Ozawa, Toshio: Nihon mukashibanashi tsukan, Kyoto 1983

Kayano, Sigeru: Hono no uma, Tokyo 1980

Nakamura, Tomoko: Yuki no yo ni kataritsugu, Tokyo 1986

Nihon bungakushakyokai: Hokkaido no minwa, Tokyo 1980

Nomura, Junichi: Gobu Iiro Mogami sakegawa no mukashibanashi, Tokyo 1971

Nomura, Junichi: Sekizawa Kozaemon Mukashibanashi shu, Tokyo 1972

Okayama minwanokai: Nantomukashiga attagena ge, Tokyo 1964

Suzuki, Miekichi: Kojiki monogatari, Tokyo 1955

Tsuya, Tazuko: Texte in der Zeitschrift »Tokyo shobo«, Tokyo 1984ff.

Tsuya, Tazuko: Tsuki no hikari de sarasasshai, Tokyo 1985

Die Übersetzung der in dieser Ausgabe vorliegenden Märchen erfolgt mit freundlicher Genehmigung der japanischen Verlage (Dohosha Verlag Kyoto, Doshinsha Verlag Tokyo, Fūkūinka Verlag Tokyo, Gyosei Verlag Tokyo, Kadokawa shoten Verlag Tokyo, Kaiseisha Verlag Tokyo, Nihonhoso shuppan kyokai Verlag Tokyo, Sūzūsawa shoten Verlag Tokyo, Tokyo shobo Redaktion Tokyo) und der zahlreichen japanischen Märchensammler und -erzähler.

Inhalt